谨以此书纪念
海子诞辰60周年

/

太阳是我的名字
太阳是我的一生
——海子《祖国（或以梦为马）》

山东省社会科学规划研究项目"青春文化视野中的海子诗歌文本研究"
（批准号：14CWXJ04）结题成果

太阳是我的名字

海子经典抒情诗解读

刘广涛 —— 著

时代出版传媒股份有限公司
安徽教育出版社

图书在版编目（CIP）数据

太阳是我的名字:海子经典抒情诗解读 / 刘广涛著.
合肥:安徽教育出版社,2025.3. -- ISBN 978 - 7 - 5748 - 0269 - 8

Ⅰ.I207.22

中国国家版本馆 CIP 数据核字第 20240WL592 号

太阳是我的名字:海子经典抒情诗解读
TAIYANG SHI WODE MINGZI:HAIZI JINGDIAN SHUQINGSHI JIEDU

出 版 人:王能玉
策划编辑:韩大勇
责任编辑:邰　旻　金　雯　黄晓宇　周　佳
装帧设计:末末美书
美术编辑:裴霖霖
责任印制:陈善军

出版发行:安徽教育出版社
地　　址:合肥市经开区繁华大道西路 398 号　邮编:230601
网　　址:http://www.ahep.com.cn
营销电话:(0551)63683012,63683013
排　　版:安徽时代华印出版服务有限责任公司
印　　刷:安徽新华印刷股份有限公司

开　　本:710 mm×1010 mm　1/16
印　　张:18.25
字　　数:250 千字
版　　次:2025 年 3 月第 1 版
印　　次:2025 年 3 月第 1 次印刷
定　　价:69.80 元

(如发现印装质量问题,影响阅读,请与本社营销部联系调换)

序言一

查曙明

海子,本名查海生,出生于安徽省怀宁县高河镇查湾村。作为海子的胞弟之一,我从小和海子一起成长,他不仅是我血缘上的兄长,更是我精神上的引路人。

海子是农民的儿子。他3岁识字,5岁开始上学读书,15岁高中毕业参加高考,以安庆市文科第一名的成绩,被北京大学法律系录取。海子单纯、敏锐、富于创造力,他从18岁开始写诗,在不到7年时间里,创作了200多首高质量抒情短诗,还有7部长诗及多篇诗学文论、小说、日记。25岁那年,海子以其青春生命为祭品,决然走向山海关那冰冷的铁轨,令人无限唏嘘……海子短暂的一生,锻造出一种能够呼喊的现代汉语诗歌语言,他追求把民族和人类、诗和真理相结合的诗歌理想。海子的诗,尤其是抒情诗,已成为一个时代的经典之作。

在我心目中,海子是一个阳光、孝顺、勤劳,读书既聪明又勤奋,对弟弟们特别关爱的好兄长。1985年春节,海子回安徽怀宁老家时,给我看过他的长诗《但是水、水》油印稿。那时,我刚进高中,欣赏水平有限,确实看不懂,翻了几页,便放弃阅读了。那个春节,他还给我看了写给女友B的诗歌《你的手》和《写给脖子上的菩萨》等。我真正系统阅读海子诗歌,是在1995年读了"蓝星诗库"那本《海子的诗》之后,心灵受到深深的震撼。2012年3月,我受邀参加了首届"秦皇岛海子诗歌艺术节",同年还接触认识了海子当年北京大学的同学、中国政法大学的同事、全国各地热爱海子诗歌的诗人及诗歌评论家。通过与他们接触交流,我了解到海子在北京大学求学、在中国政法大学工作期间的一些详细情况，同时也进一步加深了我对海子诗歌的认识。从此，我坚定地走上自己的诗歌创作之路。

在热爱诗歌、创作诗歌、传播诗歌这条道路上，我把宣传介绍海子生平事迹乃至弘扬海子诗歌精神，当成某种义不容辞的文化使命。

2014年5月，北京师范大学中国当代新诗研究中心经过与包括本人在内的海子家人协商，发起首届"海子诗歌奖"。2017年，怀宁县政府在海子家乡查湾村建设了海子文化园和海子纪念馆，本人被政府部门荣聘为海子纪念馆馆长。2018年9月，怀宁海子诗歌研究会成立，本人被推举为怀宁海子诗歌研究会会长。通过上述纪念海子、研究海子诗歌等文化活动的逐步开展，我见证了海子及其诗歌在中国当代社会广泛而深刻的影响。数量可观的社会读者对海子其人、其事、其诗，保持了热烈而持久的关注，毫无疑问，这有利于海子诗歌及其理想主义精神的传播与弘扬——但我依然认为，要真正认识海子的价值及其诗歌精髓，在心灵上与诗人海子对话，唯一途径就在于：深入海子诗歌文本，对其诗歌文本认真解读。其中的缘由，可参见刘广涛教授在海子书馆的留言：海子之所以不朽，就在于他给世界留下了伟大的诗歌作品。

2019年10月，我和聊城大学刘广涛教授成为通信好友。在此之后，刘教授经常给我转发一些他在课堂上讲解海子诗歌的照片和视频，分享他研究海子诗歌的课题立项成果，我们通过相互交流海子诗歌而成为莫逆之交。

2024年3月，刘广涛教授发起并组织了"从春天出发，奔赴诗的远方"纪念海子诞辰60周年系列文化活动，以纪念海子这位伟大的青春诗人。3月16日，刘教授和聊城市东昌府区妇幼保健院医疗团队，不远千里来到海子故里查湾村看望海子母亲，医疗队专家为海子母亲进行了义诊。刘教授将2013、2014两年度刊载有海子诗歌解读文章的《名作欣赏》赠送给海子书馆。3月17日，刘教授走进怀宁县中专学校，深入剖析海子《抱着白虎走过海洋》这首诗歌，让学子们认识到该诗主旨：塑造了一个宏伟而悲壮的母亲形象，歌颂了母亲身上慈爱而圣洁的光芒，深刻表达了一个赤子对母亲的崇高敬意。3月18日，刘教授不辞辛苦走进海子的中学母校——高河中学，为该校学子及怀宁海子诗歌爱好者，深入剖析了一首虽不为人所熟知但极具海子创作风格的诗歌——《山楂树》。刘教授为大家深入解读了本诗中出现的"高大女神的自行车""畏惧群山""农奴"等阅读难点，通过各种形式帮助读者认识海子诗歌中真挚细腻的情感表达，领略海子那天马行空般的思维特点和汪洋恣肆的艺术想象力。海子的诗歌文本需要解读，也经得起解读；海子的诗歌精神需要发扬光大，传于后人。多年来，刘教授致力于通过研读海子诗歌文本来传播和弘扬海子诗歌及其理想主义精神，取得了难能可贵的学术成果和社会宣传效果。有鉴于此，怀宁海子诗歌研究会决定，聘请刘广涛教授担任怀宁海子诗歌研究会特约研究员。

这本集学术性、通俗性、可读性于一体的海子诗歌赏析专著，是刘教授多年来解读海子诗歌的心血之作。通过对20多首海子经典抒情诗的文本细读，逐词、逐句、逐段解密海子诗歌里的情感密码，每每令人于阅读迷惘之际，豁然开朗。刘教授的解读，直面诗歌难点，深刻而通俗，让我们更具体、更形象地了解到海子以其深邃的思想和奇妙的诗情，游走于诗歌王国的悲伤与疼痛。与此同时，也让我们了解到，海子对这个世界是多么热爱，对其诗歌理想又是多么执着！

最后我要说，这是一本用深情厚谊和专业精神向海子致敬的专著。本书弥补了此前研究中对海子诗歌文本解读不够深入，甚或有失谨严的某些缺憾，真正值得喜爱海子诗歌的广大读者反复品读。

2024年8月10日于怀宁查湾海子书馆

| 序言二 |

宋益乔

海子是中国当代一位极其卓越而特殊的诗人。他的作品是蘸着心血写成的，他是一位用生命写作的人，他的写作是一种自我燃烧式的写作。在文学史上，这样的写作总是特别令人动容，特别值得尊崇。广涛以海子作为自己的研究对象，有眼光，有意义，不能不说是一个极其明智的选择。

广涛是我研究生中的开门弟子，他和海子同龄，但从内心里，我是把他们当作我的"同代人"看待的。其实，再往上说，我甚至把钱理群、王富仁等诸位更年长些的先生们也视作"同代人"。这是因为，我们这些经历各异、年龄差别较大的人，几乎是在同一个时期从新的起点上路，正式开启了同一种另类人生的。

一提起那个时代，我就会激动不已。正是在那个时代，一些人带着几分惊喜，几分忐忑，几分疑惧，各自开始了一种新的生命之旅。他们在清贫中汲取，在痛苦中思考，在迷惘中探索，无比热切地回应着时代的呼唤和要求。

正是在那个时代，社会各个领域里涌现出一批丰碑式的杰出人物。像前面说到的钱理群、王富仁等诸位先生，就是中国现代文学研究领域里为大家所公认的"巨子"。而诗人海子则以其天才的创作蜚声文坛，成为经典作家之一。

长久以来，广涛一直追寻着海子的踪迹，不懈地寻觅、探究、诠释着，呼号、讲说、行走着。他是海子和海子作品的研究者，也是海子精神、海子艺术的传播者。眼前这本书，就是他多年来辛勤付出的回报和结晶。因此，欣慰之余，我谨以上面这些话表示祝贺与纪念。也愿借此向海子那凄美不羁的灵魂遥致敬意，向从不同方面发声从而汇成一个时代潮音的青春和生命遥致敬意！

        2024 年 7 月 17 日于聊大花园西苑

自 序

诗人海子属于春天。

他出生于春天,长逝于春天。更为重要的是,海子的诗具有鲜明的青春品格和青春精神。"太阳是我的名字"——此乃青春诗人海子对自己"诗歌王位"的幸福期许。

这位出生于查湾村的青春诗人,他的诗歌中充满了对大地的热爱之情。他热爱亚洲的黄土地,热爱麦地里的诗人,更把爱献给了那片热土上平凡而伟大的母亲。

不同于普通的诗人,青春时代的海子就已经开始同世界大师对话。他致敬大师的诗歌,拉近了读者与大师的距离,也让人们对海子心生敬意。从某种意义上说,海子诗歌之所以高深而精湛,是因为他善于同世界上的哲学家和诗歌大师进行精神对话。

诗人的青春又是极其孤独的。

海子写出了自己内心深处不可言说的青春孤独,他把孤独的声音留在了德令哈,留在了昌平,留在了九月的草原。

爱情是青春海子诗歌世界里的主题旋律。

自古情诗多矣,唯有海子能把爱情写进灵魂和骨肉。他那如泣如诉的吟唱,令人心疼;他那撕心裂肺的讴歌,令人洗净灵魂深处的污秽,面朝大海,升华爱的精神境界。

海子的大学本科专业是法学。"法哲学"之学养训练,使海子的诗歌充满诗化哲理。海子对远方与存在的思考,对重建家园的探索,使其诗歌站在了时代哲学的高度，弥补了作为青春诗人的稚嫩与浅薄，因此更能经得起岁月的考验。

青春海子对"诗歌桂冠"的理解，对"诗歌父亲"的憧憬，对"诗歌太阳"的敬仰，深深地打动每一位尊敬诗歌的读者。

而今，海子安静地躺在故乡。

太阳墓地上的鲜花和祭酒，代表着读者对一位青春诗人的尊敬——是的，春天是你的品质，太阳是你的名字！

海子的整个青春时光几乎都用在了诗歌创作上，"抒情就是血"是其诗歌创作的真实写照。海子之所以不朽，是因为他为世界留下了优秀的诗歌作品——其抒情诗堪称一代经典。

由于海子诗歌的思想境界和艺术高度在同时代的诗歌中卓尔不群，海子诗歌所遭遇到的误解和误读，亦特别严重。对海子诗歌的深度阐释和精细解读，也就成为必要的工作。有鉴于此，把我曾发表于《名作欣赏》期刊上的解读文章结集成册，让更多的读者从海子诗歌中汲取艺术养分和思想能量，我想是有其价值和意义的。

作为海子的同龄人，在解读海子诗歌文本的过程中，我一次次同海子精神对话。通过对海子诗歌文本的反复解读，我明确认同：海子属于青春世界中的"诗歌太阳"——也就是说，海子的诗歌不但属于中国，也足以照亮整个世界。

今天，我们纪念诗人海子最好的方式，就是认真品读其诗歌作品。

在阅读海子诗歌、理解"诗歌太阳"的审美旅途中，唯愿这本书能带给读者些许帮助——如此，以慰海子在天之灵……

2024 年 6 月 30 日于聊大梅园

目 录

第一章　土地之爱

第一节　亚洲的黄土地　003
第二节　麦地里的诗人　013
第三节　赤子讴歌母亲　024

第二章　致敬大师

第一节　给女诗人萨福　035
第二节　给瘦哥哥凡·高　044
第三节　给大师普希金　054

第三章　孤独吟唱

第一节　今夜我在德令哈　067
第二节　在昌平的孤独　077
第三节　只身打马过草原　086

第四章　爱情之歌（一）

第一节　神秘的钟声　097
第二节　葡萄园之谜　105
第三节　山楂树之恋　113

第五章　爱情之歌（二）

　　第一节　喝干杯中苦酒　　　　　　123
　　第二节　熄灭我的爱情　　　　　　131
　　第三节　洗清我的骨头　　　　　　140

第六章　爱情之歌（三）

　　第一节　飞机场献诗　　　　　　　149
　　第二节　遥远的等待　　　　　　　157
　　第三节　糊涂的姐妹　　　　　　　167

第七章　爱情之歌（四）

　　第一节　为谁眺望北方　　　　　　179
　　第二节　为何面朝大海　　　　　　188
　　第三节　且听天鹅之歌　　　　　　197

第八章　诗化哲理

　　第一节　远方何在　　　　　　　　207
　　第二节　存在之思　　　　　　　　217
　　第三节　重建家园　　　　　　　　227

第九章　伟大理想

　　第一节　伟大诗歌的父亲　　　　　239
　　第二节　痛苦的诗歌桂冠　　　　　249
　　第三节　太阳是我的名字　　　　　258

附　录　关于海子诗歌答记者问　　　275

| 第一章　土地之爱 |

第一节　亚洲的黄土地
第二节　麦地里的诗人
第三节　赤子讴歌母亲

第一节　亚洲的黄土地

亚洲铜[1]

亚洲铜，亚洲铜
祖父死在这里，父亲死在这里，我也将死在这里
你是唯一的一块埋人的地方

亚洲铜，亚洲铜
爱怀疑和爱飞翔的是鸟，淹没一切的是海水
你的主人却是青草，住在自己细小的腰上，守住野花的手掌
　　和秘密

亚洲铜，亚洲铜
看见了吗？那两只白鸽子，它是屈原遗落在沙滩上的白鞋子
让我们——我们和河流一起，穿上它吧

亚洲铜，亚洲铜
击鼓之后，我们把在黑暗中跳舞的心脏叫做月亮
这月亮主要由你构成

1984.10

《亚洲铜》发表于 1985 年四川诗歌民刊《现代诗内部交流资料》(第 1 期),是其首次用"海子"这个笔名发表的诗作。[2] 这首诗为海子生前身后赢得极高诗名,在《海子诗全集》或者众多的诗歌选本中,大都被列为开篇之作。创作此诗时,诗人年仅 20 周岁,大学毕业参加工作刚满一年。青春海子用其生花妙笔,在世界文化背景下留下了独具东方特色的"中国符号",谱写了现代汉语诗歌史上的独特篇章。今天重读《亚洲铜》并探讨其丰富的主题意蕴,别有一番意味。

一

《亚洲铜》由 4 个诗段构成。围绕"亚洲铜"这一核心意象,诗人从 4 个层面赋予"亚洲铜"丰富的象征意义,建构了独特的美学境界。为深入探讨该诗主题意蕴,我们不妨逐段分析——

> 亚洲铜,亚洲铜
> 祖父死在这里,父亲死在这里,我也将死在这里
> 你是唯一的一块埋人的地方

第一诗段,海子把"亚洲铜"与故乡的"黄土地"联系起来,并且强调这是"唯一的一块埋人的地方"。

"祖父死在这里,父亲死在这里,我也将死在这里"——祖祖辈辈埋身之处,唯有叶落归根的家乡故土。因此,"亚洲铜"第一层象征意义,当指诗人故乡的"黄土地"。就时态而言,这样的诗句包含了过去时、现

在时和将来时。"祖父死在这里"是对历史的概括;"父亲死在这里"是对现实的揭示;"我也将死在这里"既是对未来的预言,又是对生命本质的勘破。三代人与土地的联系,不仅血肉相连,而且生死攸关。海子笔下的三代人,高度概括了中国人祖祖辈辈与脚下那方热土的本质关系。

事实上,《亚洲铜》一诗的创作动机正源于诗人对故土的热爱和眷恋。改革开放之初的1984年,在距海子故乡高河镇查湾村不远处的月山镇,勘探队发现了储量丰富的地下铜矿,且计划不久后就将开采。大型铜矿的开采很有可能波及海子家乡的村庄,而海子家人及村民们则随时有可能收到动迁令,离开故土迁徙他乡——这将意味着他们祖祖辈辈生活的土地会被工业矿山所代替。"安土重迁"是中国农民传统的思想观念,千百年来一直如此。在他们看来,故乡是世界上最美好、最安全的地方。正是基于这样的现实背景,海子创作了这首《亚洲铜》。中国人向来崇尚"叶落归根",诗人用"亚洲铜"象征故乡的黄土地,是一种土地崇拜的表现。在诗人心中,故乡黄土是游子的归宿,世世代代的人最终都将回归故土。

在20世纪中国诗歌史上,不乏对土地的赞美和歌颂。五四时期的郭沫若创作了《地球,我的母亲!》,重点抒发了诗人对土地的赤子情怀。抗日战争时期的艾青,以一首《我爱这土地》饮誉诗坛。"为什么我的眼里常含泪水?/因为我对这土地爱得深沉",成为"艾青式"的抒情名句。"朦胧诗"时期的舒婷创作了著名的《土地情诗》,她笔下的土地是"给我爱情和仇恨的土地/给我痛苦与欢乐的土地";这位女诗人深情地表白:"我爱土地,就像/爱我沉默寡言的父亲……就像/爱我温柔多情的母亲"[3]。到了海子这里,他不再像前者那样面对土地抒情,而是直抵黄土地的本质,宁愿让自己的躯体成为故乡泥土的一部分。正如西川所言:"泥土的光明与黑暗,温情与严酷化作他生命的本质,化作他出类拔萃、简约、流畅又铿锵的诗歌语言,仿佛沉默的大地为了说话而一把抓住了他,把他变成了大地的嗓子。"[4]海子以刀劈斧砍、石破天惊的语言,揭示出故乡黄土的秘密和生命的实质。"来于尘土,归于尘土"是人类肉身的实质,而埋葬生命,此乃故乡黄土无言的秘密。在发表该诗的刊物上,海子用红笔在其标题上注有"土地""亚洲的黄土地像铜一样"等字样,这成为我们理解该诗主题的重要参考依据。

学者奚密在《海子〈亚洲铜〉探析》一文中指出,"亚洲铜"这一意象,由铜的颜色和质地隐射中国北方坚硬强悍的黄土地;铜深埋地下,也暗示人源于土地的本质,"海子眼中的中国","是一块深藏在亚洲大陆地下坚实的矿苗"。沿着这一思路,有论者进一步指出,"亚洲铜"是亚洲人的黄皮肤,是中国的黄土地,是上古的青铜器。海子之所以用"铜"来比喻黄土地,是因为他在这片土地上,看见了面朝黄土背朝天的父老乡亲那"古铜色"的脊梁。在对"亚洲铜"意象的理解上,这些见解较为深刻,值得读者借鉴。《亚洲铜》是海子献给黄土地的一份厚礼。长诗《土地》中有这样的诗句:"已经有的这么多死亡难道不足以使大地肥沃";"大地躺卧而平坦　如一个故乡/尸体是泥土的再次开始/尸体不是愤怒也不是疾病/其中只包含愤怒、忧伤和天才"[5]。结合长诗《土地》来看《亚洲铜》,我们会发现,海子对黄土地的思考,既有浓郁的故土情怀,又有形而上的哲学高度。

二

> 亚洲铜,亚洲铜
> 爱怀疑和爱飞翔的是鸟,淹没一切的是海水
> 你的主人却是青草,住在自己细小的腰上,守住野花的手掌
> 　　和秘密

第二诗段难点较多,也最具争议。"鸟"、"海水"和"青草"分别象征什么?谁"住在自己细小的腰上"?"守住野花的手掌和秘密"作何解

释?这些问题成了争论的焦点所在。有一种观点认为,"爱怀疑"对应的是"祖父","爱飞翔"对应的是"父亲","淹没一切的是海水"对应的是"我"。笔者认为,这种对应关系太过简单、机械,若按这种思路推演下去,"青草"又和谁对应呢?还有一种观点认为,飞翔的"鸟"是对土地的怀疑,但最终鸟会停栖在土地上,也许象征着中国知识分子对传统既爱又恨的纠结;而"海水",淹没了一切,也许代表了从海上来到中国的西方文明,以自由和贸易著称的海洋文明,对土地文明的压倒性优势。笔者认为,尽管这种有关中西方文明的对比在当时是一种流行论调,但"二元对立"的思维方式并不可取。况且,若按这种思维,这种对比就成了"亚洲铜"与"海水"的对比,而实际上本段中的"鸟"、"海水"和"青草"三种意象是并列存在的,诗人并没有进行"二元对立"式的比较。那么,究竟如何理解上述诸多难点问题?笔者认为,从该诗的"诗歌空间"入手,不失为解决难点的一种思路。

《亚洲铜》构思宏伟,立意高远,被诗人骆一禾誉为"不朽之作"。作为"黄土地"的代称,"亚洲铜"与天空、海洋构成了巨大的诗歌空间。在此诗歌空间中,如果说"天空"的主人是爱怀疑和爱飞翔的"鸟","海洋"的主人是淹没一切的"海水",那么"亚洲铜"的主人则是有着纤纤细腰的"青草"。天空中的鸟在飞,海洋中的水在流。它们都要离开故土,奔向远方,唯有"青草"忠实于它所植根的黄土。"你的主人却是青草"这句诗,突出了"亚洲铜"作为"黄土地"而区别于"天空"和"海洋"的地表特征。

在诗人海子眼里,黄土地的"主人"不是帝王将相,不是贵族富豪,也不是才子佳人抑或其他人等,而是千秋万代守护着大地秘密的青青野草。"野火烧不尽,春风吹又生。""青草"看似卑微渺小,实则具有顽强的生命力。《红楼梦》中跛足道人所唱的《好了歌》有言:"古今将相在何方?荒冢一堆草没了。"累累荒冢之上的青青野草,始终守护着如同人类手掌般的"野花"和黄土下面的"秘密"。海子视"青草"为"黄土地"的主人,以道家的自然观破解了世俗的"人类中心论"。人类貌似强大,反不如纤细柔弱的小草,柔弱胜于刚强的道理在此得以彰显。海子描写"青草"用的是拟人手法:作为黄土地"主人"的小草,有着纤细的腰杆,所以诗人说它"住在自己细小的腰上";青草覆盖了黄土地,诗人就说它"守住"野花的"手掌"和大地的"秘密"。在《我热爱的诗人——荷尔德林》一文中,海子写道:"做一个热爱'人类秘密'的诗人。这秘密既包括人兽之间的秘密,也包括人神、天地之间的秘密。你必须答应热爱时间的秘密。"[6] 在海子看来,世界有其秘密,一个真正的诗人要探索并揭示天地、历史以及人类的秘密,创作出"诗和真理合一"的大诗。

三

> 亚洲铜,亚洲铜
> 看见了吗?那两只白鸽子,它是屈原遗落在沙滩上的白鞋子
> 让我们——我们和河流一起,穿上它吧

第三诗段写到"黄土地"上的河流,由岸边的"白鸽子"联想到诗人屈原的"白鞋子","亚洲铜"被赋予历史的深邃感和文化的厚重感。

"黄土地"静止不动,它身上的河流则流动不息,一静一动写出了"亚洲铜"自身所蕴含的内在张力。由河流岸边的"白鸽子"联想到诗人屈原遗落在沙滩上的"白鞋子",充分说明海子想象力的高超。在海子笔下,"白鸽子"仿佛是屈原那千年不死的诗魂,永远萦绕在河流上空。河水在动,仿佛有脚,所以诗人海子才希望,让"我们和河流一起"穿上屈原的"白鞋子",奔向远方。"黄土地"所掩埋的是已故的先人,"我们"这些活着的现代人则要飞向远方。"白鸽子"、"白鞋子"和"河流",都是动态的,这些意象表明,诗人希望黄土地上的人们能够自由地飞扬梦想,

走遍所有能去的地方。

中国堪称"诗的国度",而屈原是诗人们的精神之父。他那"路漫漫其修远兮,吾将上下而求索"的探索精神以及"虽九死其犹未悔"的激烈壮怀,也是海子效法的对象。海子曾经表白,"《诗经》和《楚辞》像两条大河哺育了我",由此足见屈原对海子的影响。崔勇在《海子〈亚洲铜〉:作为文化反思的文本》一文中提出,《亚洲铜》一诗是海子在20世纪80年代中期对"文化寻根"热的呼应,是海子独特的文化反思的一个文本。笔者认为,崔勇的观点颇有道理,《亚洲铜》可以归入"寻根诗歌"之列。海子在1983年创作了诗歌《东方山脉》和《农耕民族》,在1984年创作了《历史》、《龙》、《中国器乐》,以及这首《亚洲铜》。这些诗歌已明显具有历史的厚重感和文化上的"寻根"色彩,尽管属于早期阶段,但其诗艺水平不容低估。海子在《东方山脉》中写道:"把我的诗篇/在哭泣后反抗的夜里/传往远方吧/让孩子们有一本自己的历史画/让我去拥抱世界"[7]。作为"以梦为马"的青春诗人,海子渴望走出去"拥抱世界"。穿上屈原的"白鞋子",沿着中国河流走向广阔的世界,这便是海子的青春之梦和文化选择。

四

> 亚洲铜,亚洲铜
> 击鼓之后,我们把在黑暗中跳舞的心脏叫做月亮
> 这月亮主要由你构成

第四诗段由"击鼓"联想到青铜鼓面上的月形图案,转而表现"亚洲铜"上空的"月亮";与铜鼓文化似有关联的"亚洲铜"在此被赋予浓郁的东方色彩,而"月亮"则属于"亚洲铜"不可分割的美学存在。

理解本诗段的关键在于理出"亚洲铜—铜鼓—舞蹈—月亮"这样一条

思维链条。中国铜鼓具有悠久的历史,一直流传到现在。在中国南方及东南亚地区,铜鼓通常被当作顶礼膜拜的器物,形成独具特色的亚洲"铜鼓文化"[8]。铜鼓大都为青铜铸造,鼓面有浮雕图案,中心为发光的太阳或月亮图案,边缘有蟾蜍等装饰动物。大概是铜鼓有蟾蜍装饰的缘故,诗人海子索性把鼓面中心的图案理解为发光的"月亮"。作为打击乐器的一种,铜鼓和舞蹈联系密切,自有铜鼓时起,就有了用于祭祀或娱乐的铜鼓舞。在《东方山脉》中,海子这样写道:"我把最东方留给一片高原/留给龙族人/让他们开始治水/让他们射下多余的太阳/让他们插上毛羽/就在那面东亚铜鼓上出发"[9]。从这首诗看,海子渴望"龙族人"从那面"东亚铜鼓"——黄土地出发,将古老的东方文化融入世界文化格局。试想:海子创造"亚洲铜"意象的灵感是否与这面"东亚铜鼓"有关呢?这个问题值得进一步思考。

"击鼓"一词令人联想起"晨钟暮鼓"。由于"暮鼓"在时间上代表"日暮",所以"击鼓之后"意味着黑夜的降临,月亮的出现也就自然而然。"击鼓"足以振奋人心,而"跳舞的心脏",当是人们应和着鼓点而跳荡的"心"。这颗"心"又被诗人外化为天上的月亮。"击鼓"和"舞蹈"这种带有原始风味的祭祀仪式,给"亚洲铜"上空的月亮蒙上一层神秘的东方图腾面纱。海子以群体的名义把"在黑暗中跳舞的心脏"命名为"月亮",不但赋予黑夜中的月亮以动态的美感,而且把天上的"心形"月亮和地上舞者的"心"联系在一起,激发起读者无尽的想象。

千百年来,中国人一直保持着对月抒怀的文化传统,在文学史上留下无数描写月亮的名篇佳作。于是,海子在诗中写道:"月亮也是古诗中/一座旧矿山"(《哑脊背》);"月亮还需要在夜里积累/月亮还需要在东方积累"(《民间主题》)。是啊,月亮承载了太多东方人的情愫,以至于我们可以这样认为,东方人的月亮是用来抒情的!在情感层面和审美意义上,月亮属于"亚洲铜",尤其属于中国人。唯其如此,海子才深情地写道:"这月亮主要由你构成"。

综上所述,海子 20 岁时完成的这首抒情杰作,构思宏伟,立意高远。"亚洲铜"作为全诗核心意象,具有丰富的象征意义和审美意蕴。作为"黄土地"的代称,"亚洲铜"与天空、海洋构成宏阔的诗歌空间,表现了诗人深刻的思想和奇特的想象。在"那唯一的一块埋人"的黄土地上,"青草"是其主人,"月亮"是其不可分割的美学存在;穿上屈原的"白鞋子",沿着中国河流走向广阔的世界,是诗人的青春之梦和文化选择。

注释:

[1] 海子著,西川编:《海子诗全集》,作家出版社,2009 年,第 3 页。

[2] 查海生在中国政法大学校刊做编辑时,用"海子"笔名发表过一些新闻报道。

[3] 阎月君、高岩、梁云等编选:《朦胧诗选》,春风文艺出版社,1985 年,第 77 页。

[4] 海子著,西川编:《海子诗全集》,作家出版社,2009 年,"代序二"第 11 页。

[5] 海子著,西川编:《海子诗全集》,作家出版社,2009 年,第 672、689 页。

[6] 海子:《我热爱的诗人——荷尔德林》,载西川编《海子诗全集》,作家出版社,2009 年,第 1071 页。

[7] 海子著,西川编:《海子诗全集》,作家出版社,2009 年,第 32—33 页。

[8] 世界上生产或使用铜鼓的地方,有中国的云南、贵州、广西等地以及

东南亚诸国，"铜鼓文化"独具亚洲特色。19世纪末和 20 世纪初，在欧洲曾出现一股研究"亚洲铜鼓"的热潮。

[9] 海子著，西川编：《海子诗全集》，作家出版社，2009 年，第 32 页。

第二节　麦地里的诗人

麦地与诗人[1]

询问

在青麦地上跑着
雪和太阳的光芒

诗人，你无力偿还
麦地和光芒的情义

一种愿望
一种善良
你无力偿还

你无力偿还
一颗放射光芒的星辰
在你头顶寂寞燃烧

答复

麦地
别人看见你
觉得你温暖，美丽

>   我则站在你痛苦质问的中心
>   被你灼伤
>   我站在太阳　痛苦的芒上
>
>   麦地
>   神秘的质问者啊
>
>   当我痛苦地站在你的面前
>   你不能说我一无所有
>   你不能说我两手空空
>
>   麦地啊，人类的痛苦
>   是他放射的诗歌和光芒！
>
>   1987

  海子的《麦地》、《熟了麦子》、《五月的麦地》、《麦地（或遥远）》、《麦地与诗人》，这5首写于1985年至1987年的"麦地诗歌"在读者中广为流传[2]；虽然为数不多，但因意蕴深刻和风格独特，为海子赢得"麦地之子"[3]的雅号。其中《麦地与诗人》一诗极富哲理意蕴和启悟色彩，情感炽烈而深沉，实为海子"麦地诗歌"代表之作。鉴于此，通过文本分析和文化阐释探讨该诗的主题内蕴，相信对读者不无裨益。

一

《麦地与诗人》在结构上别具一格,由《询问》和《答复》两部分构成,每个部分又可各自独立。先看《询问》诗歌文本——

在青麦地上跑着
雪和太阳的光芒

诗人,你无力偿还
麦地和光芒的情义

一种愿望
一种善良
你无力偿还

你无力偿还
一颗放射光芒的星辰
在你头顶寂寞燃烧

"询问"一词的现代汉语词义为"征求意见或打听",在海子文本语境里即"探问、打听"之意。读者不禁要问:这神秘之声源自何处?是谁发出"询问"之声?这是解读《询问》不可回避的问题,对理解《麦地与诗人》整首诗歌也至关重要。

"询问"之声仿佛源自麦地深处,属于天地之间的神秘之声。"天何言哉?四时行焉,百物生焉,天何言哉?"(《论语·阳货》)在孔子看来,天地本不言语,却能通过万物生长或四季变化,向人类言说。在古代,唯有"先知"能够聆听神秘之声并向民众传达所谓"神意"或"天意";在现代,又由谁来倾听那神秘之声呢?荷尔德林等先哲给出的答案是"诗人"!海子承认天地之间存在秘密,他认为诗人的职责是神圣的,应该代表大地"立言"。对于海子和大地之间的联系,西川评论道:"每一个接近他的人,每一个诵读过他的诗篇的人,都能从他身上嗅到四季的轮转、风吹的方向和麦子的成长。泥土的光明与黑暗,温情与严酷化作他生命的本质,化作他出类拔萃、简约、流畅又铿锵的诗歌语言,仿佛沉默的大地为了说话而一把抓住了他,把他变成了大地的嗓子。"[4] 神秘的大地本不能言说,诗人海子自觉充当了大地的"歌喉"。《麦地与诗人》中的海子,仿佛化身为"麦子",以大地之子的身份与麦地"对话",代麦地"立言";而实际上,诗歌中的"询问"与"答复",不过是诗人海子的"自问"与"自答"。

《询问》中,诗人对大地的感恩首先起自对"麦地"的感恩,对"麦地"的感恩又从对"雪"和"太阳"的感恩写起。"在青麦地上跑着/雪和太阳的光芒"。诗人置身于"麦地",化身为一棵"麦子",亲身感受到"雪和太阳的光芒"。其中的"青麦地",既不是刚播种的"麦地",也不是等待收割的"麦地";"青麦地"和"雪"同时出现,让人联想起遍地青苗时的"麦地"。小麦属越冬作物,积雪之于小麦如同棉被一般保暖,融化后又可解麦地之旱。海子出生在农村,对麦子习性十分熟悉,故能写出这样的诗句。诗人写"雪和太阳"的"光芒"时,选用一个"跑"字,诗句的活力就来了。试想:此句若写成"阳光下,积雪覆盖麦田",岂不落入俗套?

"诗人,你无力偿还/麦地和光芒的情义",这是《询问》中的关键诗句。

"麦地和光芒"的情义,也即天地养育之恩。宋代大儒张载的《西铭》有言:"乾称父,坤称母;予兹藐焉,乃混然中处。……民吾同胞,物吾与也。"[5] 这段文字的大意是，乾即是天，好比父亲，坤即是地，好比母亲；弱小的我，处在天地之间……万民皆由天地所生，为我同胞弟兄；万物皆由天地化育，与我同属一类，是我朋友。张载赋予人的存在以温情，作为人子，要理解天地养育之恩，与万物和谐相处。

"一种愿望／一种善良"是诗人对天地养育之恩的具体感受，是对天地"情义"的进一步体认。《易传》曰："天地之大德曰生。"天地生养万物，人为大地之子，特别蒙受眷顾。天地对人类似有某种愿望，且有善良的期许。这一点，敏感的诗人首先领悟到了，所以才萌生出"无力偿还"天地情义的愧疚感。

"一颗放射光芒的星辰／在你头顶寂寞燃烧"。这句诗内蕴丰富，耐人寻味。"光芒"一词在《询问》文本中 3 次出现，且一直延伸到《答复》。在诗人头顶上放射"光芒"的那颗"星辰"，正是伟大的太阳！阳光照射大地，本是司空见惯的现象，可是，在诗人海子这里，却能引发他对太阳的重新认识，"艺术能够更新人们对生活的感觉"，这是一个很好的例证。尼采笔下的查拉图斯特拉，在一个早上来到太阳跟前，对着太阳说："你伟大的星辰啊！倘若你不拥有你所照耀的一切，你的幸福何在？"太阳如是作答："我愿意赠与和奉献，除非人群中的智者仍旧欣悦于他们的愚蠢，而穷人安乐于他们的丰足。"[6] 尼采借查拉图斯特拉之口，说出了太阳的"心事"：唯有在"赠与和奉献"中才能找到幸福，燃烧才有意义。这便是太阳作为伟大星辰的强力意志。海子深受尼采影响，他写太阳"寂寞燃烧"，颇有意味。"寂寞"本是形容人的，用于太阳，则是拟人化，那颗"放射光芒的星辰"就具有了意志。太阳在诗人的头顶"寂寞燃烧"，太阳底下的诗人，如何放射并奉献自己的"光芒"和"能量"？此乃下面《答复》将要解决的问题。

二

《答复》诗歌文本如下：

麦地
别人看见你
觉得你温暖，美丽
我则站在你痛苦质问的中心
　　　　被你灼伤
我站在太阳　痛苦的芒上

麦地
神秘的质问者啊

当我痛苦地站在你的面前
你不能说我一无所有
你不能说我两手空空

麦地啊，人类的痛苦
是他放射的诗歌和光芒！

　　《答复》可以看作诗人对源自麦地的神秘之声的回答。"询问"是从发问者角度而言的，由于向众生发问，故用"询问"一词；"质问"则是从回答者角度而言的，在诗人看来，源自麦地的神秘之声，是麦地对"吃麦子长大的"人的发问，实质上是对其"良心"的"拷问"，故用"质问"代替了"询问"。《答复》中，诗人置身于天地之间，向麦地倾诉自己的衷肠。"痛苦"一词出现4次，决定了诗歌的情感基调，这注定是一场"痛苦"的答复。
　　作为诗人的"我"，对麦地的感受不同于他人。在他人眼里，麦地往往是一道温暖而美丽的风景，充满诗情画意；而"我"所感受到的却是来自麦地的"质问"！诗人站在质问的"中心"，如同置身于大地的"审判台"；不但如此，"质问"简直成了伴有火刑的"拷问"，诗人甚至已被"灼伤"！海子的诗歌语言极富张力，他不说诗人有多么"痛苦"，只说已被"灼伤"；他不说"质问"有多么尖锐，只说"我站在太阳 痛苦的芒上"！"芒"，既是麦芒的"芒"，又是太阳的"光芒"；既隐喻痛苦的"芒刺"，又象征燃烧的"光芒"。一个"芒"字承上启下，堪称"诗眼"。"我站在太阳 痛苦的芒上"，飞动着诗人天才般的想象力，令人在震撼之余，掩卷沉思。

面对麦地，诗人为何痛苦？这是理解该诗主题的一个难点。

首先，海子出生在农村，亲历过麦地劳作的辛苦。种麦的时候，父亲连夜耕种，汗流浃背；麦收时节，"月亮知道我/有时比泥土还要累"（《麦地》）。在中国，每一个经历过麦收的人，都会对单调而沉重的劳动有着深刻的记忆。海子有一首《五月的麦地》，其中描写诗人看到"家乡的卵石滚满了河滩"，又写"黄昏常存弧形的天空/让大地上布满哀伤的村庄"。海子如此描写家乡的河滩和天空，想要表达什么呢？"卵石滚满了河滩"，说明家乡的河流已干涸多日，由于干旱的威胁，麦子的收成注定减产，这是乡民哀伤的原因之一。"弧形的天空"是彩虹的写照，"常存"彩虹，则暗示风雨经常降临。麦收时节最怕的就是风和雨，但风雨却偏偏要来，这是令乡民哀伤的原因之二。海子说大地上"布满哀伤的村庄"，意味着村庄的"哀伤"不再是哪个人或哪个家庭的哀伤，而是乡民普遍的哀伤。

其次，诗人感恩于麦地的馈赠，却无法回报其恩德。麦地是诗人赖以生存的根基和最终的归宿之地，作为故乡"唯一的一块埋人的地方"，麦地又具有精神家园的意义。麦地出产"养我性命的"麦子，"吃麦子长大的"诗人，如何回馈大地？用什么回馈大地？这些问题困扰着诗人痛苦的灵魂。诗人认为，在大地面前，人类要保持诚实和谦卑的姿态："放弃沉思和智慧/如果不能带来麦粒/请对诚实的大地/保持缄默　和你那幽暗的本性"（《重建家园》）。"幽暗的本性"是指人性中黑暗和冷酷的一面，海子的诗句警示世人：不要在大地面前妄自尊大，故作聪明；要迷途知返，在大地上重建精神家园。当然，诗人在麦地前的痛苦，还有诸多原因，这里不再一一分析。

　　面对故乡麦地的"质问"，诗人海子义无反顾地站到大地面前，接受并回答"质问"。"当我痛苦地站在你的面前/你不能说我一无所有/你不能说我两手空空"。诗人为何声称自己并非"一无所有"、并非"两手空空"呢？这是理解《答复》的关键所在。读者不妨从两个方面去理解：一方面，作为诗人的海子，所从事的是精神劳动，其成果虽不像物质成果那样历历在目，但精神产品尤其是诗歌，也是人类的一种精神食粮，这种精神食粮的作用绝不能忽视；另一方面，作为诗人，"我"在"痛苦"中思索，在"痛苦"中创造，"我"既然有这么多的"痛苦"，那么"你"就不能说"我"一无所有，"你"就不能说"我"两手空空！最后，诗人把"痛苦"上升到精神创造的层面并敬告麦地："人类的痛苦/是他放射的诗歌和光芒！"孤独的诗人向大地表白——"痛苦"并非一无所用：诗歌，是人类"痛苦"的结晶；闪耀着光芒的思想，也是人类"痛苦"的结晶！

　　既然诗人拥有如此丰富的"痛苦"，就要让它升华为人类的诗歌，让它放射出光辉的思想！总之，在"痛苦"中完成创造，馈赠麦地，回报太阳，这便是诗人掷地有声的答复！

三

　　尽管《麦地与诗人》是一首短诗，但从诗歌空间上看，却处于"天地人"的大框架之中。如果说"麦地"代表大地，"太阳"代表苍天，那么，立于天地之间的"诗人"，则是人类精英的代表。中国古人早在《易经》中就提出"天地人"宇宙模式，"天地人"并称"三才"；中国传统医学经典《黄帝内经》如此给人下定义:"夫人生于地,悬命于天,天地合气,命之曰人。"[7] 中国古人倾向于把"天地人"看作一个整体,"人与天地相参"成为传统文化的共识。《麦地与诗人》的诗歌空间与"天地人"宇宙模式具有同构性,天地之间的"诗人",显得格外突兀。在如此宏大的空间中,时间却相对模糊,似乎不与现实关联,因此《麦地与诗人》仿佛具有神话或童话一般的品质。

尽管如此,海子创作《麦地与诗人》依然离不开他生活的 20 世纪 80 年代的现实背景。海子是大地之子,他迷恋泥土,对于伴随时代发展而消亡的某些有价值的东西,他自然伤感于心。海子创作于 1987 年的长诗《土地》有一个简短的题记:"土地死去了,用欲望能代替他吗?"海子说:"由于丧失了土地,这些现代的漂泊无依的灵魂必须寻找一种替代品——那就是欲望,肤浅的欲望。大地本身恢宏的生命力只能用欲望来代替和指称,可见我们已经丧失了多少东西。"[8] 两年后,海子在春节期间回到故乡,他感慨道:"有些你熟悉的东西再也找不到了,你在家乡完全变成了个陌生人!"在长诗《土地》中,原本代表着健康、圣洁和美好人性的土地,却被人类贪婪堕落的欲望破坏殆尽。由于对"大地沉沦"的无限焦虑,海子在诗中发出"是谁剥夺了我们的大地和玉米//何方有一位拯救大地的人?"这样的呼唤。

《麦地与诗人》实质上是"诗人"与"麦地"之间的一场心灵对话。这场对话的背景是,无论在生存层面还是在精神层面,"麦地"都遭遇到前所未有的危机。于是,天地之间,诗人何为?这个问题就成为诗人思考的重心所在,"询问"与"答复"实际上都与这个问题相关。在试图解决"大地"危机、探讨现代人"安身立命"这样的时代难题时,"诗人"被悲壮地置于巨大的光环之下。托马斯·卡莱尔指出,诗人和先知一样,是被派来向我们揭示宇宙秘密的人——因此,诗人被当作为世界带来希望之光的"英雄"人物。荷尔德林认为,诗人的使命就是呼唤远逝的诸神的名字，把它们召唤回来，所以，诗人的职责无疑是神圣的。诗人海子对自己的期许是："做一个热爱'人类秘密'的诗人。这秘密包括人兽之间的秘密，也包括人神、天地之间的秘密。你必须答应热爱时间的秘密。做一个诗人，你必须热爱人类的秘密，在神圣的黑夜中走遍大地，热爱人类的痛苦和幸福，忍受那些必须忍受的，歌唱那些应该歌唱的。"[9] 在《不幸（组诗）》中，海子忧伤地写道："土地和村庄/他们终究要被黑暗淹没/告诉我，荷尔德林——我的诗歌为谁而写"。海子笔下的诗人如此痛苦，他对自己的期许如此之高，是有其思想根据的。就中华传统文化而言，海子笔下的诗人，则类似于"为天地立心"的"圣人"。对于"立心"，虽然历来有不同的解释，但其要义不外乎：赋予生之为人者以精神良知，使个体获得安身立命的存在感，与自然、社会和谐一体。诗人若能发挥"立心"的作用，所谓"神性"不就充塞于天地之间了吗？

在回答"诗人何为"这类问题时，尽管海子受到中西先贤大师们的影响，但这首《麦地与诗人》并非是对他人的简单模仿，更不是对某些哲学概念的形象化图解。海子的诗歌充满诗性活力和独特个性，任何理论都不可能将其限定在既往窠臼之中。较之于海子其他关于"麦地"的诗歌文本，《麦地与诗人》的主题具有相当的深刻性和隐秘性，其诗歌境界远远高出一般的所谓"田园诗"。从某种意义上说，这是一首发人深省的哲理启悟诗，堪称海子"麦地诗歌"的代表之作。

注释：

[1] 海子著，西川编：《海子诗全集》，作家出版社，2009年，第412—413页。

[2] 2003年，《麦地》入选吉林人民出版社出版的《大学语文》，《五月的麦地》入选人民教育出版社出版的语文自读课本。

[3] 燎原先生最早撰文使用这一称呼,见燎原《孪生的麦地之子》,《诗歌报》,1990年第1—2期合刊。
[4] 海子著,西川编:《海子诗全集》,作家出版社,2009年,"代序二"第11页。
[5] 张载:《张载集》,中华书局,1978年,第62页。
[6] [德]尼采:《查拉图斯特拉·序言》,载陈鼓应《悲剧哲学家尼采》,生活·读书·新知三联书店,1994年,第325页。
[7] 姚春鹏译注:《黄帝内经》,中华书局,2010年,第231页。
[8] 海子:《诗学:一份提纲》,载西川编《海子诗全集》,作家出版社,2009年,第1038页。
[9] 海子:《我热爱的诗人——荷尔德林》,载西川编《海子诗全集》,作家出版社,2009年,第1071页。

第三节　赤子讴歌母亲

抱着白虎走过海洋[1]

倾向于宏伟的母亲
抱着白虎走过海洋

陆地上有堂屋五间
一只病床卧于故乡

倾向于故乡的母亲
抱着白虎走过海洋

扶病而出的儿子们
开门望见了血太阳

倾向于太阳的母亲
抱着白虎走过海洋

左边的侍女是生命
右边的侍女是死亡

倾向于死亡的母亲

抱着白虎走过海洋

1986

《抱着白虎走过海洋》是一首独特的抒情诗。这首诗在排列形式上极为整饬，而在内容方面则具有较大的可阐释空间，这固然给读者留下了发挥想象力的余地，但同时也造成读者对这首诗歌的误读或曲解。如何把握这首诗的主旨和意象？这就成为摆在海子诗歌爱好者面前的现实问题。

一

热爱海子诗歌的人都熟知海子写于1986年的诗歌《抱着白虎走过海洋》。早在1987年，由黄亦兵专为北京大学首届文学艺术节编辑的《风眼》诗歌专辑，就编发了海子的两首诗，其中一首就是《抱着白虎走过海洋》。后来众多海子诗歌选本，如人民文学出版社的《海子的诗》、《中国当代名诗人选集·海子》，以及北京大学出版社的《20世纪末中国文学作品选·诗歌卷》（学府选本）等，大都收录了这首诗。尽管成千上万的读者喜欢阅读它、背诵它，为数不少的评论家经常提及它、引用它，但是关于这首诗的主旨和意象很少有人深入探讨。

网络上对这首诗的讨论也众说纷纭，莫衷一是。一种观点认为，这首诗充满深奥的形而上学哲思意味，"把母亲和白虎放置在一起，神圣惊惧之美，超越于沧海之上，跨越了故乡，跨越了生与死，也跨越了天和地。仿佛整个自然都惊惧于这样的时刻"。另一种观点认为，海子创作时，并没有成熟的构思，而是激情涌现，提笔写就。"倾向于宏伟的母亲／抱着白虎走过海洋",使人感受到一种义无反顾的激情;人的一生,有这么一个时刻,不得不抛弃自己最珍爱的一切,像这位母亲一样,抛开所有牵挂,决绝地"抱着白虎走过海洋"。为简便起见,不妨把前者概括为形而上学的"哲思派",把后者概括为依靠感觉的"激情派"。如果说"哲思派"过于深奥,有玄虚之疑,那么"激情派"太过随意的感觉,也同样令人难以把握。种种观点与言说使海子的这首诗更加扑朔迷离。

二

《抱着白虎走过海洋》这首诗共有7个诗段,其中有4个诗段均以"抱着白虎走过海洋"作为结句。加上标题,"抱着白虎走过海洋"5次出现在整首诗中,这一诗句无疑是通篇的主题诗句。因此,对这一主题诗句的理解与阐释将是把握整首诗的关键所在。主题诗句中的"白虎",给读者的阅读带来许多障碍,也使得整首诗变得扑朔迷离起来。"白虎"一词产生的隔膜,每每导致读者对诗歌主旨的误读或曲解,因此"白虎"一词就成为解读这首诗时关键中的关键。究竟何谓"白虎"? 这里稍加梳理。

中国古代传说中的"白虎"。在中国古代传说中,道教将青龙、白虎、朱雀、玄武四种动物称作"神兽",分别代表东、西、南、北四个方位。与东方"青龙"相提并论的是西方"白虎"。四种"神兽"合称"四象",作为护卫之神,以壮威仪。在星宿方面,"白虎"是二十八星宿之中西方七宿的总称,是西方的代表。[2] 带迷信色彩的"十二主星宿歌诀"则称:"白虎凶神当堂坐,流年必然有灾祸。"民间则有"丧门白虎"、"退财白虎"等俗语。[3] 既然是传说,其中包含一些含混不清的说法,在所难免。

动物学意义上的"白虎"。白化孟加拉虎,简称"白虎",是孟加拉虎的一个变种。白虎的毛色是由于基因突变并经过长期的自然选择而形成的。野生白虎基本灭绝,现存白虎均为人工繁殖。

少数民族图腾意义上的白虎。相传,"白虎"是土家族极为崇拜的廪君魂灵的化身。土家族崇虎、敬虎,不仅许多地方立庙祭祀,更有许多土家人的神龛上供有白虎神位。土家族小孩穿的鞋称"虎头鞋",戴的帽叫"虎头帽",大人还常于小孩眉心间画一"王"字。

方言俗语意义上的"白虎"。值得我们注意的是,在安徽一些地方的方言中,"白虎"的意思是指某人什么都不懂、愚笨;亦有俗语"白虎蛋",指爱侃大山、胡说八道的人,或指调皮捣蛋的孩子。在我国民间,父母往往以某个贱名称呼自己的孩子,目的是使孩子能够平安成人。[4] 因此,那些听起来不雅的称呼,恰恰反映了父母对孩子的一份特殊的关爱。"小笨蛋"、"调皮蛋"、"白虎蛋"、"捣蛋鬼"等称呼,常常被大人们用在最心爱的孩子身上。

通过上述对"白虎"一词的梳理,我们知道其义项相当繁杂,在不同的领域代表不同的意思。如果每个读者基于自己对"白虎"一词的认识,去理解海子的《抱着白虎走过海洋》,那么就难免各持己见,莫衷一是。种种对"白虎"一词的"误读",使这首诗所要表现的主题扑朔迷离,甚至缥缈得有些不食人间烟火。那么,这首诗中的"白虎"究竟指代什么呢?需要从"抱着白虎走过海洋"这一主题诗句入手来分析。

在这首诗中,"走过海洋"的是母亲,她所"怀抱"的,绝非一只"白色"的"老虎",也不可能是与"青龙"相对的"白虎"。这首诗中的"白虎",当是星体意义上的"白虎星"。中国古人认为,地上的人和天上的星有对应关系,所谓"天上一颗星,地上一个丁"之说,在民间普遍流传。诗中"母亲"所"怀抱"之"白虎",应是她的孩子。读者要特别注意"抱"这个词:"抱"就是"怀","怀"者,母亲"怀孕"也——为避免过于直白,海子用"抱"代替了"怀"。那么,"抱着白虎走过海洋",也就是"母亲"怀着孩子"走过海洋"。海子为何把"母亲"怀上的孩子比作"白虎星"呢?因为母亲每一次怀孕和分娩都有可能给自身带来生命危险,所谓孩子的生日,实为母亲的难日。"白虎星"作为星相学所说的一种凶星,往往给人间带来血光之灾,于是,海子便把母亲所怀的孩子比作"白虎星",也即"白虎"。海子在《寂静(〈但是水、水〉原代后记)》(以下简称《寂静》)中写道:"那个人她叫母亲,她疼痛地生下了我。她生下我是有目的的。可能她很早以前就梦见了我。我是她的第一个儿子。"[5]

另外,从方言俗语的角度看,这首诗中"母亲"所"怀抱"的"白虎",也当是俗语中的"白虎蛋",即"调皮捣蛋的孩子"。总之,海子这首诗中的"白虎"当指母亲所孕育的孩子。"白虎"这个意象不具有视觉效果,只是孩子的代称而已。

确定了"白虎"一词的寓意之后,我们就可以初步判定,《抱着白虎走过海洋》这首诗是献给母亲的,是一首歌颂母亲生儿育女伟大功绩的"母爱之歌"。

三

《抱着白虎走过海洋》这首诗是怎样歌颂母爱的?这需要我们仔细品味。母亲走过怎样的"海洋"呢?诗中的"海洋"这一意象,并非大自然意义上的海洋,当是喻指生活的"苦海重洋",这与佛教中以"苦海"喻人生不谋而合。这首诗中"倾向于宏伟的母亲"、"倾向于故乡的母亲"、"倾向于太阳的母亲"、"倾向于死亡的母亲"这四个关键诗句分散于诗中,令人费解,我们不妨将其稍稍置后,先从第二诗段着手分析。"陆地上有堂屋五间/一只病床卧于故乡",可以有两种理解:其一,故乡的"堂屋"里有"一只病床",母亲常常躺在病床上;其二,"陆地上"的"堂屋"如同"一只病床卧于故乡",母亲经常躺在贫穷的故乡的病床上。第四诗段"扶病而出的儿子们/开门望见了血太阳",在逻辑上与第二诗段紧密相连,这两句诗当是写孩子们的出世。为何"扶病而出"呢?这里有诗人海子对母子关系的深刻认识。在《生日颂(或生日祝酒词)——给理波并同代的朋友》[6]（以下简称《生日颂（或生日祝酒词）》）中，海子写道："在生日里我们要歌唱母亲/她们把我们领到这个不幸的人世/在这个世界上　只有她们　无限地热爱着我们/因为我们是她的一部分"。孩子是母亲身上的肉，是母亲的一部分，这是海子对母子关系的体认。那么，既然母亲有病在身，孩子们的降生也就是"扶病而出"——这当是诗人强烈而真挚的感情抒发，与遗传学并无联系。"开门望见了血太阳"这句诗比喻的是孩子们在血光之中降生，来到一个新鲜的世界。这时再回想诗句中的"病床"，其意义逐渐明朗：母亲分娩时不但有疼痛，而且要流血，慢慢等伤口愈合，从某种意义上说，一次分娩也不亚于患一场大病。"左边的侍女是生命/右边的侍女是死亡"在逻辑上承接着孩子们的出生，写的是母亲在生育孩子时面临的生命危险。掌管生命的侍女与掌管死亡的侍女陪伴在母亲左右，这时候的母亲实际上处于生与死的边缘。海子在《生日颂（或生日祝酒词）》中写道："在这个夜晚　我们必须回到生日/回到我们的诞生之日/甚至回到母亲的腹中"。孩子的生日，就是母亲的受难之日。因此，海子认为"在生日里我们要歌唱母亲"，"甚至回到母亲的腹中"重新体验生命，感受温暖的母爱，认识母亲的伟大。从海子的诗句中，我们可以认识到海子尊敬母亲、孝敬母亲的那颗赤子之心，对于海子写出的"母亲是一个伟大的名字/母亲是我诗歌中唯一的主人"这样的诗句，也就不难理解了。

在弄清这首诗的基本构思及立意之后，诗中"倾向于宏伟的母亲"、"倾向于故乡的母亲"、"倾向于太阳的母亲"、"倾向于死亡的母亲"这四句诗便可得到比较合理的解释。这四句诗的每一句下面都紧接着主题诗句"抱着白虎走过海洋"，可以说这四句诗是对母亲生儿育女、走向衰老的具体描摹，逐步烘托和强化了"抱着白虎走过海洋"的母亲形象。"宏伟"、"故乡"、"太阳"、"死亡"四个关键词中，"宏伟"不仅喻指母亲妊娠后形体的宏大，也赞美母亲精神的伟大；"故乡"一词在诗中紧接上句"一只病床卧于故乡"。这里的"故乡"实际指故乡的"病床",倾向"故乡"也就是倾向生养孩子的"产床"——20世纪中国农村的"产床"绝大多数不设在医院,而是"卧于故乡"。四个关键词中,"太阳"一词承接上句的"开门望见了血太阳",指的是"血太阳",这一意象是海子天才般想象的结晶:它包含着希望、新生、光明,同时也隐含着苦难、危险、牺牲。在诗中,"血太阳"关涉母与子双方,"病床"上的母亲勇敢地迎接它,而新生的婴儿则"开门望见"。四个关键词中,"死亡"一词是赤裸裸的,海子并未使用比喻或象征,但这个词极具震撼力。"倾向于死亡",一方面写出了母亲迎接新生婴儿时承受的危险;另一方面也可以理解为,母亲日渐衰老、逐渐走向人生暮年,而死神就在不远的前方,读者似乎可以猜测诗人心中万般无奈的焦虑和遗恨。"倾向于死亡的母亲/抱着白虎走过海洋",是诗歌的最后一段,也是整首诗歌的高潮。在人生的苦海重洋中,走向死神的母亲,依然怀抱着自己的"白虎"。不管人生多么艰难,这个"走过海洋"的母亲,对自己的孩子永远不弃不离,疼爱有加,她至死都怀抱着属于自己血肉的"白虎",这样的母亲何其宏伟,何其崇高!现实生活中,海子就拥有一位如此伟大的母亲。在海子离开故乡之前,母亲用目光注视着儿子的成长;在海子离开故乡之后,母亲成为守候在村口等待儿子回家的一个路标;在海子弃世之后,母亲经常为儿子扫墓并含泪摆上祭品。这位母亲不愧为"抱着白虎走过海洋"的宏伟而神圣的母亲!

综上所述,这首诗是海子以赤子之心咏唱的一曲母爱颂歌。它之所以扑朔迷离,主要是因为人们对"白虎"一词容易产生误解,从而造成对通篇的"误读";该诗在结构上跳跃式的诗节排列,也在某种程度上给读者带来一定的阅读障碍,从而致使该诗的主旨似乎玄虚深奥,难以把握。读者一旦克服上述阅读障碍,就会发现这首诗写得庄严而华美,深刻而悲壮,具有某种刀劈斧砍的艺术力度。诗歌中那位"抱着白虎走过海洋"的母亲形象,将永远留在读者心中。

注释：

［1］海子著，西川编：《海子诗全集》，作家出版社，2009 年，第 143—144 页。

［2］称之为"白虎"，不是因它是白色的，而是源于"五行说"——西方在五行中属金，主白色。

［3］"白虎"也属于杀伐之神，古代的"虎符"、"白虎堂"都包含某种军事意味。

［4］据迷信说法，阎王爷无法从生死簿上找到那些贱名，父母给孩子取贱名可以避免孩子夭折。

［5］海子：《寂静（〈但是水、水〉原代后记）》，载西川编《海子诗全集》，作家出版社，2009 年，第 1024 页。

［6］海子的抒情诗《生日颂（或生日祝酒词）》是写给友人孙理波的生日颂诗，收在西川编《海子诗全集》（作家出版社 2009 年版）散佚作品中，也是此诗首次公之于世。

| 第二章　致敬大师 |

第一节　给女诗人萨福
第二节　给瘦哥哥凡·高
第三节　给大师普希金

第一节　给女诗人萨福

给萨福[1]

美丽如同花园的女诗人们
相互热爱,坐在谷仓中
用一只嘴唇摘取另一只嘴唇

我听见青年中时时传言道:萨福

一只失群的
钥匙下的绿鹅
一样的名字。盖住
我的杯子

托斯卡尔的美丽的女儿
草药和黎明的女儿
执杯者的女儿

你野花
的名字
就像蓝色冰块上
淡蓝色水清的溢出

萨福萨福

红色的云缠在头上

嘴唇染红了每一片飞过的鸟儿

你散着身体香味的

鞋带被风吹断

在泥土里

谷色中的嘤嘤之声

萨福萨福

亲我一下

你装饰额角的诗歌何其甘美

你凋零的棺木像一盘美丽的

棋局

古希腊最早的女抒情诗人萨福[2]，是一位充满传奇色彩的人物。她的诗歌情感真挚而热情澎湃，韵律独特优美，将古希腊的抒情诗创作推进到一个新高潮，对后世影响深远。其独创的抒情诗体，被称为"萨福体"。海子这首献给莱斯沃斯岛上的"诗歌月亮"——萨福的抒情佳作，看似行云流水般通俗易懂，实则字里行间隐含诸多文化典故。笔者将采用"披文入情、沿波讨源"的方法，探讨该诗的主题意蕴和艺术风格。

一

《给萨福》共 8 个自然诗段，可划分为 4 个部分。第一部分（第一段），总体勾勒古希腊女诗人群像；第二部分（第二至第五段），写诗人对萨福名字的接受与联想；第三部分（第六至第七段），具体描摹萨福的诗意人生；第四部分（第八段），评价、赞美萨福其诗其人。上述 4 个部分紧紧围绕萨福形象展开抒情，诗歌结构别具匠心。请读者留意如下阅读难点：1. "谷仓"及"谷色"有何寓意？2. "钥匙"、"绿鹅"和"杯子"如何理解？3. "托斯卡尔的美丽的女儿"、"草药和黎明的女儿"和"执杯者的女儿"典出何处？4. "红色的云"和"飞过的鸟儿"体现了怎样的诗意美？结合上述难点，我们不妨逐段进行分析。

早在公元前 6 世纪，古希腊女诗人萨福就在爱琴海上弹着七弦琴，吟唱自己缠绵的爱情。那时，寡居的萨福 20 多岁，已经为自己赢得诗名。她在莱斯沃斯岛上创办女子学校，教授诗歌、音乐、仪态等。萨福的许多诗篇都是写给学生的赠别诗。

在第一诗段，海子就为读者勾勒出一幅其乐融融的女诗人群像。我们不妨设想，在莱斯沃斯岛上，萨福率领一班妙龄女郎，载歌载舞，吟风弄月，这种生活何其自由而浪漫！在那个诗歌王国里，"女诗人们"个个都美如"花园"。用"花园"比喻女诗人，香艳别致，不落俗套。每个诗人都有其个性，都是一个"花园"；一个个小"花园"组合起来，构成了一个大"花园"。

对本诗段中的"谷仓"，可以有多种理解。首先，指代房屋，取"沧海一粟"之意。"粟"者，"谷"也，渺小的个体如同沧海一粟，其房屋不就是"谷仓"吗？而爱琴海中的诸岛上的确有风格独特的圆顶房，远远望去，颇似"谷仓"。其次，海子有一篇哲理色彩颇浓的小说《谷仓》，其中的"谷仓"代表"人类的躯壳"，象征着"肉身欲望"——人是吃五谷长大的，身体如同"谷仓"。最后，萨福及其女弟子们过着衣食无虞的生活，说她们坐在"谷仓"中，也不无道理。坐在"谷仓"中的女诗人们，"用一只嘴唇摘取另一只嘴唇"，这是描写具体动作。"摘取"一词用得妙，不是用手"摘取"，而是用嘴唇"摘取"嘴唇。

二

正当海子带领读者沉浸于古希腊的诗歌花园之时，第二诗段"我听见青年中时时传言道：萨福"，却把读者拉回现实之中。海子告诉我们，对"萨福"这个名字，当时的青年们时有谈论。传言中的"萨福"除具有异国文化风情外，恐怕还会夹杂某些神秘的色彩吧！

第二诗段属于"独句段"，在段与段之间兼起过渡作用，而"萨福"其名，也即第三诗段"钥匙下的绿鹅／一样的名字"。

第三诗段中的"绿鹅"源于薄伽丘《十日谈》中的典故。

一个从小与世隔绝的男孩子，年满18岁那年，跟父亲下山来到佛罗伦萨城。儿子见到一位绿衣姑娘，好奇地发问："这是什么东西？"因为父亲从来没有让他见过姑娘，所以骗他说这叫"绿鹅"。儿子接着说："咱们买一只回去吧！"父亲说："不行，那可是邪恶的东西！"随后，儿子一直闷闷不乐，可心中总是惦记着那只"绿鹅"。

在海子那个年代，"萨福"这个名字如同薄伽丘笔下的"绿鹅"一样，每每遭遇误解、曲解甚或遮蔽。对海子而言，"萨福"这只"失群"的"绿鹅"越是神秘，越能激发其探求真相的好奇心。于是，诗人带着探索心灵秘密的"钥匙"，开启一道道"难题"，终于发现"萨福"这只"绿鹅"的"真相"。如果说该诗中的"钥匙"属于"虚写"，取其象征意义，那么诗中的"杯子"则属于"实写"，就是指诗人日用的"水杯"。诗人用什么"盖住"自己的杯子？——用"萨福"这两个字。就是说，诗人索性把"萨福"二字刻（或印）在了自己的"水杯"上！由此，足见诗人对萨福这只"绿鹅"的喜爱程度。

在海子所处的20世纪60至80年代，学生或普通民众饮水用的杯子，以"搪瓷缸"居多，缸体上往往印着各种流行的文字。诗人避开社会流俗，偏要用"绿鹅/一样的名字"——萨福——"盖住"自己的"杯子"，这种做法堪称相当前卫的"行为艺术"！

第四诗段诸多以"女儿"称呼的芳名，都是用来形容萨福的。"托斯卡尔的美丽的女儿"源于奥西恩（又译"莪相"）诗歌《英雄之爱》中的一段挽歌。[3] 这段挽歌的大意为，英雄托斯卡尔战死后，他的女儿玛尔薇娜因悲伤过度，不久也离开人间。奥西恩是凯尔特神话中的英雄战士兼游吟诗人，相传曾被海神玛纳诺带到海外的青春仙岛，娶海神的女儿为妻。海子用"托斯卡尔的美丽的女儿"喻指萨福，突出的是其仙女般的美丽和哀歌般的忧郁气质。萨福曾有如下诗句："求求你/女神啊，别再用痛苦和忧愁/折磨我的心！"[4]"女神"指的是爱神阿芙洛狄忒，"痛苦和忧愁"则因爱而生。"托斯卡尔的美丽的女儿"这个称呼，清丽而哀婉，略带传奇色彩，符合萨福的生平际遇和诗人身份。

在希腊神话中，"草药的女儿"是指健康女神海吉雅，其名字就是今日"卫生"一词的来源。之所以称其为"草药的女儿"，是因为其父阿斯克勒庇俄斯善用草药治病，是希腊的医神。"黎明的女儿"则是指希腊神话中的黎明女神厄俄斯，希腊诗人和画家总把她作为一个极其美丽的女神来描绘，她还拥有"美发女神"、"金脚女神"等雅号，诗人荷马称之为拥有"玫瑰一般手指"的女神。"执杯者"是指希腊神话中的青春女神赫柏，她是宙斯与赫拉的女儿，漂亮而活泼可爱。奥林匹斯山上的每次宴会，皆由她为诸神斟酒，据说那些美酒能令诸神心花怒放，永葆青春活力。

海子把诸如"健康女神"、"黎明女神"、"青春女神"这些美称，都给了萨福。不仅如此，在第五诗段诗人还称赞萨福有着"野花"的芳名，那名字犹如"蓝色冰块上"刚刚溢出的水滴，清澈而冷艳。"水清"一词属于海子的创造，令人联想起冰清玉洁的美人气质。诗句中一再出现的"蓝色"，既是血统高贵的象征，又代表着纯净与清新，用于形容蓝色爱琴海上的美女萨福，再恰当不过了。本诗段通感手法的运用，达成了意象飞动、文采斐然的艺术效果。

在西方文艺史上，萨福是一位女神般的传奇人物，柏拉图誉之为"第十位缪斯"。美国学者莫尔顿·亨特如此评论萨福："她的诗歌对后来的爱情文学产生了巨大的影响，同时对人们的日常生活也有很大的影响。两千五百年以来，情人们所忍受的那种情感痛苦，其中大部分已被萨福描述过。"[5] 萨福研究者田晓菲女士认为，诗人萨福的创作构成了荷马之外欧美文学的另一个传统，"如果荷马是父，那么萨福就是母亲，是姊妹，是情人"[6]。

作为女音乐家，萨福能歌善舞，传说七弦琴这一乐器就是因为萨福精湛的琴艺而传遍了欧洲各个国家。在绘画史上，有不少画家都曾画过萨福肖像，她那怀抱七弦琴飘逸欲仙的美丽神态，长期留在人们的记忆中。由于多种天赋和才华荟萃于萨福一身，诗人海子送给她的诸多雅称，不无道理。萨福的诗直接抒情，没有装饰，没有浮华，却有真情，反映了古希腊时期人们的纯洁与单纯。海子也偏爱直接抒情，其诗歌语言具有童话般的晶莹透明。二者在心灵和诗艺方面有所契合，所以才有海子式的感动和激赏。

由第二至第五诗段构成的第二部分，主要写海子对诗人萨福的接受过程与唯美联想。这部分内容隐含诸多文化典故，神话元素尤多，尽管增加了读者理解的难度，但是使该诗内蕴丰富，耐人寻味。

三

该诗第三部分由第六至第七诗段组成。如果说第一部分属于总体勾勒古希腊女诗人群像的话，第三部分则通过具体细致的描摹，再现萨福的诗意人生。这一部分，诗人调动诸多艺术手段，从声音、色彩、味道等细节方面展现出女诗人迷人的风采。

"红色的云缠在头上"令人联想起"云鬓"一词。萨福不是被海子比喻为希腊神话中的"黎明女神"吗？"黎明女神"本有"美发女神"、"金脚女神"的雅号呢！"红色的云"是朝霞的颜色，也是萨福秀发的颜色。"缠在头上"，一个"缠"字，既写出了动感，又暗示了造型。朝霞是红色的，女诗人的嘴唇也是红色的，海子不写哪个更红，只告诉读者是"嘴唇染红了每一片飞过的鸟儿"。那些"飞过的鸟儿"是真正的鸟儿吗？——非也。诗人海子的想象力总是天马行空，汪洋恣肆，其诗句也就具有相当的阐释空间。譬如，那"飞过的鸟儿"是被"摘取"的"另一只嘴唇"，还是划过空间的飞吻？是自由飞扬的女性精神，还是卓尔不群的爱之灵魂？……一切任由读者恣意想象。

海子对萨福的细致描摹遵循了从上到下的顺序，先自头部写起，转而落到脚部。海子的高明处在于，他并未直接描写萨福那双脚，而是通过描写其"被风吹断"的"鞋带"，给读者留下想象的空间。试想：连"鞋带"都散发出"身体香味"，这该是怎样一位香艳美人呢？埋在泥土里的"鞋带"因不甘寂寞而露出地面，在蓝天下随海风飘荡，仿佛在诉说女主人的前尘往事。

第七诗段中"谷色"一词作何解释呢？"谷色"，即食色也。"嘤嘤"为象声词，形容鸟的叫声，源出《诗经·伐木》："伐木丁丁，鸟鸣嘤嘤。出自幽谷，迁于乔木。嘤其鸣矣，求其友声。"[7] "嘤嘤之声"有"求友"之意，而"萨福萨福/亲我一下"正隐含有此意。

第四部分即第八诗段："你装饰额角的诗歌何其甘美/你凋零的棺木像一盘美丽的/棋局"。这是全诗的高潮部分，也是结尾部分。诗人直抒胸臆，赞颂萨福诗歌之美，抒发其怀古情思。诗情浓郁而又含蓄蕴藉，余韵悠悠。

世俗女子通常用化妆品美容，而作为女诗人的萨福却以诗歌装点自己。在海子看来，萨福之美，本质上"美在诗歌"。于是，海子拈出"甘美"一词，赞美萨福诗歌，似在说明：吟诵其诗仿佛啜饮美酒醴泉一般，令人口齿生香。

棺木凋零、西风残照之类的画面，实属令人黯然泪下的苍凉之境；而在海子笔下，女诗人萨福那"凋零的棺木"竟然像一盘美丽的"棋局"。历史沧桑，人生如棋。萨福热烈而精彩的一生，如同一盘没有下完的棋。她所遗留的残局，千年之后，依然引发后人的怀想和沉思……

在结构安排上，《给萨福》的两条写作主线相辅相成，交错延伸。第一部分和第三部分集中笔墨刻画以萨福为代表的古希腊女诗人的生活情状，既有总体勾勒，又有具体描摹，形成"侧重描写"的一条主线；第二部分和第四部分写"我"对萨福的接受过程以及围绕萨福展开的丰富联想，抒发对其诗歌的赞美之情和对沧桑历史的诗意沉思，形成"侧重抒情"的另一条主线。围绕两条主线，全诗四个部分交叉衔接而又错落有致，形成跌宕起伏的诗歌结构。全诗风格轻盈而厚重，诗情饱满而蕴藉，显示出海子较高的诗艺水平。海子曾言："时光与日子各各不同，而诗则提供一个瞬间，让一切人成为一切人的同时代人，无论是生者还是死者。"[8]在海子诗歌世界里，如果说画家凡·高属于"阿尔的太阳"，那么，诗人萨福则堪比莱斯沃斯岛上的"诗歌月亮"——借助诗歌，海子把心中崇高的敬意献给了那些伟大的艺术家们。

综上所述，这首文采斐然的诗歌表现了海子对女诗人萨福的由衷赞美之情。诗人的想象力穿越千年历史，栩栩如生地描摹萨福那爱与美的生活，既有亲临其境的真切感又有回望历史的沧桑感。海子对古希腊莱斯沃斯岛上"诗歌月亮"的礼赞，固然有对诗神的崇敬，但从根本上讲，是缘于他对崇尚自由、热爱生命的古希腊的神往。当初，周作人向国内译介萨福作品之时，就希望国人能接受一点古希腊的影响——热烈地求美，求热烈地生，而不是如植物一般苟活。海子对萨福的接受和欣赏，不仅表现出他面向世界的文化胸襟，也反映出他燃烧自我的生命态度和超越流俗的审美眼光。

注释：

[1] 海子著，西川编：《海子的诗》，人民文学出版社，1995年，第127—128页。

[2] 萨福，大约生活在公元前6世纪。米雷格称颂其诗：虽然不多，但朵朵都是蔷薇。

[3] 参见［美］梭罗：《瓦尔登湖》，王义国译，北京燕山出版社，2010年，第147页。

[4] ［古希腊］萨福：《永生的阿芙洛狄忒》，载飞白主编《世界诗库》，第1卷，花城出版社，1994年，第67页。

[5] ［美］莫尔顿·亨特：《情爱自然史》，赵跃、李建光译，作家出版社，1988年，第58页。

[6] 田晓菲编译：《"萨福"：一个欧美文学传统的生成》，生活·读书·新知三联书店，2003年，第9页。

[7] 参见程俊英撰：《诗经译注》，上海古籍出版社，2004年，第253页。

[8] 海子：《民间主题（〈传说〉原序）》，载西川编《海子诗全集》，作家出版社，2009年，第1021页。

第二节　给瘦哥哥凡·高

阿尔的太阳
——给我的瘦哥哥[1]

"一切我所向着自然创作的,是栗子,从火中取出来的。啊,那些不信仰太阳的人是背弃了神的人。"

到南方去
到南方去
你的血液里没有情人和春天
没有月亮
面包甚至都不够
朋友更少
只有一群苦痛的孩子,吞噬一切
瘦哥哥凡·高,凡·高啊
从地下强劲喷出的
火山一样不计后果的
是丝杉和麦田
还是你自己
喷出多余的活命的时间
其实,你的一只眼睛就可以照亮世界
但你还要使用第三只眼,阿尔的太阳
把星空烧成粗糙的河流
把土地烧得旋转

举起黄色的痉挛的手，向日葵
邀请一切火中取栗的人
不要再画基督的橄榄园
要画就画橄榄收获
画强暴的一团火
代替天上的老爷子
洗净生命
红头发的哥哥，喝完苦艾酒
你就开始点这把火吧
烧吧

1984.4

这首诗写于 1984 年 4 月，于 1985 年发表于山西大学北国诗社主办的《北国》诗刊，是诗人海子早期的代表作之一。隔着时空，诗人海子以直抒胸臆的方式表达了对荷兰后印象派画家凡·高的由衷赞美。该诗涉及凡·高诸多绘画名作，海子信手拈来，如数家珍，显示出敏锐的艺术感知力和宽广的艺术视野。通过对该诗的解读与赏析，我们不但可以发现海子和凡·高之间惊人的相似之处，而且可以窥见海子从事诗歌创作的内在激情与精神动力，其后来的命运似乎也早已蕴藏诗内。

一

海子对《阿尔的太阳——给我的瘦哥哥》（以下简称《阿尔的太阳》）

这首诗的标题有一条自注:"阿尔系法国南部一小镇,凡·高在此创作了七八十幅画,这是他的黄金时期。"这个简短的注释,显然是提醒读者注意阿尔,它不但是凡·高艺术生涯中一个醒目的地理坐标,而且是代指一个黄金的"阿尔时期"。

阿尔(Arles)一译"阿尔勒",是法国东南部的一个古老的小城,拥有丰富又独特的古罗马文化遗产。凡·高的"阿尔时期"(1888年2月21日—1889年5月3日)是他艺术创作最杰出的时期,也是他人生最戏剧化的时期。凡·高,这位命运坎坷的画家,在阿尔真正找到了当一个职业画家的感觉,同时也悟出了绘画与生命的本质关系。在不到两年的时间里,凡·高创作了大量作品,《向日葵》便是这一时期的杰作。

作为诗歌标题的"阿尔的太阳"具有丰富的意蕴。这个"太阳"除指物理意义上的星体外,还可喻指凡·高的绘画代表作《向日葵》以及凡·高本人,"太阳—向日葵—凡·高"就构成了复合象征意象。首先,我们看"向日葵"和"太阳"之间的联系。向日葵被称为"朝阳花"或"太阳花"。在印加帝国,向日葵是太阳神的象征,因此向日葵的花语就是"太阳"。在法语里,"向日葵"的意思据说就是"落在地上的太阳"。其次,我们看凡·高与向日葵的缘分。荷兰原是郁金香的故乡,凡·高却不喜欢此花,反而认同法国的向日葵。早在巴黎时期,凡·高就爱上了向日葵。来到阿尔后,他喜欢采摘向日葵,用来装饰自己的房间。凡·高的头发棕里带红,就连络腮胡子也是焦红色的,跟向日葵的花盘颜色相似,因此有人指出,向日葵就是凡·高的自画像。翻译过凡·高传记的余光中先生认为,"太阳"、"向日葵"和"凡·高"属于"三位一体"。海子《阿尔的太阳》,就是写给画向日葵的凡·高的,副标题则进一步点明,凡·高就是"我的瘦哥哥",也就是"阿尔的太阳"。

该诗正文之前有一段引文:"一切我所向着自然创作的,是栗子,从火中取出来的。啊,那些不信仰太阳的人是背弃了神的人。"这段引文出自凡·高写给弟弟提奥的书信。17世纪法国寓言诗人拉·封丹有一篇寓言叫《猴子与猫》：猴子骗猫偷取火中栗子，结果栗子让猴子吃了，猫却被烧坏了脚。凡·高用"火中取栗"来比喻艺术创作是燃烧生命的冒险行为。对艺术家而言，创作需要甘愿忍受巨大的痛苦和折磨，甚至用尽生命的热情和力量。凡·高曾告诉提奥："我的作品是冒着生命危险画的，我的理智已经垮掉了一半。"那么，凡·高为何感喟"那些不信仰太阳的人是背弃了神的人"呢？这个问题关涉凡·高的信仰观，又与其创作观不无联系。

凡·高出身于一个笃信基督教的家庭，父亲是一名牧师。25岁的凡·高曾到比利时南部的博里纳日煤矿区开展传教活动，由于过度热情，反被教会取消传教士资格，从此走上绘画之路。在散文《巴黎看画记》中，余光中指出，凡·高一生有两大狂热：早年做传教士，希望把使徒的福音传给劳苦的大众，却惨遭失败；后来做画家，希望把具有宗教情怀的生之体验传给观众。余光中先生的观点是中肯的，凡·高没有把做传教士和做画家完全对立起来。在凡·高看来，大自然中的太阳正是神圣的存在。宗教情怀与艺术激情相结合，使得凡·高发现了大自然中独特的大美，其绘画因而别具精神内涵。

二

《阿尔的太阳》共有27行，整首诗一气呵成，并未划分诗段。为了便于分析解读，笔者将其分为4个诗段。我们先看第一诗段。

> 到南方去
> 到南方去
> 你的血液里没有情人和春天
> 没有月亮

> 面包甚至都不够
> 朋友更少
> 只有一群苦痛的孩子，吞噬一切

本诗段开篇即为"到南方去/到南方去"，强烈的节奏感似乎表明凡·高去阿尔的决心，其句式和语气显然受到凡·高传记的影响。海子对凡·高的认识主要是来自阅读凡·高传记和欣赏凡·高作品。余光中的译本《梵谷传》1957 年在台湾出版[2]，大陆由常涛翻译的《梵高传》[3] 1983 年出版。海子读到的应当是刚面世不久的常涛译本。"向南，向南，向着太阳"是"常译本"的一节小标题，"余译本"则将其译为"向南方，永远向南方的太阳"。当年果断南下阿尔的凡·高，做过艺术商人和传教士，后来决心做一名画家，他的南下之路可简单概括为"艺术商人—宗教传道—艺术创作"。值得一提的是，1987 年的海子也曾萌生"南下"的强烈愿望，他在日记中写道："我打算明年去南方，去遥远的南国之岛，去海南。在那里，在热带的景色里，我想继续完成我那包孕黑暗和光明的太阳。真的以全部的生命之火和青春之火投身于太阳的创造。"[4] 海子计划去南方，竟然也是为了艺术创作，不知是否受到凡·高所走的艺术道路的启示，但至少表明，海子对凡·高"阿尔之行"的意义是非常理解的。

本诗段"没有……没有……"、"……不够……更少"和"只有……"这样的句式，准确地写出了凡·高的坎坷命运和精神追求。海子懂得凡·高在世俗世界里的缺失，当然也懂得凡·高在艺术世界里的丰盈。凡·高一生穷困潦倒，作品不被世人接受，在爱情上也没有得到心爱的人的眷顾。他终于发现，唯有绘画才是他真正的永远的情人。也许只有在画作中，凡·高才能找到他自己。

如何理解本诗段"一群苦痛的孩子"？笔者认为，那群"苦痛的孩子"

不是别的，正是艺术家笔下用心血凝成的一件件作品，正是凡·高的绘画和海子的诗篇！成功的作品是艺术家光荣的标志，但是，那些伟大的作品——艺术家的"孩子"——往往会无情地"吞噬"艺术家的"一切"，"火中取栗"的寓意一旦得以印证，"吞噬一切"这个词就令人不寒而栗。同凡·高一样，海子最终也被那群"苦痛的孩子"所吞噬，简直是一语成谶！生生死死，海子和他的"瘦哥哥"有许多相似之处。为了各自狂热的艺术追求，他们宁愿过着极其简单的生活，而又追求无限的精神信仰，这是常人所不理解和无法接受的，也是难以达到的境界。

> 瘦哥哥凡·高，凡·高啊
> 从地下强劲喷出的
> 火山一样不计后果的
> 是丝杉和麦田
> 还是你自己
> 喷出多余的活命的时间

第二诗段的抒情直抒胸臆，情感强烈而思想深刻。海子认为，凡·高的创作激情是喷涌的，如同地下火山的爆发。这种喷涌固然可以创造出诸如《丝柏》和《麦田》等著名的油画作品，但同时也极大地缩短了艺术家的寿命。因此，这种狂热的创作是危险的，恰如火山爆发一样不计后果。艺术之火在照亮他物之时，却吞噬自己，并把一切化为灰烬。海子在其日记中写道："燃烧指向一切，拥抱一切，又放弃一切，劫夺一切。"[5] 海子理解凡·高的创作激情和悲剧命运，是基于其自身对创作激情与个体命运之间矛盾的深刻洞察，所以"瘦哥哥凡·高，凡·高啊"这率性而亲切的呼唤才脱口而出，毫不显得做作。

三

> 其实，你的一只眼睛就可以照亮世界
> 但你还要使用第三只眼，阿尔的太阳
> 把星空烧成粗糙的河流
> 把土地烧得旋转

第三诗段语气稍微舒缓下来，并逐渐向第四诗段过渡。如果说前两个诗段写出了海子对凡·高苦难与命运悲剧的深刻理解，本诗段则写出了海子对凡·高绘画天赋的崇拜。在海子心中，凡·高凭借一只肉眼就可以"照亮世界"，但他还要使用"第三只眼"。"第三只眼"象征着开悟，被称作"智慧之眼"，海子借用它来解释凡·高所具备的超前的绘画观念和超强的艺术感觉。在给弟弟提奥的信中，凡·高表述了自己的绘画理念：

> 当我画一个太阳，我希望人们感觉它在以惊人的速度旋转，正发出骇人的光热巨浪。当我画一片麦田，我希望人们感觉到原子正朝着它们最后的成熟和绽放努力。当我画一棵苹果树，我希望人们能感觉到苹果里面的果汁正把苹果皮撑开，果核中的种子正在为结出果实奋进。[6]

凡·高观察世界时所拥有的非凡的艺术感觉，仿佛来自神秘的"第三只眼"。阿尔时期的凡·高不仅画燃烧的向日葵，还画灿烂的果园，扭得像火的柏树，起伏如波涛的地面……在在都是其巅峰情绪体验的反映。有人说凡·高之所以伟大，是因为他改变了人们的眼睛；也可以说，凡·高之所以伟大，是因为他拥有了非凡的"第三只眼"。而诗人海子则把凡·高的"第三只眼"外化为"阿尔的太阳"，在太阳的启示下，凡·高获得艺术上的突飞猛进，其"太阳信仰"也得到最好的说明。接下来请看第四诗段——

> 举起黄色的痉挛的手，向日葵
> 邀请一切火中取栗的人
> 不要再画基督的橄榄园
> 要画就画橄榄收获
> 画强暴的一团火
> 代替天上的老爷子
> 洗净生命
> 红头发的哥哥，喝完苦艾酒
> 你就开始点这把火吧
> 烧吧

这一诗段是全诗的高潮部分，也是最具阐释空间的部分。如果要找出本诗段的关键词，"向日葵"、"橄榄园"和"苦艾酒"不可或缺。而"火"则是贯穿其间的红线，属于关键中的关键。在凡·高眼里，向日葵不是寻常的花朵，而是太阳之光，是光和热的象征，是他内心翻腾的感情烈火的写照。从某种意义上讲，向日葵是凡·高的崇拜物。这崇拜也是凡·高对太阳的崇拜，对色彩的崇拜。本诗段的"向日葵"在诗人海子的眼里，被描写为"黄色的痉挛的手"，这只手当然是凡·高举起的。凡·高邀请"火中取栗"的艺术家们，不但要成就艺术上的创新，还要用象征艺术的向日葵——太阳，完成艺术家的新生。海子甚至怂恿"红头发的哥哥"，要他"喝完苦艾酒"就点燃那"强暴的一团火"，让生命恣情燃烧！海子充分理解凡·高那团火所包含的反叛精神。在艺术世界里，没有反叛便没有革新，但是，能否用艺术代替信仰加以崇拜呢？海子似乎急切渴望从凡·高那里获得足够的信心和勇气。"太阳是我的名字/太阳是我的一生"，当海子这样呼唤的时候，这个"以梦为马"的诗人，正加速燃烧自己！

本诗段中的"橄榄园"既有文化典故，又蕴含凡·高和高更之间的绘画故事。

客西马尼园是耶稣经常祷告与默想之处，也是其被门徒犹大出卖的地方，因为园内有八棵橄榄树，亦被称为"橄榄园"。在西方传统中，橄榄园往往具有宗教象征意味。画家高更曾画过橄榄园中的基督这个题材，他将橄榄园中受难耶稣的脸容画成了自己。凡·高看过他的草图后，并不满意。凡·高在给弟弟的信中说："我不会画一幅基督在橄榄园中的画，更多的可能是画橄榄的收获，就像人们现在所看到的。"1889年，凡·高重拾橄榄树这个题材，仅在5月至12月，就画了15幅以橄榄树或橄榄林为题材的作品。凡·高写信对弟弟说："这个月我一直在画橄榄树，因为它们中间那看不见的基督让我无法自已。"凡·高用自己的画作向高更证实：他不需要以历史悠久的客西马尼园为题材，也能传达出生命痛苦的感觉。这是否就是凡·高胜于高更等人之处呢？

"红头发的哥哥，喝完苦艾酒/你就开始点这把火吧/烧吧"既属于该诗高潮部分，又可看作尾声。"苦艾酒"是一种具有轻度致幻作用的绿色烈酒，在19世纪下半叶，受到欧洲艺术家的喜爱，在法国更成为流行时尚，被称作"绿色小精灵"或"绿色仙子"。苦艾酒的历史充满了争议，喜欢它的人奉它为"绿色精灵"，而厌恶它的人则把它当成致人精神错乱、引发社会问题的"绿色恶魔"，可谓毁誉参半。据说高更在巴黎初见凡·高时，就向他推荐苦艾酒，还说，这是唯一适于艺术家喝的东西。而后，苦艾酒就成了凡·高的至爱。阿尔时期的凡·高，甚至作画时索性以苦艾酒代替食物。[7] 可以说苦艾酒浸泡着凡·高的痛苦和梦想，悲伤与癫狂。不妨设想：喝完苦艾酒的红头发凡·高，会以怎样的生命姿态去点燃其艺术的火把？"烧吧"——站在"瘦哥哥"身边的诗人海子，在为凡·高大声喝彩!

综上所述,该诗从痛苦、命运、才华、激情、艺术等方面切入,以直抒胸臆的方式表达了海子对画家凡·高由衷的热爱和崇拜之情。丝杉、麦田、星空、向日葵、橄榄园、红头发和苦艾酒,这些细节表现出海子对凡·高生命状态的倾情关注和对其绘画作品的深刻理解。海子在灵魂层面上遇到了凡·高,这位"瘦哥哥"既是其心灵知音,又堪称其精神导师。这首酣畅淋漓的诗歌与其说是献给凡·高的,毋宁说是写给海子自己的——他本人不愧为"中国诗坛上的凡·高"。

注释:

[1] 海子著,西川编:《海子诗全集》,作家出版社,2009 年,第 4—5 页。

[2] 余光中翻译的《梵谷传》为繁体中文版,原作者为美国的欧文·斯通。1957 年由重光文艺出版社出版;1978 年修订后由大地出版社出版,1984 年出到第 6 版;2009 年增订后由九歌出版社有限公司出版。

[3] 大陆常涛翻译的《梵高传》,原作者为美国的欧文·斯通,1983 年由北京出版社出版。

[4] 摘自 1987 年 11 月 4 日海子的日记,参见海子著,西川编:《海子诗全集》,作家出版社,2009 年,第 1031 页。

[5] 同上。

[6] [荷] 文森特·凡高:《亲爱的提奥:凡高自传》,平野译,南海出版公司,2010 年,封底文字。本节所引用的凡·高致弟弟提奥的书信,均选自该书。

[7] 阿尔的咖啡馆也有苦艾酒风行,凡·高曾一度沉迷其间。

第三节 给大师普希金

两座村庄[1]

和平与情欲的村庄
诗的村庄
村庄母亲昙花一现
村庄母亲美丽绝伦

五月的麦地上　天鹅的村庄
沉默孤独的村庄
一个在前一个在后
这就是普希金和我　诞生的地方

风吹在村庄
风吹在海子的村庄
风吹在村庄的风上
有一阵新鲜有一阵久远

北方星光照映南国星座
村庄母亲怀中的普希金和我
闺女和鱼群的诗人　安睡在雨滴中
是雨滴就会死亡！

夜里风大　听风吹在村庄
村庄静坐　像黑漆漆的财宝
两座村庄隔河而睡
海子的村庄睡得更沉

1987.2 草稿
1987.5 改

诗人海子对"村庄"情有独钟，据初步统计，在其抒情诗中，仅题目包含"村庄"二字的就有 5 首，它们分别是《村庄》（1984）、《村庄》（1986）、《北斗七星　七座村庄》（1986）、《九首诗的村庄》（1987）和《两座村庄》（1987）。在这 5 首"村庄诗"中，《两座村庄》具有丰富的象征意蕴，也最具阐释难度，其独特的诗歌主题值得我们认真探讨。

一

《两座村庄》共分 5 个诗段。

第一诗段对"村庄"进行概括描绘，强调它们是"诗的村庄"。村庄，作为农耕文化的标志产物，似乎总是与田园风光联系在一起，所以海子首先用"和平"二字形容其内在品质；村庄与滋养万物的大地关系最为密切，从某种意义上说，村民、树木、庄稼、牲畜等，都是大地欲望的呈现，而大地厚德载物，又是多情的表现，所以海子特用"情欲"二字形容村庄。"和平与情欲"并置，说明村庄既平和安静又充满生机与活力，形成一种张力。接下来，诗人把村庄喻为"母亲"，这位"村庄母亲"，她美在自然,美在生活,但尤其美在诗歌,所以诗人称其为"诗的村庄"。海子深知,在人类历史长河中,一座伟大的"诗歌村庄"的出现并非易事,她往往如同昙花绽放般华美而短暂;唯其昙花一现,才越发显得美丽绝伦。总之,第一诗段是对"诗歌村庄"的概括描绘:和平与生机,诗意与美丽,是"两座村庄"的共同特点。

第二诗段写"两座村庄"分别诞生了两位诗人——"普希金和我"。如果说第一诗段强调"诗歌村庄"共性的话,那么本诗段则突出"两座村庄"的差别:"天鹅的村庄"是诗人普希金诞生的地方,而"沉默孤独的村庄"则是诗人海子诞生的地方。"一个在前一个在后"是就村庄诞生诗人的历史年代而言的,并非"两座村庄"的前后位置。普希金生于1799年6月6日(俄历5月26日,中国农历五月初四),海子生于1964年3月24日(中国农历二月十一),也就是说,在普希金出生160多年后,乃有海子之诞生。"五月的麦地上 天鹅的村庄",这是对普希金诞生地及其成长环境的形象说明。中国农历五月正是麦收的季节,而俄罗斯大地正当麦苗茁壮,普希金就诞生在一个有"麦地"和"天鹅"的"村庄",足见诗人与大地母亲的紧密联系。

普希金出生在莫斯科一个贵族之家。1811年,12岁的普希金入圣彼得堡南郊的皇村[2]读书,在皇村度过了6年宝贵的中学时光。普希金就是从皇村开始自己的诗歌创作生涯的,一生为其写下许多首诗歌,其中有一首《皇村》(1819)非常著名:

> 记忆啊,请你在我面前描绘,
> 那些令我心驰神往的迷人的地方,
> 我曾以整个心灵在那儿生活过,
> 请描绘那里的树丛,它培育过我的情感、我的爱;
> 在那里,我从少年成长为初谙世事的青年,

> 在那里，我得到大自然和幻象的抚养，
> 懂得了诗歌、欢乐和安详……

在俄罗斯历史上，美丽的皇村与皇村中学不但风光旖旎，吸引了许多天鹅居留，而且似乎还有奇妙的文学气场，从那里走出了灿若群星的文学家和诗人群体，皇村中学也被誉为"诗人的摇篮"。因此，从"精神故乡"的意义上，的确可以说，诗人普希金诞生于皇村这座特殊的"村庄"。

相对于普希金的皇村，海子的出生地查湾村，则是一个"沉默孤独的村庄"。海子在《给母亲·风》中写道："你家中破旧的门/遮住的贫穷很美"。虽然贫穷，海子的查湾村依然是美丽的，他曾在《村庄》（1984）一诗中这样描写：

> 村庄里住着
> 母亲和儿子
> 儿子静静地长大
> 母亲静静地注视
>
> 芦花丛中
> 村庄是一只白色的船
> 我妹妹叫芦花
> 我妹妹很美丽

查湾村，这个美丽的村庄，它贫穷的生活和诗意的山水养育过诗人海子；如同养育普希金的皇村一样，查湾村也是海子魂牵梦萦的地方。

二

第三诗段表面写的是刮过"村庄"的那些"风"，实际上诗人却是借

"风"喻"诗",表现"两位诗人"的诗歌创作与传播状况。

"两座村庄"诞生过两位诗人,那么,他们的诗歌创作如何呢?对此问题,海子却抛开两位诗人的创作情况不谈,只是接连三次写"风"吹在村庄,令读者感到有些莫名其妙。其实,海子运笔的高明处正在于此——原来,"风"在古汉语里即指"民歌民谣",例如"采风"特指对地方民歌民谣的搜集,《诗经》中的"国风",即指古代十五个地区的民歌民谣。鉴于对汉语词汇的深刻理解和灵活运用,海子在本诗段中巧妙地借"风吹"来隐喻"普希金和我"的诗歌创作与传播情况。

"风吹在村庄"是本诗段第一次写"风",该诗句可理解为,有诗歌自"村庄"诞生并且"风行"开来。接下来"风吹在海子的村庄"一句,则具体到诞生于"海子的村庄"的那些诗歌,它们像风一样飞向远方——这是诗人第二次写"风"。诗人第三次写"风",尤其耐人寻味:"风吹在村庄的风上"——当如何理解呢?我们不妨展开一些联想:或许从俄罗斯大地吹来的普希金"诗风"在"海子的村庄"继续流行;或许刚刚从中国大地涌起的海子"诗风",吹到了普希金"诗的村庄";或许两位诗人的作品在流传过程中跨越了国界,产生了共鸣……海子和普希金,他们的"诗风"跨越了国界,不断吹拂且相互影响,所以才会"有一阵新鲜有一阵久远"。海子写作《两座村庄》之际,适逢普希金逝世150周年,流传久远的那一阵"诗风"理当喻指普希金诗歌;而刚刚刮起的那一阵新鲜"诗风",无疑缘于海子诗歌!——这,就是海子的诗歌"野心",他渴望将来有一天,自己的诗歌能同普希金的诗歌相提并论,各领一代风骚!

普希金被誉为"俄国文学之父"、"俄国诗歌的太阳",而海子则以"中国的太阳"自许,他写道:"我的事业　就是要成为太阳的一生 / ……太阳是我的名字 / 太阳是我的一生"(《祖国(或以梦为马)》)。海子认为:"这一世纪和下一世纪的交替,在中国,必有一次伟大的诗歌行动和一首伟大的诗篇。这是我,一个中国当代诗人的梦想和愿望。"[3] 他后来还立下这样的雄心壮志："我要成为一首中国最伟大诗歌的父亲/像荷马是希腊的父亲　但丁是意大利之父　歌德是德意志的父亲/我早想成为父亲　我一定能成为父亲"（《生日颂（或生日祝酒词）》）。可以说，海子将自己与普希金相提并论并非一时脑袋发热；他敢于用生命去攀登世界诗歌高峰，成为"中国的普希金"早已内化为他强烈的使命意识！

有诗人的诞生，便有诗人的死亡。该诗第四诗段所表现的便是"两位诗人"的"身后"荣耀——"北方星光照映南国星座"！如果"北方星光"代表普希金的话，那么"南国星座"即为海子的自喻。当人们仰望夜空之时，"普希金和我"的灵魂已化为两颗耀眼的明星；而在大地之上，他们的躯体则安息在"村庄母亲"的怀抱之中。那么，海子为何说"闺女和鱼群的诗人　安睡在雨滴中"呢？这是理解本诗的难点之一。

海子在《寂静》一文中曾写道："大地如水，是包含的。……它像女人的身体，像水一样不可思议。因为它能包含，它能生产。……我以水维系了鱼、女性和诗人的生命，把它们汇入自己生生灭灭的命运中……"[4]在海子的思维世界里，"大地"、"母亲"和"水"，三者之间可以相互为喻，大地若水，母亲若水，村庄如母；"大地"怀抱诗人，如同"村庄母亲"怀抱自己的"闺女"，又恰似"水"怀抱自由的"鱼群"。在本段诗歌中，海子把"闺女"和"鱼群"比喻为诗人，意在强调"村庄"同诗人之间，既是母与女的关系，又是水与鱼的关系。

在海子看来，诗人最终能躺在"村庄母亲"的怀抱里，是一种莫大的幸福，所以他想象自己谢世之后，灵魂能化为天上的星斗，躯体则埋葬于村庄的墓地。当那些前来凭吊的人们泪如雨洒的时候，"我"会和已故的普希金一样，诗意地"安睡在雨滴中"……不过，海子又懂得：世人的泪水只是暂时的，"一宿虽有哭泣，早晨便必欢呼"。所以他断定："是雨滴就会死亡！"事实上，海子始终对世俗的一切保持着某种警惕，他认为，诗人唯有化作天上的恒星，才能获得永久的艺术生命！

三

如果说第四诗段所写的是两位诗人的身后荣耀，那么第五诗段所预想的则是"两位诗人"的诗歌在世俗世界中的境遇。

"夜里风大 听风吹在村庄"，这里的"风"并无象征意义，就是指自然界的大风。为进一步深化诗歌意境，诗人选择了这样一个特定的夜晚：大风吹起，呼呼作响，吹在普希金的"村庄"，也吹在海子的"村庄"。这里的"村庄"是指"两位诗人"那"诗的村庄"——其墓地上已有他们用自己的作品建立起的诗歌丰碑。"村庄静坐"，如同诗人的墓碑沉默无语，也意味着诗人那些不朽的杰作尚处在沉寂状态。在一个漆黑的夜晚，"黑漆漆的财宝"尽管价值连城，但是并不会被人发现，恰似"普希金和我"的诗歌丰碑，并未得到世人的真正重视。"静坐"一词，写出了诗人海子内心深处的委屈和寂寞。试想，一位才华横溢的诗人，业已建立起自己的诗歌丰碑，却没有人理解他的作品，这是多么绝望的夜晚啊！

不过，在海子的诗歌中，漆黑的夜里似乎有一双神秘的耳朵在倾听大风呼呼作响，似乎有一双神秘的眼睛在俯视大地上普希金的"村庄"和海子的"村庄"。这神秘的观察者似乎扮演了上苍的角色，高高在上地俯瞰人世间两位诗歌才子的坎坷命运。这位神秘的观察者其实不是别人，正是该诗作者——海子。尽管智慧的海子业已洞察到大地上的黑暗秘密，但是对自身的寂寞处境依然无能为力，这一点颇似希腊神话中的天王宙斯，尽管他掌握人间一切事务，与"命运之神"混同，但有时他自己也不得不听从所谓"命运"的支配。所以，普希金和海子的诗歌丰碑也只能在漆黑的夜里"静坐"，而作为"诗的村庄"，它们也只能"隔河而睡"！"海子的村庄睡得更沉"——至于自己的"村庄"如何被唤醒，其诗歌丰碑何时能够矗立于世界诗坛，这些都是诗人未知的命运。

行文至此，有一个问题需要与读者探讨：海子动辄与大诗人普希金相提并论，其诗歌"野心"又是如此之高，他是否已陷入"妄想狂"或"自大狂"的渊薮？笔者认为，对这个问题轻率作结论是不明智的，或许了解一番古今中外伟人们的心理世界，对理解海子的"王者心理"[5]会大有裨益——行吟于江湖的诗人屈原，发出过"举世皆浊我独清，众人皆醉我独醒"这般孤傲的声音；隐居于南阳草庐的诸葛亮，则每每自比管仲、乐毅；哲人尼采则以"太阳"自居，并借查拉图斯特拉之口对着太阳说："你伟大的星辰啊！倘若你不拥有你所照耀的一切，你的幸福何在？"[6] 至于海子所渴望比肩的大诗人普希金，他那首《纪念碑》更是睥睨天下，不可一世：

我给自己建起了一座非手造的纪念碑，
人民走向那里的小径永远不会荒芜，
它将自己坚定不屈的头颅高高扬起，
高过亚历山大的石柱。

不，我绝不会死去，心活在神圣的竖琴中，
它将比我的骨灰活得更久，不会消亡，
只要在这个月照的世界上还有一个诗人，
我的名声就会传扬。

整个伟大的俄罗斯都会听到我的传闻，
各种各样的语言都会呼唤我的姓名……[7]

普希金的高傲与自负正是其高贵与才华的另类表现，从某种意义上讲，能写出这样独特诗句的诗人，才配称"普希金"这一英名。经过对比阅读，我们便会发现，相较于普希金直抒胸怀的《纪念碑》，海子的《两座村庄》

在情感和诗意上更加含蓄蕴藉，并不显得"歇斯底里"或"狂妄自大"。作为"以梦为马"的青春诗人，海子凭借其优异的禀赋和狂热的理想，写出自己内心梦幻般的诗歌愿景，表达借助诗歌比肩伟人的雄心壮志，理应得到更多读者的正面理解以及更多学者、评论家的深入研究。世人普遍赞扬普希金的《纪念碑》，而对海子的《两座村庄》知之甚少，那是因为普希金久已赢得盛名。尼采有诗曰："谁终将声震人间，必长久深自缄默；谁终将点燃闪电，必长久如云漂泊。"[8] 这警句仿佛为诗人海子而发，因为海子的作品是指向未来的，无论多久的"深自缄默"，终将"声震人间"。如何唤醒海子沉睡的诗歌"村庄"，并逐步认识到海子所建造的诗歌丰碑的意义，正是摆在中国当代诗评家面前的重大课题。

综上所述，诗人海子笔下的"两座村庄"具有丰富的象征意蕴，除诗中多次提及的"村庄母亲"外，它们还象征中外两位诗人，天上的南北星座乃至地上的两座诗歌墓碑。在这首抒情佳作中，海子处处与普希金相提并论。该诗一方面揭示出中俄两位诗人与"村庄母亲"之间的血肉联系，另一方面也流露出海子渴望借助诗歌比肩伟人的雄心壮志。

注释：

[1] 海子著，西川编：《海子诗全集》，作家出版社，2009年，第341—342页。

[2] 皇村是俄国几代沙皇的行宫，位于圣彼得堡南郊，其设计融合了欧洲不同风格的建筑与园林艺术。

[3] 海子：《诗学：一份提纲》，载西川编《海子诗全集》，作家出版社，2009年，第1048页。

[4] 海子：《寂静（〈但是水、水〉原代后记）》，载西川编《海子诗全集》，作家出版社，2009年，第1024—1025页。

[5] 海子在许多诗篇以及文章中自称"诗歌之王",他还经常在诗作中自比"太阳"。
[6] [德] 尼采:《查拉图斯特拉·序言》,载陈鼓应《悲剧哲学家尼采》,生活·读书·新知三联书店,1994年,第325页。
[7] [俄] 普希金著,卢永编选:《普希金诗选》,人民文学出版社,1996年,第433页。
[8] [德] 尼采:《尼采诗集》,周国平译,作家出版社,2012年,第89页。

| 第三章　孤独吟唱 |

第一节　今夜我在德令哈
第二节　在昌平的孤独
第三节　只身打马过草原

第一节　今夜我在德令哈

日　记[1]

姐姐，今夜我在德令哈，夜色笼罩
姐姐，我今夜只有戈壁

草原尽头我两手空空
悲痛时握不住一颗泪滴
姐姐，今夜我在德令哈
这是雨水中一座荒凉的城

除了那些路过的和居住的
德令哈……今夜
这是唯一的，最后的，抒情。
这是唯一的，最后的，草原。

我把石头还给石头
让胜利的胜利
今夜青稞只属于她自己
一切都在生长
今夜我只有美丽的戈壁　空空

姐姐，今夜我不关心人类，我只想你

1988.7.25　火车经德令哈

作为海子抒情短诗的代表作之一，《日记》是海子 1988 年第二次乘火车去西藏，途经青海省的德令哈[2]时所留下的心灵记录，在读者中产生了巨大的影响，德令哈从此享誉四方。2012 年 7 月 29—30 日，中国首届"海子青年诗歌节"在德令哈举办，"海子半身头像"及《日记》文本被雕刻在巨大的玉石上[3]，成为永久的纪念。诗歌名之曰《日记》，自然会蕴含一定的私密性。那些特殊的情感密码的存在，一方面增加了解读该诗的难度；另一方面也丰富了海子诗歌的审美空间，吸引着众多读者，对其进行见仁见智的艺术阐释。

一

德令哈，蒙古语意为"金色的世界"，青藏铁路经过此地，可由此南下西藏。1988 年 7 月 25 日，海子途经此地，正是为了奔向目的地西藏。《日记》以诗歌的形式记录了诗人在德令哈感受到的强烈的孤独情怀，以"弟弟"的朴拙口吻，向"姐姐"真情告白，如泣如诉。《日记》只有短短的 16 句，共 4 个自然诗段。下面笔者尝试逐段细读——

姐姐，今夜我在德令哈，夜色笼罩
姐姐，我今夜只有戈壁

第一诗段，开篇即呼唤"姐姐"，告诉她自己在夜色中来到了青藏高原上的德令哈。"我今夜只有戈壁"，流露出诗人内心的孤独。"戈壁"在蒙古语中有沙漠、砾石荒漠、干旱的地方等意思。诗人称德令哈为"戈壁"，且"我"今夜"只有戈壁"，反映了此时此地诗人的无助状态。

  草原尽头我两手空空
  悲痛时握不住一颗泪滴
  姐姐，今夜我在德令哈
  这是雨水中一座荒凉的城

第二诗段，诗人向"姐姐"倾诉自己孤身一人在西部高原所感受到的孤独和空虚。虽然不知那时海子是否知道德令哈托素湖边有个所谓的"外星人遗址"[4]，但他称"德令哈"为"草原尽头"，已经颇具荒凉的意味。"衣上征尘杂酒痕，远游无处不消魂。"这是宋代诗人陆游行走在剑门关山路上所遇到的孤独，所谓"消魂"，即沮丧得仿佛丢了魂似的。那一天，远游的诗人陆放翁碰上的只是剑门道上的微雨，酒后的他竟"消魂"成一副不堪的样子。陆放翁的坐骑是一头毛驴，海子乘坐的是一列火车，两位不同时代的诗人在诗歌中"相遇"，痛苦与孤独，当是他们共同的感受和思绪。骑驴行走在剑门道上的陆放翁，是孤独落寞的，诗句"三十年间行万里，不论南北怯登楼"就是其孤独心态的如实写照。乘火车抵达德令哈的诗人海子呢？他此前经历了初恋的失败，其情感世界可谓"美好而破碎"；他所钟爱的诗歌写作非但没有引起主流诗坛的注目，即便在"朦胧诗"圈内也难以得到承认。因此，海子这次西部之旅，可谓携孤独远行。在空旷寥廓的西部世界，雨水中的德令哈本身就是一座孤城，而孤城中的生命个体呢，岂不如草芥一般渺小而孤单！"我"作为一个旅行者，在穿越一座空旷原野中的孤城时，突然被撞击到自身的孤独。如果说孤独是人类的本质的话，《日记》这首诗已接触到存在主义哲学的内核。"灵魂，大地上的异乡者"——这是出生于奥地利的德语诗人格奥尔格·特拉克尔在《灵魂之春》中写下的著名诗句。德令哈之夜，孤独之至的诗人海子，其灵魂仿佛在夜雨中飘荡。

"草原尽头我两手空空/悲痛时握不住一颗泪滴"，这是当代诗人海子在德令哈所遭遇的孤独。"前不见古人，后不见来者。念天地之悠悠，独怆然而涕下。"这是唐代诗人陈子昂在古老的幽州台上所遇到的孤独。当年的诗人陈子昂流下了眼泪，而诗人海子空空的双手，悲痛时竟"握不住一颗泪滴"，莫非他的眼泪全部注入了那孤独的心灵？……不唯中国诗人面对荒城多愁善感，国外的诗人亦复如此。诺贝尔奖得主赫尔曼·黑塞是一位小说家，也是一位诗人，其诗歌《陌生的城》记录了诗人夜晚在一座陌生的城中漫步时心灵的孤独和忧伤："放下手中的行囊，久久痛哭在道旁。"[5] 当一个人孤独至极时，能够尽情地流出泪水，应该说也是一种幸福，至少孤独的情绪得到排遣，不至于郁结心中。面对痛苦和孤独，海子往往无法尽情恸哭，内心的郁结可想而知。诗人海子不止一次在诗歌中写道"我两手空空"，譬如，"当我痛苦地站在你的面前/你不能说我一无所有/你不能说我两手空空"（《麦地与诗人》）。彼时彼刻，站在麦地接受其神秘质问的诗人，不承认自己"一无所有"和"两手空空"，那是因为他不但心中充塞了痛苦，而且手里也仿佛空握着无形的痛苦！而此时此刻，《日记》中的海子"两手空空"，则是因为其内心的孤独根本无法排遣，也就没有什么泪滴可握！

德令哈雨夜中的诗人海子，心中有泪，却无法哭出，只得听任那孤独的情绪在内心一再发酵，谁说这不是一种自我伤害呢？此刻，诗人唯一能做的就是再次呼唤"姐姐"，向其倾诉心中的空虚和悲凉，足见"姐姐"在其心中的地位。

二

第三诗段，写孤独的诗人来到德令哈，对"姐姐"的思念被定格在特定的时空。

> 除了那些路过的和居住的
> 德令哈……今夜
> 这是唯一的，最后的，抒情。
> 这是唯一的，最后的，草原。

本诗段"除了那些路过的和居住的"这一诗句，其"路过的"和"居住的"指代什么，需要根据上下文进行判断。在诗歌文本中，"那些路过的和居住的"上承"雨水中一座荒凉的城"下接"德令哈……今夜"，由此可推断出，"路过的"和"居住的"所省略的都是"地方"，补充后的诗句则为"除了那些路过的（地方）和居住的（地方）"。

路过一些车站，居住过一些地方，就长途旅游而言，这是顺理成章的。诗人海子在到达德令哈之前，自然也走下火车，游历过其他一些地方，也居住过另外一些地方。既如此，诗人难免会产生一些感触，抒发一些感情，甚或在这些地方诗人也曾想起"德令哈"，也曾产生过对"姐姐"的思念。然而，在"今夜的德令哈"，在"德令哈的今夜"——这个特定的"时空"内，"我"对"姐姐"的思念却是独一无二的，专心致志的，延续到底的；"我"对"德令哈"的记忆也是铭心刻骨的，不可替代的，不可重复的。"德令哈……今夜"这种独特的表达方式，强调的是"空间（德令哈）……时间（今夜）"的一体性，"今夜的德令哈"和"德令哈的今夜"作为特定"时空"，如同承载密集信息的集成块，存储于诗人的脑海，那孤独而深情的记忆永远无法删除。

从时间上看，德令哈的夜晚，由于"我"思念且仅仅思念"一个"人，一直思念"一个"人，所以，这种"思念"就是"唯一的，最后的，抒情"；从空间上看，今夜的德令哈，"我"深情而孤独的思念被定格在德令哈的草原。由于被定格，"德令哈"就成了记忆中"唯一的"草原，随着列车的移动，"德令哈"也成为保存诗人记忆的"最后的"草原。"唯一的"、"最后的"这类海子式的极端的表达，旨在强调诗人情感的执着和纯粹，同时也流露出诗人对特定时空中的情感记忆的铭心刻骨。其实，那些被记忆珍藏的"经典"，往往都是唯一的、最后的——不可复制，不可再生，遂成为绝版、绝唱，令人在赞叹的同时，唏嘘不已。断臂维纳斯不就是如此吗？凡·高的向日葵不也是如此吗？曹雪芹的《红楼梦》不更是如此吗？……

第四诗段是全诗的高潮。诗人以德令哈为背景，写到西部高原最为常见的石头和青稞，随即，在极端孤独中，诗人仰望德令哈夜空，终于发出了心灵深处那一声呼唤。本诗段的前4句可以看作抒情高峰到来前的缓缓过渡，那神谕般的语气，承载着扑朔迷离的情感密码，给读者留下相当朦胧的想象空间，也成为该诗的难点所在。

> 我把石头还给石头
> 让胜利的胜利
> 今夜青稞只属于她自己
> 一切都在生长

诗人对西部高原风物的描写，只选取了"石头"和"青稞"，但这已经足够了，因为"石头"和"青稞"，在某种意义上堪称青藏高原特色性的地表景观。在青藏高原上，石头比比皆是。有人说，青藏高原的每一块石头都有一个传说。最常见的石头则是具有神秘色彩的"玛尼石"——西藏地区人们心目中神圣的石头。由于青藏高原上众多的石头中，不乏怪石、灵石或宝石，旅客们对石头的好奇和兴趣也就可想而知。而海子在本次途经德令哈的西藏之旅结束后，竟背回两块石头浮雕，重20多斤，让见到的每个人都惊讶不已。青稞属于大麦类作物，叫"裸大麦"，也叫"米大麦"，主要产自中国西藏、青海、四川、云南等地，是藏族人民的主要粮食。青稞在青藏高原上已有悠久的种植历史，形成了极富民族特色的青稞文化，"青稞酒"和"糌粑"[6] 堪称青稞文化的代表。由此我们可知，海子在《日记》中写到"石头"和"青稞"，并非出于偶然。

三

海子的这次西藏之行，除《日记》之外，还创作了诗歌《西藏》和《远方》。"一块孤独的石头坐满整个天空/他说：在这一千年里我只热爱我自己"（《西藏》）。海子把西藏喻为"一块孤独的石头"，这块"石头"顽固而自足，只热爱"自己"。《远方》一诗这样描写"青稞"和"石头"——"遥远的青稞地/除了青稞 一无所有//更远的地方 更加孤独/远方啊 除了遥远 一无所有//这时 石头/飞到我身边"。遥远的"青稞地"，除了"青稞"还是"青稞"，这样的"青稞"只属于"她自己"，其孤独状态可想而知；在如此遥远的地方，"我"和"石头"不期而遇，诗人所遇见的依然是"孤独"。写"石头/飞到我身边"，不过是一种修辞手法而已，强调的是"孤独"不请自来。海子如此偏爱西部地区的风光景物，是有其内在原因的。就海子的一生来说，可谓充满孤独和痛苦的色彩，苍凉辽阔的西部高原，构成其诗歌痛苦和孤独的底色。了解海子与西部的诗歌情缘，有助于我们理解《日记》中"石头"和"青稞"的象征意义。

"我把石头还给石头"，强调的是"我"两手空空。当"我"的孤独重如顽石的那一刻，真希望暂时撒手那块"石头"。此时，孤独征服了

"我",而象征孤独的"石头"遂成为胜利者,"我"无可奈何,只得"让胜利的胜利"。把"石头"还给"石头",就是让"石头"只属于它自己,如同"青稞只属于她自己"一样。个体只属于它自己,和周围的世界是有隔膜的,这不正是孤独的本质吗?所以,诗句中的"青稞"也是孤独的象征。如同李白"抽刀断水水更流"一样,海子欲把"孤独的石头"抛到身外,非但达不到目的,反倒给自己的孤独平添一份空虚。在一个月华如水的夜晚,"举杯邀明月,对影成三人"的李白,自有其难言的孤独,"明月"、"诗人"以及诗人的"影子",构成了月夜孤独的"三人"。值得庆幸的是,李白还可以同"影子"起舞,邀"明月"饮酒;而在德令哈那个荒凉的雨夜,作为诗人的"我",却无法与"石头"和"青稞"交流,因为"石头"、"青稞"和"我",三者各有各的孤独……至此,诗句"一切都在生长"可理解为:孤独和空虚,痛苦和悲伤,一切都在夜色中潜滋暗长或肆无忌惮地疯长,这是多么荒凉而绝望的夜晚啊!

  今夜我只有美丽的戈壁　空空
  姐姐,今夜我不关心人类,我只想你

  在如此荒凉而绝望的黑夜里,德令哈的戈壁是空旷的,诗人的心也是空旷的。似乎在凄清的空旷中,戈壁竟也变得"美丽"起来。有论者认为,《日记》前半部分,海子孤独绝望,到最后海子发现了戈壁的美丽,心情温暖起来。其实,这是一种对诗的误读,对海子则是一种误解。悲痛至极的一声惨笑,难道也算得上快乐?戈壁的美是凄凉美,更衬托出海子的孤独和空虚。"空空"二字,既是戈壁的空,又是诗人内心的空,极美,极精练,极有力度!孤独,一直是诗歌内在的质地,作为一个敏感的诗人,海子的孤独是相当丰富的:既有性格气质方面的孤独,又有社会交际方面的孤独;不但有因初恋失败、爱情失落而引起的心理孤独,而且有哲学等方面形而上的灵魂孤独。此外，在诗歌探索方面，他还有某种高处不胜寒的诗人的孤独。"今夜"，站在德令哈夜空下的海子，带着一颗孤独而脆弱的心，特别需要"姐姐"的精神慰藉。而海子的内心越是孤独，"姐姐"对其意义也就越发重要。在巨大的空旷和孤独中，诗人终于爆发出巨大的热情——"姐姐，今夜我不关心人类，我只想你"——诗人心灵深处这一声对"姐姐"的呼唤，也是对空空戈壁的呼喊。同"人类"相比，这一刻似乎"姐姐"更为重要，"姐姐"俨然成了空旷戈壁上的女神——孤独的世界里"我"的救主！

在但丁的艺术世界里，有女神般的贝雅特丽齐，引导他到达天堂般的境界；歌德则为人们留下"永恒的女性，引领我们上升！"这样优美圣洁的诗句；在海子的诗歌世界里，"姐姐"被赋予女神般的品格，她高高在上，成为诗人在黑夜里仰望的救星。

综上所述，作为一个独特的诗歌意象，"姐姐"蕴含着丰富而神秘的情感密码，寄托着诗人对真、善、美、圣的执着追求。海子的情感世界是"美好而破碎"的，但他仍然以血泪之声歌唱生命。这首《日记》是诗人内在情感的真实记录，纯粹而空灵，绝望而深刻，与其说是情诗，不如说是孤独者的心灵之歌。"姐姐，今夜我不关心人类，我只想你"这是海子最真挚、最温柔、最深刻的诗句之一。在诗人远去之后，这一声"姐姐"，令人心碎——这是唯一的、最后的抒情！

注释：

[1] 海子著，西川编：《海子诗全集》，作家出版社，2009年，第487—488页。

[2] 德令哈，蒙古语意为"金色的世界"，德令哈市为青海省海西蒙古族藏族自治州首府所在地，《日记》诗歌文本末尾标有"1988.7.25 火

车经德令哈"。

[3] 刻在德令哈"海子半身头像"雕塑下方的《日记》诗歌文本，其标题被改为《今夜我在德令哈》。

[4] 位于德令哈市西南40多千米白公山，其岩洞内外有一些神秘的"铁质管状物"，被认为是"外星人的遗存物"。早在20世纪70年代，德令哈就有"外星人遗址"的传言。

[5] ［德］赫尔曼·黑塞：《漫游者寄宿所：黑塞诗选》，欧凡译，上海人民出版社，2012年，第28页。

[6] 糌粑（zān ba）是藏族人民的主食，其做法是把青稞、豌豆炒熟后磨成面，用酥油茶或者青稞酒拌和，捏成小团食用。

第二节　在昌平的孤独

在昌平的孤独[1]

孤独是一只鱼筐
是鱼筐中的泉水
放在泉水中

孤独是泉水中睡着的鹿王
梦见的猎鹿人
就是那用鱼筐提水的人

以及其他的孤独
是柏木之舟中的两个儿子
和所有的女儿，围着诗经桑麻沅湘木叶
在爱情中失败
他们是鱼筐中的火苗
沉到水底

拉到岸上还是一只鱼筐
孤独不可言说

1986

抒情短诗《在昌平的孤独》又名《鱼筐》，或者说是在《鱼筐》的基础上修改而成的。《鱼筐》最早出现于海子和西川1986年夏天合印的油印诗集《麦地之瓮》。初读这首诗，读者单凭标题就能感知其主题思想，似乎并不需要任何阐释；细读之后就会发现，这首抒情短诗对孤独主题的表现相当深刻。鉴于此，笔者尝试从不同层面探讨诗人对孤独主题的把握和表现，并对其创作心路稍加推测。

一

《在昌平的孤独》共分4个自然诗段，写到"鱼筐"、"泉水"、"鹿王"、"柏舟"与"火苗"等意象，其核心意象是"鱼筐"。这一意象在本诗每一诗段都出现，全诗共出现5次之多，所以该诗最初发表时就叫作《鱼筐》。从结构上看，该诗可划分为3个部分：第一诗段和第四诗段分别为第一部分和第三部分，在这两个部分诗人直接言说"鱼筐"；第二诗段和第三诗段构成本诗第二部分，诗人在"鱼筐"意象的基础上，生发出"鹿王"、"柏舟"、"火苗"等"审美幻象"。第二部分是全诗的核心部分，也是最具难度的部分。下面让我们对这首诗逐段逐层细读——

"孤独是一只鱼筐"，这样的起句十分突兀。作为一个心理概念，孤独是非常抽象的，于是诗人便把它具象化为"一只鱼筐"。未等读者细想那只"鱼筐"，接下来诗人又说孤独是"鱼筐中的泉水"，这又当如何理解呢？一方面，鱼筐里面是水，鱼筐外面也是水，孤独如水——只要水存在，孤独就存在；水出现在哪里，孤独就出现在哪里。另一方面，且不说鱼筐内外的泉水，鱼筐本身即孤独——这样，孤独浸泡在孤独之中，里里外外的孤独跨越了空间，渗透了一切。尼采在《孤独》一诗中写道："现在你黯然站立，/诅咒着冬日的飘流，/像一缕青烟/把寒冷的天空寻求。"[2] 诗人里尔克在《孤独者》一诗中写道："不：我的心将变成一座城楼/我自己将在城楼的边缘停歇；/那里别无长物，仍是悲愁/与无言，仍是大千世界。"[3] 在散文诗《秋夜》中，鲁迅写到他院中的那两棵枣树，在清寂的暗夜里，冷冷地刺向天空。也可以说，在尼采那里，孤独是寒冬中迷蒙的一缕青烟；在里尔克那里，孤独是一座蕴含悲愁的城楼；在鲁迅那里，孤独是暗夜里刺向天空的枣树；而在海子这里，孤独则是一只鱼筐。哲学家叔本华认为，只有当一个人独处的时候，他才可以完全成为自己。谁要是不热爱独处，那他也就是不热爱自由，因为只有当一个人独处的时候，他才是自由的。在诗人海子看来，诗，就是那把自由和沉默还给人类的东西。海子从孤独的"鱼筐"那里，既领悟到自由，又感觉到沉默，于是他让"鱼筐"入诗，把孤独化为美学。

  第二诗段在"鱼筐"意象的基础上，生发出"鹿王"幻象，围绕"鹿王"抒写了孤独的第二个层次。"鹿王"与孤独有何联系？哪里出来的"猎鹿人"呢？"孤独"二字，在中国文字里解释，孤是王者，独是独一无二。独一无二的王者必须永远接受孤独。于是，海子便以"鹿王"来象征"孤独之王"。诗中的"鱼筐"、"泉水"、"鹿王"等意象并非孤立存在。"鱼筐"放在"泉水"中，或许它在水中的影子，令诗人联想起"鹿王"——喝"泉水"的"鹿王"；或许，它就是"鱼筐"自身在水中的幻象，否则，泉水中怎么可能会有一只"鹿王"呢？沿着这样的思路，那提起"鱼筐"的人，自然也就成了"猎鹿人"。鹿的警惕性很高，而鹿王甚至在睡眠状态，脑海也浮现猎鹿人的影子，唯恐遭到袭击。那个提起鱼筐的人势必惊动"鹿王"的睡梦，对"鹿王"而言，此人也就等于"猎鹿人"。那个提起鱼筐的人分明想捕捉到一些"孤独"，但是，恰如"竹篮打水"一样，那种努力只能是一场徒劳——孤独，是无法捕捉的。那么，诗歌中的"猎鹿人"是谁？谁用鱼筐提水，把鱼筐拉到岸上呢？——那个含而不露的抒情主人公，那个内心孤独难言的人，实际上正是在昌平的海子。海子有一首题为《晨雨时光》的短诗——"当众人齐集河畔　高声歌唱生活/我定会孤独返回空无一人的山峦"。他自称"诗歌皇帝"也并非自高自大，而是针对孤独而言的，独一无二的孤独，堪称"孤王"。尼采曾说，孤独有七重皮，任何东西都穿透不了它。试想诗人海子内心深处的孤独，谁能捕捉？又何以穿透？

二

　　第三诗段写的是"其他的孤独"。从该诗段内容上看，这种孤独是因爱情而引发的孤独。如果说"鱼筐"的孤独、"泉水"的孤独和"鹿王"的孤独属于无因的孤独，那么本诗段所表现的孤独则因爱情失败所致。"柏木之舟"即古代的"柏舟"，一般都是指独木舟。一个"独"字便和孤独主题有了关联。自古以来，孤独是诗人的身份证，是最深的爱，也是最深的苦。"柏木之舟"中的"两个儿子/和所有女儿"，他们都是爱情中的孤独者。而相对于男性，女性在爱情中的孤独则更为普遍和持久，在海子心目中，中国古代几乎"所有女儿"都是孤独爱情的体验者和承受者。

　　海子深受《诗经》和《楚辞》的影响，他说："《诗经》和《楚辞》像两条大河哺育了我。"[4] 在长诗《但是水、水》题词中，海子写，"翻动诗经/我手指如刀/一下一下/砍伤我自己"[5]。涉及爱情中的孤独主题，海子从这两条文化大河中汲取营养元素，这是顺理成章的事情。《诗经》中有《邶风·柏舟》和《鄘风·柏舟》这样的诗歌名篇。"泛彼柏舟，亦泛其流。耿耿不寐，如有隐忧。"[6] 这是《邶风·柏舟》中主人公的孤独。《鄘风·柏舟》则写一个少女爱恋心中的男子，却遭到了母亲的反对；少女发誓不改变主意，并抱怨母亲不能体谅自己的痴心。《诗经》中的《桑中》是流传千古的爱情名篇，"桑中之约"、"桑中之喜"简直成了爱情的代名词,《诗经》与桑麻的联系不言而喻。[7]至于"沉湘木叶"四个字,则带有明显的湘楚文化色彩,令人想起以屈原的诗作为代表的《楚辞》。几千年来,神州大地无数的痴男怨女们,在北方的桑林麻田里,在南国的水泽木叶下,演绎了一个又一个爱情故事。因为爱情的失败,他们酿就了千年的孤独。这种孤独和哀怨充塞于《诗经》和《楚辞》里,不绝如缕,谱写了中国古代爱情文学的"孤独曲"和"咏叹调"。细心的读者单从"柏木之舟"、"诗经桑麻"、"沉湘木叶"这些文字组合,就能感受到《诗经》和《楚辞》的文化气息,继而联想到古老的文化河流中,那些哀婉而孤独的爱情故事。

由于在爱情中失败,故事的主人公被孤独彻底包围——"他们是鱼筐中的火苗/沉到水底"。"鱼筐"和"泉水"都是孤独的,因此,爱情的火苗无论在孤独的"鱼筐"中燃烧,还是叹息着沉没到"水底",总是难以摆脱孤独的宿命。"火苗"象征爱情的热烈,而"水底"则是埋葬火热爱情的渊薮。爱情永远是人类的困境,海子对此感受得尤其深刻,他在1986年11月18日的日记中记载:

> 我一直就预感到今天是一个很大的难关。一生中最艰难、最凶险的关头。我差一点被毁了。两年来的情感和烦闷的枷锁,在这两个星期(尤其是前一个星期)以充分显露的死神的面貌出现。我差一点自杀了:我的尸体或许已经沉下海水,或许已经焚化……

这段日记记录了海子因恋爱失败所经历的心灵风暴,其内心世界火与水的搏斗是相当惨烈的,甚至险些危及诗人的生命。日记与诗歌互证,充分说明海子作品的真实性和纯粹性。总之,第三诗段诗人在历史和文化层次上,表现爱情中的孤独,在水与火的搏斗中,流露出诗人那颗孤独的心所面临的危险与困境。

第四诗段与第一诗段照应，再次强调"鱼筐"的孤独。尽管"鱼筐"被拉到岸上，似乎脱离了孤独的"泉水"，但孤独依然是孤独，其本质并未改变。那么读者要问——孤独究竟何物？诗人给出的答案则是，孤独不可言说。在佛教的禅宗那里，禅的精髓游离于语言文字之外，凡是能用语言文字描述出来的，那就并非禅本身，所以禅不可说。在诗人海子这里，孤独不可言说，能说出的，就不再是真正的孤独。至此，我们似有所悟：上述诸如"鱼筐"、"泉水"、"鹿王"、"柏舟"之类，并非孤独的本相，它们好比是"标月之指"或"渡河之舟"，其目的在于帮助人们认识明月、渡过河流，若没有这些引渡之器，孤独似乎更难把握。看来，在诗人海子的内心世界，孤独极其隐秘和深邃，只可意会不可言传。第四诗段虽短，诗人却把对孤独的感悟提升到形而上的高度，整首诗蕴含着一丝淡淡的禅意。

三

海子是在怎样的场合与心境中写下这首孤独之歌的？海子孤独的根源何在？从《鱼筐》到《在昌平的孤独》，诗歌题目的更改变动有何利弊？对这些问题的思考，有助于加深对该诗主题意蕴的理解。

关于第一个问题，需要指出的是，探索诗人的创作心路或情感轨迹之类，是很容易失之偏颇或流于主观臆测的。但是，如果适当的"猜测"或"推测"有助于还原某些不可再现的场景或弥补一些缺失的细节，那么读者姑妄听之，或许未必全无是处——中学时代的海子一度喜欢钓鱼，想必他对鱼筐、鱼篓之类是非常熟悉的。我们不妨设想，诗人海子在昌平的某泉水处见到一只鱼筐，他好奇地凝视鱼筐，竟把泉水中的鱼筐幻化为一只低头饮水的鹿王。海子朝鱼筐走去，拉起鱼筐，发现了鱼筐里的两条鱼——大概是红鱼——独木舟一样的两条鱼。诗人想起了诗经中的名篇《柏舟》，继而又想起《楚辞》中的"沅湘木叶"以及古代那些缠绵悱恻的爱情故事。这时候，鱼筐里的红鱼被诗人惊动了，沉入水底。诗人好奇地将鱼筐提起拿到了岸上……整个过程或许为时不长，也并不复杂，但由于诗人内心的孤独，他把自己的情感投射于外物，于是，一首关于孤独的诗歌或许就这样诞生了。

第二个问题，海子孤独的根源何在？真的就在昌平吗？应当说，海子的有些孤独是与昌平有关的，而他骨子里的那种孤独则难以同地域挂钩。该诗写于昌平，也留下了昌平的地理烙印。昌平有著名的龙泉山（龙山），其山麓有裂隙泉，《元史·河渠志》称之为"白浮泉"，是历史上颇具名气的大泉。元朝水利专家郭守敬曾引白浮泉水注入瓮山泊（今北京的昆明湖），后经几番周折，形成通惠河的源头。本诗多次出现的"泉水"，显然与昌平古老的白浮泉有关，从某种意义上可以说，是昌平的泉水赋予海子创作灵感，浇灌了他的诗歌之花。但在另一方面，昌平毕竟是昌平，这里并未接纳一个天才的诗人。据说海子有一次到昌平的一家饭馆，对老板说，我给大家朗诵诗歌，你能不能给我酒喝？老板说，我可以给你酒喝，但你别在这儿朗诵。你说海子在昌平能不孤独吗？

应当说，海子在昌平的孤独，既有物质方面的，又有精神方面的——尽管如此，我们仍然不能轻率地得出结论，认为海子孤独的根源就在昌平。倘若真的如此，那么，一旦离开昌平，海子岂不轻易就摆脱了他的孤独？实际情况未必如此简单，倒是有如下可能性：昌平的孤独属于昌平，海子的孤独属于海子。海子在昌平，不就等于鱼筐在泉水中吗？

诗人里尔克认为，我们每个人的灵魂在本质上就是孤独的。灵魂的本性不是忧愁，不是恐惧，不是执着，而是孤独。无论怎么改善自己的生活环境，孤独还是会出现在我们的生活里。就诗人而言，孤独既是诗人的宿命，又赋予他们高贵的气质。孤独的诗人历来就与现实有隔阂，难以协调，屈原、阮籍、陶潜、杜甫等莫不如此；西方诗人但丁如此，里尔克如此，诺瓦利斯如此，保尔·策兰如此……由于孤独是绝对的，得到理解的部分永远只占内心世界极小的一角，无法言说的则是心灵中那无限的秘密。"没有人能摆脱掉孤独的影子，孤独是绝对的，最深切的爱也无法改变人类最终极的孤独。绝望的孤独与其说是原罪，不如说是原罪的原罪"——20世纪美国小说家卡森·麦卡勒斯如是说。《心是孤独的猎手》系麦卡勒斯的代表作，书名意思是，人心如同猎手一样，捕捉孤独是其天职。如此说来，人心岂不成为孤独的代名词吗？难怪在电影《斯巴达克斯》中，斯巴达克斯对其情人说，即使躺在你的怀抱里，我也感觉到是孤独的；难怪在诗人海子笔下，失败的总是爱情，而胜利的却总是孤独……原来他们早已领悟到孤独的本质。哲学家叔本华曾让人们在庸俗与孤独之间做出选择。如今仔细想来，诗人海子是相当勇敢的，他或生或死，自始至终都选择了超越庸俗，与孤独为伴。尽管海子内心的孤独不可言说，但足以令人称道的则是其脱俗的生命品格，是其在孤独中完成的一篇篇艺术佳作！

当我们重新审视这首诗的题目时便会发觉，《在昌平的孤独》较之于《鱼筐》，可谓有利有弊。《鱼筐》作为题目固然突出核心意象，却有拘泥物象之嫌；后来改为《在昌平的孤独》，则便于读者把握该诗主题，其不足之处在于：它把诗人海子的孤独定格于某个地域，实际上也是一种局限，容易误导读者把海子的孤独归因为"在昌平"。海子的孤独当然与其居住、工作、恋爱、写诗的地方有关，但这并非海子孤独的根本原因。诗人形而上意义上的孤独，实际上是超越时空的。孤独情结对于某些人，像鬼魂一样纠缠终生而无法解脱。海子本身不就是典型个案吗？如果说存在的本质就是孤独的话，那么，海子这首关于孤独的诗恰恰触及生命的本真内核，其哲理意蕴耐人寻味。

综上所述，这首抒情短章围绕"鱼筐"这一核心意象展开联想与幻想，表现了诗人内心极为强烈的孤独情结；诗人把内心的孤独投射于外物，多方面多层次地试图言说那"不可言说"的孤独，从而构成诗歌悖论。该诗一再讲"鱼筐"的孤独,而实际上真正的孤独者恰是诗人自己。在洞察生命奥秘之后,诗人只是拈花微笑式地启发人们:孤独不可言说。这样,诗人便把对孤独的感悟提升到形而上的高度,整首诗蕴含着一丝淡淡的禅意,诗境唯美而又深刻。

注释:

[1] 海子著,西川编:《海子诗全集》,作家出版社,2009 年,第 125 页。《鱼筐》可参见该书补遗部分,第 1121 页,编者西川特意加注:《鱼筐》"与《在昌平的孤独》一诗大体相同"。

[2] [德]尼采:《尼采诗集》,周国平译,作家出版社,2012 年,第 64 页。

[3] [奥地利]里尔克:《里尔克诗选》,绿原译,人民文学出版社,2006 年,第 403 页。

[4] 海子:《寻找对实体的接触(〈河流〉原序)》,载西川编《海子诗全集》,作家出版社,2009 年,第 1017 页。

[5] 海子:《但是水、水》,载西川编《海子诗全集》,作家出版社,2009 年,第 266 页。

[6] 程俊英译注:《诗经译注》,上海古籍出版社,2016 年,第 41 页。

[7] 海子有首诗叫作《诗经中的两个儿子及其他》,其中有诗句:"桑中的/两个儿子/如山如河"。

第三节　只身打马过草原

九　月[1]

目击众神死亡的草原上野花一片
远在远方的风比远方更远
我的琴声呜咽　泪水全无
我把这远方的远归还草原
一个叫马头　一个叫马尾
我的琴声呜咽　泪水全无

远方只有在死亡中凝聚野花一片
明月如镜　高悬草原　映照千年岁月
我的琴声呜咽　泪水全无
只身打马过草原

1986

1986 年 7 月，海子经青海到达西藏，又从拉萨去往祁连山、敦煌，最后从内蒙古返回北京。这次西部之旅中，海子留下不少抒情佳作，《九月》即是其中之一。20 世纪 90 年代，这首诗插上了音乐的翅膀，在坊间广为

流传。由著名的吉他歌手张慧生谱曲并弹唱的《九月》成为一个时代不可复制的音乐传奇。张慧生离世后,盲人歌手周云蓬继续用吉他弹唱《九月》;而另一位歌手马尔,在马头琴和吉他的伴奏下,也在演唱此曲。[2] 该诗与音乐如此有缘,其主题意蕴具有较宽泛的阐释空间。一些论者从存在主义角度,对其主题进行了解读,颇具参考价值。那么,在存在主义之外,该诗主题还有哪些阐释的可能性?下面让我们一起走近海子的抒情佳作《九月》。

一

诗歌《九月》颇似一首深沉悠远的"蒙古族长调"[3],其中"我的琴声呜咽 泪水全无"3次出现,构成了乐曲的主旋律或者说音乐主题。

"呜咽的琴声"第一次出现,是在辽阔的草原上,九月的野花一派烂漫。为何说草原上"众神死亡","远方的风"比远方"更远"?琴声为何"呜咽"?泪水为何"全无"?为弄清这些问题,我们不妨先从"远方"说起。

对远方的遥望和追寻,是海子诗歌为我们展现的一个重要内容。学者杨四平指出:"在终极意义上,远方是海子诗歌所有意义的总和。如果没有对远方的看视,听不到那呼唤的声音,海子诗歌就失去了吸引自我的魅力。"[4] 海子非常喜欢德国艺术大师保罗·克利的一句名言"在最远的地方,我最虔诚"。《九月》这首短诗,"远方"4次出现,"远"字出现7次之多。通读全诗,我们不难发现,抒情主人公"我"其实是一个无比热爱"远方"、执着追逐"远方"的游子。对这位游子而言,远方象征什么?是希望、梦想、爱情,抑或家园、彼岸、神性?如同迷人的乐曲一样,远方是诗人的灵魂所渴望的地方,另一方面,远方又令人难以捉摸,更难以抵达。一个人要走多远才算到达远方?浪迹天涯的诗人并不知道,或许只有风知道。正是在追逐远方的漫漫长途上,"我"终于领悟到"远方的风比远方更远"……在此失落与感伤的心态下,只见草原上的一片野花映入眼帘,"远方"被定格为眼前的景致。"目击"是从游子视角而言的,"我"追逐的是"远方",不期而遇的却是"野花","目击"一词极具情感力度,写出了九月"野花"惊艳动人的美丽。

  诗人为何说草原上"众神死亡"呢?这是理解本诗的一个难点。诗人海子是远方"忠诚的儿子",是执着的追梦人,他向往草原,崇拜草原,敬畏草原,在他的心目中有神灵存在于草原。在诗人的预设和期待中,那深邃而神秘的远方草原定然有"众神"在场,诗句里的"众神死亡"也即"众神"的"退场"或"消隐"。在海子心中,远方作为神性的托喻,既是神的居所,又是人的归宿。然而,随着远游诗人的脚步所至与目光所及,曾经的"远方"不断化作眼前的"实景",更远的"远方"又不可企及,"家园"何在?"众神"何在?——答案是销声匿迹,只剩野花。那一片九月的野花,盛开在空虚无边的草原,也就格外凄美,触目惊心。远方是海子解不开的一个"心结",而这个"心结"一直在折磨他。一方面,对远方的虔诚,就是对神圣的信仰,在此层面上他声称自己是远方"忠诚的儿子";另一方面,他早就悟到远方那虚无的本质,绝望的种子业已埋入诗人心田。所以,在海子心中远方既是幸福的,又是痛苦的;既是令人向往的精神故乡,又是虚幻缥缈的一片荒原。海子描写远方的诗句大都绝望而深刻,往往直抵本质。在其早期诗歌《龙》中,海子就揭示出"远方就是你一无所有的地方";在其长诗《土地》中,诗人进一步指出"远方就是你一无所有的家乡";在那首《远方》中诗人更是一针见血——"远方除了遥远一无所有"!在上述诗句中,"远方",总是指向"一无所有"。如果说远方的本质是虚无的话,"一无所有"则是一种彻底的虚无。既然"一无所有",哪里还有家园,乃至梦想,彼岸……哪里还有与神圣有关的"众神"?当草原处于无边的虚无缥缈之时,我们终于明白,诗人的"琴声"为何"呜咽"。至于"泪水全无",也并非哭干了"泪水",而是指心中之悲伤和绝望无以倾诉。鲁迅先生曾说:"正当苦痛,即说不出苦痛来,佛说极苦地狱中的鬼魂,也反而并无叫唤!"[5] 无泪可流的状态,恰是悲伤之至的写照,"草原尽头我两手空空/悲痛时握不住一颗泪滴"(《日记》),表现的也是这种状态。所以,"泪水全无"其实是一种更深的孤独和悲伤,在表达效果上可谓此时无泪胜有泪。在此需要指出的是,海子那彻骨的悲凉与空虚,并非精神上的颓废或堕落。在精神层面上,唯有那些执着追寻神圣事物的诗人,在"众神"消隐后才可能发出世界空虚的感叹。

二

诗人把"远方的远归还草原",写出了追逐远方的诗人失意之后回归现实的无奈心态。诗人渴望寻得一个比远方更远的地方,欲把所有的失意和悲伤归还草原。"我把这远方的远归还草原"同"我把石头还给石头/让胜利的胜利"(《日记》),似有某种潜在关联。"我把石头还给石头",强调的是"我"两手空空,一种强烈的失落感油然而生;放下"石头"意味着自己追求之失败,于是乃有且让别人"胜利"之说。《九月》中诗人把"远方的远归还草原",也意味着远方"不可触摸",疲惫的游子只好把它"归还"草原。借来的东西本不属于自己,故有"归还"之说,诗人把"远方的远归还草原",说明"远"在本质上非"我"所属,因而也就永远无法抵达。"近"和"远"是相对而言的,放弃对远方的追寻,也就意味着对近处的关注。近处有什么呢?一件乐器在发出"呜咽的琴声"。诗人不告诉读者这件乐器是什么,而只是说"一个叫马头 一个叫马尾",仿佛乐器本身在自我言说。"一个叫马头 一个叫马尾",表面上说的是马,实际上指的是琴,诗歌语言的魅力自不待言。海子在1988年写过如下诗句——"有时我背靠草原/马头作琴 马尾为弦/戴上喜马拉雅 这烈火的王冠"(《雪》),其中"马头作琴 马尾作弦"指的就是马头琴,这是诗人对《九月》中"一个叫马头 一个叫马尾"的最好阐释。在《九月》的某些版本中存在"马头"被当作"木头"处理的谬误，笔者认为这是极为不妥的。"一个叫木头 一个叫马尾"不但读起来拗口，重要的是在于，那样写就失却了马头琴的浪漫神韵。

当"呜咽的琴声"第二次出现时，背景依然是草原，诗人则把特写镜头对准了最具草原特色的蒙古族乐器——马头琴。而回想此前"呜咽的琴声"第一次出现的时候，诗人则仿佛调动了长镜头来表现辽阔的草原，用远方的风象征琴声的悠扬飘忽和余音袅袅。每个民族都有各自的民族音乐及其乐器，随着时间流逝，这些音乐与乐器已融入该民族的血液。马头琴对蒙古族而言，就是融入其文化血液中的神奇乐器。面对沧桑辽阔的草原，他们把感情寄托在马头琴上，以此来表达最深沉的感情。曾有人这样说，对于草原的描述，一首马头琴的旋律，远比画家的色彩和诗人的语言更加传神。作为蒙古族特有的拉弦乐器，马头琴因琴杆上的马头而得名，拉弦的琴弓则由弓杆系上一定数量的马尾组合而成。马头琴可以说被赋予了神骏的灵魂和草原的精神。马头琴适合表现忧伤悲悯之情，那如泣如诉的旋律往往蕴含挥之不去的孤独与感伤。马头琴骨子里的那种忧伤，似乎源于这样一个传奇故事。

在很久以前的大草原上，有个在苦难中长大的少年名叫苏和，他救助了一匹小白马，并把它训练为一匹良驹。有一次，在王爷举办的赛马大会上，白马被王爷霸占，苏和也被坏人打伤。一天晚上，那匹白马带着满身箭伤独自跑回苏和的家，只是由于受伤过重，第二天便死去了。失去白马后的苏和非常悲伤，就用马骨、马皮和马尾制成一件乐器，还在琴杆上雕刻了一个马头——第一把马头琴就这样在悲伤中诞生。

或许诗人海子灵魂中的孤独与马头琴骨子里的忧伤产生了共鸣，于是，在那苍茫草原的秋风里，海子反复吟咏"我的琴声呜咽 泪水全无"这浸透悲凉的主题诗句。音乐与诗歌本是姊妹艺术，海子先后创作过《中国器乐》、《打钟》、《海子小夜曲》、《琴》、《莫扎特在〈安魂曲〉中说》等与音乐密切相关的诗歌。海子偏爱忧伤的曲调，那些黯然销魂的哀歌恰是诗人的钟爱。海子认为《二泉映月》这首二胡曲是"中国乐器用泪水寻找中国老百姓"，他写道，"哭吧/瞎子阿炳站在泉边说/月亮今夜也哭得厉害"（《中国器乐》）。在诗人海子的笔下，"琴是我的病床"（《琴》），似乎那忧郁的琴声愈是呜咽哭泣，就愈发动人心弦。

三

当"呜咽的琴声"第三次出现，诗人的情感达到了高潮。

为突显琴声的荒凉沧桑，诗人把孤单的琴声置于寥廓空旷的虚无之境。"远方"再次出现，依然是一无所有——有的只是"野花一片"。"野花"的出现更显出草原的空虚和荒芜。这些九月的"野花"，是草原上最后的花朵，九月过后就会迅速凋谢；而当下，"在死亡中凝聚"的"野花"，仿佛迎着死神在秋风中露出笑脸！这些"野花"令人想起鲁迅在《野草·失掉的好地狱》中的一个独特意象：废弛的地狱边沿的惨白色"小花"。那些开在地狱边沿的"小花"凄美而苍凉，其生命在于见证地狱的废弛，一如即将凋谢的那些"野花"，装点着草原的空虚和荒芜。马致远的《天净沙·秋思》刻画了一个游子孤独而感伤的心理状态，游子的悲秋心理通过一系列画面衬托出来。在"夕阳西下，断肠人在天涯"这一名句中，凄美的"夕阳"，反衬出"天涯"的荒芜苍凉，"断肠人"目送"夕阳"，倍觉风景寥落，秋气逼人。海子这首诗名之曰"九月"，实乃"秋天"的代称。在古代，秋天是肃杀的象征，一切生命都在此终止，古人"自古逢秋悲寂寥"是有其道理的。《礼记·月令》上记载："孟秋之月……凉风至，白露降，寒蝉鸣。鹰乃祭鸟，用始行戮。"[6]"孟秋"即秋天的第一个月，"用始行戮"即"由此开始执行死刑"。《周礼·秋官司寇》把掌管刑罚的司寇称为"秋官"，古代处死犯人的时间就安排在秋天。《九月》两次写到"野花",每次都与"死亡"同时呈现,这说明诗人海子对秋季是高度敏感的,这种文学敏感一方面是由于中国传统文化的浸润,另一方面也缘于现代西方哲学"向死而生"这种存在理念对其产生的影响。从某种意义上说,这首《九月》堪称北方草原上的"秋声赋",那呜咽的琴声,分明是秋风在哭……与此同时,诗人的生存意志却仿佛那一片迎风而开的"野花"孤独而悲壮,在与"死亡"竭力抗争!

"明月如镜　高悬草原　映照千年岁月"——这诗句绝非普通的景物描写,诗人所要表现的是"时空"之寥廓虚无。如此空旷寂寞的虚无之境,不禁让人想起陈子昂笔下"前不见古人,后不见来者,念天地之悠悠,独怆然而涕下"这著名诗句。此情此景,诗人海子并未怆然"涕下",他只是让马头琴那"呜咽"的悲歌再一次哭泣在九月的风中。《九月》为了表现琴声的苍凉和主人公的孤独,有意把诗歌空间设置得特别空阔。不但把马头琴置于旷野,而且让孤独的诗人远离尘嚣,在皎洁的月色中感受时间的虚无,让孤独的个体觉得自己是草原上的"异乡人",不得不尽快打马归去!

当主题诗句"我的琴声呜咽　泪水全无"第三次呈现,诗人悲伤孤独的情绪达到高潮之后,九月的草原那空旷寂寞的虚无之境实在不堪停留!打马离开,似乎是诗人唯一的选择。于是,在苍茫的草原上,明月依旧,野花依旧,打马而归的感伤诗人留下了一道孤独的身影。"只身"说明诗人与马为伴形单影孤,"过草原"说明一度被视为"远方"的此处并非"家园",漂泊的灵魂注定还要继续飘荡。"打马"倒是值得细心品味:此"马"若是实写,则是马背上的诗人挥鞭"打马";此"马"若是虚写,或有可能是操琴者挥动琴弓"打马"而行——由"马头"和"马尾"组成的马头琴,作为一匹"马",顿时获得了生命力,而诗人则在琴声中飘然而去。

《九月》一诗忧伤婉转而又空灵飘逸,仿佛不食人间烟火。实际上,任何作品都有"大地"的根基，海子的诗歌亦不例外。譬如诗中的"我"如此匆匆离开草原，诸多原因之中或许还应当考虑到诗人的初恋受挫、爱情失意这件事。细读海子传记，读者会发现，海子的初恋女友是内蒙古人，而此时的她已同诗人分道扬镳。此次西部旅行结束之际，海子从内蒙古乘火车返回北京。在多情的海子眼里，内蒙古的草原，内蒙古的城市，内蒙古的一切都留下了恋人挥之不去的影子。在《马（断片）》这首诗中，海子如此写道，"蒙古的城市噢／青色的城……整座城市被我的创伤照亮／斜插在我身上的无数箭枝／被血浸透"[7]。诗人本人似乎就是那匹带着箭伤的"马"，他怎能不迅速逃离那记忆深处的伤心之地？所以，"只身打马过草原"这句诗蕴含着诗人丰富的情愫和难言的落寞，在虚与实的结合中，引发读者诸多联想，而一曲哀婉动人的马头琴之歌，也在此戛然而止。

综上所述，在这首抒情短章中，诗人借助"草原"、"秋风"、"马头琴"、"野花"、"明月"等系列意象，营造了一个旷远深邃的诗歌意境，具有十足的草原神韵。该诗与音乐有缘，其主题意蕴具有较宽泛的阐释空间。从某种意义上说，《九月》之所以哀婉动人，是因为海子那颗孤独的诗心，真正读懂了马头琴骨子里那种千年如斯的忧伤。在如泣如诉的琴声中，该诗一方面寄托了诗人深沉而寂寥的悲秋情怀，另一方面也表现了诗人无家可归的孤独状态。

注释：

[1] 海子著，西川编：《海子诗全集》，作家出版社，2009年，第205页。

[2] 歌手马尔在其音乐专辑中把海子的《九月》易名为《远方的远，归还草原》。

[3] 蒙古族长调意即长调民歌，其特点为字少腔长、高亢悠远、舒缓自由，宜于叙事，又长于抒情。

[4] 杨四平：《重读海子》，《涪陵师专学报》，2001年第1期。

[5] 鲁迅：《"碰壁"之后》，载《鲁迅全集》，第三卷，人民文学出版社，1981年，第68页。

[6] 刘中光：《礼记笺注》，海潮出版社，1998年，第345页。

[7] 海子：《马（断片）》，载西川编《海子诗全集》，作家出版社，2009年，第128页。

| 第四章　爱情之歌（一） |

第一节　神秘的钟声

第二节　葡萄园之谜

第三节　山楂树之恋

第一节　神秘的钟声

打　钟[1]

打钟的声音里皇帝在恋爱
一枝火焰里
皇帝在恋爱

恋爱，印满了红铜兵器的
神秘山谷
又有大鸟扑钟
三丈三尺翅膀
三丈三尺火焰

打钟的声音里皇帝在恋爱
打钟的黄脸汉子
吐了一口鲜血
打钟，打钟
一只神秘生物
头举黄金王冠
走于大野中央

"我是你爱人
我是你敌人的女儿

我是义军的女首领
　　对着铜镜
　　反复梦见火焰"

　　钟声就是这枝火焰
　　在众人的包围中
　　苦心的皇帝在恋爱

　　1985.5

　　《打钟》是海子写于 1985 年的一首著名诗歌。说它"著名"是因为：其一，许多海子诗歌选本都收入这首诗；其二，这首诗可谓以费解著称，众多论者对这首诗的解读五花八门，莫衷一是。打钟有何寓意？"皇帝在恋爱"是怎么回事？"大鸟扑钟"作何解释？"黄脸汉子"、"一只神秘生物"又指什么？"敌人的女儿"、"义军的女首领"是谁？……一系列难题给读者造成重重阅读障碍，种种误读也就在所难免——有时让人觉得海子的诗真是不可理喻。对海子诗歌颇有研究的谭五昌在评注《打钟》时这样写道："在艺术趣味上，海子是一位倾向于神秘主义的诗人。他的部分作品或片段常常具有神秘、诡异、晦涩的色彩，令人难以解读，较难引起人们的审美愉悦。"[2] 谭五昌下笔洋洋洒洒，最终却把话语引向不可解的神秘境地。那么，海子的这首诗的神秘性何在？其主题究竟是什么？且让我们试作分析。

一

钟，是中国古代的一种金属撞击器，通常作为一种军事或宗教建筑的附设器具，用于报时或召集人群、发布消息等。宫廷所用的钟都刻有铭文，以祈求天神保佑。"钟"字的本义为古代打击乐器，青铜制。海子这首《打钟》打的是什么钟呢？打钟目的何在？我们先从文本说起。

本诗共分 5 个诗段，第一诗段和第三诗段均以"打钟的声音里皇帝在恋爱"开始，可以判断这是一个关键诗句。这首诗写的就是"皇帝"在"打钟的声音里"恋爱。海子为何写"皇帝"在恋爱呢？这里的"皇帝"是个比喻，并非政治意义上的皇帝。在爱情王国里，谁是主角，谁就是皇帝，所以，这个"皇帝"是爱情意义上的。"皇帝"在恋爱也即诗中的"抒情主人公"在恋爱。"皇帝"在"打钟的声音里"恋爱，声源来自哪里呢？当然来自"钟"。"钟"在何处？作为本诗核心段的第三诗段有所交代——"一只神秘生物/头举黄金王冠/走于大野中央"。"黄金王冠"就是"钟"，这个"钟"游走在"大野中央"。这样，诗中的"声源"来自大野的中央，"大野"即广大的原野、田野。读者可以想见此"声"之波澜壮阔，洪大豪迈——难怪不断"打钟"的"黄脸汉子"累得"吐了一口鲜血"。

打钟的"黄脸汉子"打的是什么"钟"呢？——读者注意，这个"钟"表面上看是"铜钟"，而实际上是指人体内的"生物钟"。"一只神秘生物/头举黄金王冠"，寓意正是神秘的"生物钟"。"生物钟"又称生理钟。它是生物体内的一种无形的"时钟"，实际上是生物体生命活动的内在节律性，它是由生物体内的时间结构序列所决定的。海子以这首诗歌独特的命名和奇特的构思，戏谑了不少理论家和诗评家——海子天性中本有调皮可爱的一面。

在"打钟的声音"里恋爱，是说抒情主人公的爱情，受神秘的"生物钟"的支配，在特定的时间里就会想起自己远方的"恋人"。打钟的"黄脸汉子"一直不停地撞钟，累得吐血也不停下来，言外之意即钟声不止，"抒情主人公"对恋人的思念根本无法停止！海子在另外一首诗歌《黑翅膀》中，写北方七星"就像一种思念／她长满了我的全身"[3]，"思念"长满了全身，诗人岂能奈何"思念"？正如神秘的"生物钟"对诗人强大的召唤，这些都是令人无法抗拒的事情。在此意义上，《黑翅膀》与《打钟》似有异曲同工之妙。

二

基于上述分析，再看《打钟》第二诗段和第四诗段，许多疑惑便迎刃而解。这两个诗段写的是"回声"，第二诗段写山谷的"回声"，第四诗段则写"恋人"的"回声"。我们先从第二诗段说起吧。

声音作为一种波向外传播，犹如一枝燃烧的"火焰"向四周蔓延。这种爱情"声波"在神秘的山谷回响，山峰仿佛"红铜兵器"。中国古代文化认为，"铜钟"和"山谷"之间有一种奇妙的关系，山崩之时，铜钟每每发生感应，即所谓"山崩钟应"[4]，后来这一成语用以比喻同类事物相感应。据说，西汉时期，皇帝未央宫前的殿钟，无故自鸣，且三天三夜不止。汉武帝召问王朔，王朔说可能有兵争。武帝不信，就问东方朔。东方朔说："铜是山的儿子，山是铜之母，钟响，就是山崩的感应。"三天后，南郡太守上书说，那里的山崩了二十多里！"山崩钟应"的传说故事，我们只能姑妄听之。不过，结合声学原理来看，山谷对钟鸣的"回声"效果，当是极为显著的。海子写"恋爱"之声"印满"山谷，正是极言山谷"回声"强度之大。"皇帝"爱的"声波"，"印满"山谷中的"红铜兵器"，且在"神秘山谷"中回荡，这样的艺术表达，可谓回肠荡气。

第二诗段中的"大鸟扑钟"令读者颇为费解。其实，"大鸟扑钟"这个词语，也是用来描摹"钟声"的——"三丈三尺翅膀"、"三丈三尺火焰"，其目的都是为了烘托"钟声"之洪大壮阔。诗人把肉眼根本无法见到的"生物钟",形象化为可见、可感、可听的"一口大钟",且有"大鸟扑钟",表"难言之物"如在眼前,这便是艺术创造。海子用"火焰"写声音,运用的是"通感"手法;用"三丈三尺翅膀"、"三丈三尺火焰"写"大鸟扑钟",则既有"通感"又有"幻象"[5]。如果说翅膀的"飞动"与声波的"传播"有相似之处,"大鸟"与"火焰"之间存在什么联系呢?理解这种关系,需要借助中国古代神话知识,而海子本人对中国古代神话是非常熟悉的。

据《山海经》等古籍记述,太阳里有金黄色的三足乌鸦,于是古人就把"金乌"作为太阳的别名,也称为"赤乌"或"三足乌"。《淮南子·精神训》中说的"日中有踆乌"即"三足乌",又称为"阳乌"或"金乌",被认为是日之精魂。上述古籍中的金乌之类,它们实际上都是"太阳鸟"。《打钟》里"扑钟"的"大鸟"作为"太阳鸟",其光焰如火,也就不难理解。"三丈三尺翅膀"、"三丈三尺火焰",这种看似荒诞的写法,其实在海子那里是有神话根据的,由此足见海子诗歌深厚的传统文化底蕴。

三

在《打钟》这首诗里,"皇帝"爱的"声波"如同"一枝火焰"传向远方,加上"太阳鸟"巨大翅膀的扇动,势必将其爱的"声波"扩而大之,广而远之。《打钟》第四诗段写的是远方"恋人"对"皇帝"恋爱"声波"的"回声"。试想:"皇帝"站在大野中央,头顶大钟,"打钟人"拼上老命撞打,钟声岂不声震四野,峰回谷应?抒情主人公受这种神秘而巨大的钟声控制,怎能不辗转反侧,荡气回肠?而远在他乡的"恋人",对此又岂能无动于衷?

"皇帝"发出了爱的"声波",远方的那位恋人"对着铜镜/反复梦见火焰",正是对其"声波"的感应。"铜镜"是古代用青铜做的镜子。"铜镜"之接收"声波","爱人"之梦见"火焰",都巧妙地写出爱情王国里的"心有灵犀"现象。"铜镜"一词极为古雅,一方面,它接受来自"铜钟"的"声波",另一方面,在诗中又暗含其使用者为"女性"。

"皇帝"那远方的"爱人"是如何表白的呢?她做出如下"回声"[6]:

"我是你爱人"——这是最大胆、最直白的、最热烈的爱情表白。"我是你敌人的女儿"——意为"我"的"父母"与"你"为敌,反对我们的恋爱。"我是义军的女首领"——意为"我"反叛了"父母",愿意冲出重围,与"你"相爱。只是通过三句斩钉截铁的"回答",一个风风火火追求爱情的女主人公形象便跃然纸上。在《打钟》这首诗里,一方面,爱情的"钟声",其召唤力和诱惑力是巨大的;另一方面,女主人公对"钟声"的回答,同样显示出爱情的坚强和义无反顾。总之,爱情的神秘力量是不可抗拒的,这是海子诗歌传达出的一种强烈信号。

第四诗段有一个问题需要说明。那位勇敢的"爱人"身在何方?在哪里对"皇帝"爱的"声波"做出回应呢?第二诗段已经给出了答案:这位"恋人"不在别处,就在那"神秘山谷"——爱情谷。第二诗段中的"红铜兵器"与第四诗段中的"敌人"、"义军的女首领"不无关联,似乎说明作为爱情谷的"神秘山谷"绝非风平浪静,鸟语花香,而是剑拔弩张,针锋相对,充满斗争的刀光剑影。在激烈的思想斗争中,爱情谷中的"爱人"终于站稳立场,做出掷地有声的回答。

在爱情世界里,相爱的双方都有各自的"斗争"。诗中的女主人公充满矛盾,作为恋爱"皇帝"的男主人公亦复如此。在第五诗段,诗人再次强调"皇帝"——抒情主人公——在"恋爱"。皇帝在"生物钟"的控制下进入"热恋",那"钟声"就是"这枝火焰",执着而热烈。"众人的包围"说明"皇帝"的恋爱遇到外界的压力;而"内在"的神秘的"生物钟",又无时无刻不发出强烈的爱的"声波",召唤着远方的恋人。那么,这个恋爱中的"皇帝",当然是"苦心"在胸!所以,该诗以"苦心的皇帝在恋爱"作结。

《打钟》第三诗段中的"黄脸汉子"来去无踪，令人颇为费解。这个累得吐血的"打钟"者是神秘的，在诗中，我们不妨将他看作是那口"铜钟"的化身。他一再"打钟"，也不过是"生物钟"的"自鸣"而已。再进一步思考，那"黄脸汉子"不就是恋爱的"皇帝"吗？"王冠"（铜钟）在头，"苦心"在胸，此乃恋爱中"皇帝"形象的一幅写照。细想一番，又何尝不是普天下恋人们的形象写照呢？"铜钟"——"黄脸汉子"——"皇帝"——"生物钟"这一思维链条，在现实的逻辑世界里确有牵强之处，称其"不靠谱"并不为过；然而，在诗歌艺术的王国里，这正是思维的飞动之处。诗人海子凭借丰富的知识和高超的联想、想象、幻想能力，让思维的翅膀盛开成绚烂的花朵，为中外"爱情花园"留下了又一朵诗歌奇葩。一百多年的中国新诗史上，有谁这样描写爱情呢？世界诗坛上又有哪位诗人如此揭示爱情的力量呢？海子诗歌的原创性，在此可见一斑。

　　在结构安排上，这首诗歌也相当独特。全诗以第三诗段为核心，第二诗段和第四诗段分别是第三诗段的呼应和延伸；第一诗段和第五诗段则首尾照应。值得一提的是，在第五诗段中，诗人特意提到"苦心"的"皇帝"，如果与第三诗段"吐血"的"黄脸汉子"联系在一起，不正是恋爱者"呕心沥血"的写照吗？诗人暗自将"呕心沥血"一词用在恋爱的"情种"身上，足以令人惊叹。

　　此外，就诗歌题目而言，这首《打钟》，写的正是恋人的"钟情"，如此微妙的"双关"运用，海子本人自当深谙其中奥妙。海子构思这首独特的诗歌，灵感很可能来自中国"钟王"——"永乐大钟"[7]。资料表明，1983年，海子自北大毕业后分配至北京中国政法大学工作，1985年中国政法大学开辟昌平新校区之后，海子才搬去昌平新校。"永乐大钟"悬挂在北京西郊大钟寺的钟楼，而海子所在的海淀区的中国政法大学距离大钟寺不远，他有可能聆听过"永乐大钟"独特的钟声。

　　综上所述，《打钟》这首诗，其重点不在"钟"，而在"钟声"，这是解读这首诗的关键所在。海子充分调动自己的艺术想象，尽情描摹爱情的"钟声"，借"声"传情，借"声"抒情，是该诗的重要特色。因此，沿着"声波"一词进行深入思考，便能获得解读这首诗歌的线索和钥匙。该诗之所以令众多高手望"钟"兴叹，是因为海子在诗中运用了丰富的声学知识、心理学知识和神话，加上那天马行空的艺术想象力，的确给读者带来种种阅读障碍。而读者一旦破译该诗的"密码"，跨越那些障碍，就会发现一个"柳暗花明"的艺术世界。听懂海子的"钟声"，你会觉得《打钟》这首诗既非玄虚，也不神秘。而诗中的那口"生物钟"，倒是非常神秘的——我们无法，也不必把一切都弄懂。或许，这正是爱情的神秘之所在吧！

注释：

[1] 海子著，西川编：《海子诗全集》，作家出版社，2009年，第92—93页。

[2] 谭五昌编著，韦尔乔绘：《面朝大海 春暖花开：海子诗歌精品 插图本》，江苏文艺出版社，2008年，第25页。

[3] 海子著，西川编：《海子诗全集》，作家出版社，2009年，第474—475页。

[4] 中国古人认为，"钟"由"铜"铸成，而"铜"出于山，因此"山"与"钟"之间仿佛"母子"的关系。

[5] "幻象"不同于"意象"，是从幻想、幻觉或梦境中产生的形象，有论者认为，成功运用"幻象"是海子诗歌特色之一。

[6] 第四诗段整体带有引号，表明属于"爱人"对"声波"的回答。

[7] 永乐大钟系明代永乐年间铸造，享有"中国钟王"之誉。该钟用铜、锡、铅合金铸成，通体赭黄，重达46.5吨，高达6.75米，钟口直径3.3米，钟声圆润洪亮，穿透性强，可传数千米之远，余音达2分钟之久。

第二节　葡萄园之谜

葡萄园之西的话语[1]

也好
我感到
我被抬向一面贫穷而圣洁的雪地
我被种下，被一双双劳动的大手
仔仔细细地种下

于是，我感到所罗门的帐幔被一阵南风掀开
所罗门的诗歌
一卷卷
滚下山腰
如同泉水
打在我脊背上

涧中黑而秀美的脸儿
在我的心中埋下。也好
我感到我被抬向一面贫穷而圣洁的雪地
你这女子中极美丽的，你是我的棺材，我是你的棺材

1986.8.25

海子的短诗《葡萄园之西的话语》是一篇想象奇妙、构思独特的抒情佳作，由于阅读上的难度，诸多海子诗歌选本将其遗漏。武汉大学文学院的荣光启选编的《海子最美的 100 首抒情短诗》[2] 则收录了这篇作品，避免了海子选本的遗珠之憾。海子这首抒情短诗的主旨"埋藏"颇深，从题目到内容都隐含诸多诗歌"密码"，只有破译这些"密码"，读者才能进入欣赏境界；而一旦成功破译其"密码"，读者就会发现，该诗的确是一首需要阐释而又经得起阐释的经典诗歌。

一

《葡萄园之西的话语》这首短诗共分 3 段。归纳起来，该诗有如下"难点"需要阐释：诗歌题目有何寓意？"贫穷而圣洁的雪地"象征什么？"所罗门的帐幔"、"所罗门的诗歌"指的是什么？"涧中黑而秀美的脸儿"、"你这女子中极美丽的"指的是谁？"你是我的棺材，我是你的棺材"这一诗句如何理解？下面我们试作分析。

提起葡萄园，人们自然就想起一串串或甜美或酸涩的葡萄。人类在很早以前就开始栽培葡萄，据文献资料记载，最早栽培葡萄的地区是小亚细亚里海和黑海之间及其南岸地区。欧洲最早开始种植葡萄并进行葡萄酒酿造的国家是希腊。在我国，葡萄是由西域传入中原地区的[3]。据《汉书》记载，张骞出使西域归来，中原地区始得此种，《汉书》称葡萄为"蒲桃"。

有了葡萄，就有了葡萄园，在中西文化的视野里，也就有了关于葡萄和葡萄园的传说或典故。在中国文化语境里，说起葡萄人们便会想起葡架，想起农历七夕节和牛郎织女的鹊桥相会。牛郎织女传说是我国四大民间爱情传说之一，属于流传千古的爱情故事。据传，每当七夕节的夜晚到来，人们在葡萄架下静静聆听，可以隐隐听到织女和牛郎在深情地交谈。葡萄园一词，虽然在正文中并未出现，但文本中的"雪地"、"山腰"、"泉水"以及抒情主人公"我"，实际上都处在葡萄园这个大背景中，这是不言而喻的。作为诗歌题目，"葡萄园之西的话语"如同一道谜语，它所包含的密码对理解整首诗歌至为关键；它同时也启发我们，解读和欣赏海子的诗歌，属于魅力十足的知性[4]活动，只有将理性知识和感性知识融合在一起，且敢于让灵魂在文本中冒险[5]，审美的翅膀才能展开，并最终在海子的"葡萄园"中发现独特的艺术风景。

二

在这首短诗中，"我感到/我被抬向一面贫穷而圣洁的雪地"这一诗句在第一诗段和第三诗段中重复出现（只是在排列形式上稍有变化）。这句诗在整个文本中所占位置举足轻重，我们不妨先从这里分析。

"我"被"抬"向"雪地"，"被一双双劳动的大手/仔仔细细地种下"。这里的"雪地"如同"墓地"，整个诗句则是"死亡"之隐喻。作为艺术家的诗人，由于对生命本质有着深刻的认识，对死亡也就不再惧怕，往往赋予死亡以盎然的诗意。英国诗人拜伦曾将一个死人头骨做成精致的酒杯，而且还写了一首《骷髅酒杯吟》来歌颂死亡与美酒。中国现代诗人李金发有"生命便是/死神唇边/的笑"这样的诗句，诗人顾城对死亡则有更多的审美幻想："假如钟声响了/就请用羽毛/把我安葬/我将在冥夜中/编织一对/巨大的翅膀"（《假如》）；"雪的土地/纯洁的土地/静静的，临近幸福的土地/在蓝色磁波中颤动的土地/停住呼吸"（《雪的微笑》）。顾城那"雪的土地/纯洁的土地"和海子"贫穷而圣洁的雪地"竟然有着高度的一致性——他们不约而同地选择了洁净的"雪地"作为人生的归宿。

"我感到"三个字，说明接下来发生的"动作"，属于抒情主人公"我"的自我"感觉"。"感觉"一词就身体感受而言是真切的，就整首诗的构思而言，实际上等同于"幻觉"：一切"动作"和"结果"不过是想象的产物，并非指向现实层面。这里有个问题需要说明，海子用"贫穷而圣洁"来形容"雪地"，那么，"贫穷"和"雪地"之间究竟有何联系？人们谈起贫穷时有句话叫作"一穷二白"，而雪本是白色的，这样"白"就成为"贫穷"和"雪地"之间的共同点，二者由此建立联系——海子的诗就是如此，拙朴中透露出精巧。有些论者抓住该诗句中的"贫穷"二字不放，把它和现实中海子的生活联系在一起，大发"诗人贫穷"之感慨，实乃对海子诗歌的误读。

　　读者留意，有别于上述那些抒写墓地、歌颂死亡的诗人，海子诗歌里的"我"是被"一双双劳动的大手"种在"雪地"里的。既然是被"仔仔细细地种下"，那么，当春风吹来的时候，"葡萄园"里就会露出生命的芽儿。如此，"死亡"在抒情主人公这里，并非生命的终结，而不过是一次"雪地轮回"而已。明白这一点非常重要，它确定了整首诗歌的情感基调：饱含渴望，哀而不伤。在解读这首诗歌时，学者悠哉（杨秋荣）认为：在这首诗中，海子对其自杀、葬仪和复活的情景，多次作出诗意的描写。作为一家之言，悠哉的观点显然有商榷的余地。因为单从文本表层看，诗中"雪地"或"棺材"的确隐喻了死亡；若从深层结构分析，该诗不过是借"死亡"展开抒情而已，其诗歌主旨与"自杀"并无关联。

　　该诗第二诗段是最难理解的一段。这一诗段出现了"所罗门的帐幔"和"所罗门的诗歌"，看似有些突兀怪异，实则有其内在线索。作者在第一诗段和第三诗段一再说明"我"被"种"在"葡萄园"中的"雪地"。由于被"仔仔细细地种下"，"我"的生命其实并未结束，于是便能感到"葡萄园"里的风吹草动。"我"不但感觉到"所罗门的帐幔被一阵南风掀开",甚至"脊背"竟能接触到"所罗门"的一卷卷"诗歌"。海子在进行诗歌创作时,诗人对《雅歌》中的诗句精心镶嵌与巧妙化用,简直达到出神入化的境地。

《雅歌》描写了男女间爱情的欢悦和相思的忧苦。关于《雅歌》的背景,有如下传说:在一个偶然的机会里,古代以色列国王"所罗门"遇见了"书拉密女",然而少女的羞怯却使她躲了起来。后来"所罗门"化装成一个牧人,向她表露爱意,终于赢得芳心。最后,这对爱侣在皇宫内成婚,而《雅歌》一开始便是描写他们结婚的情形。在《雅歌》里,"葡萄园"、"泉源"和"溪水"等诸多意象,都可视作"恋人"或"新娘"的代称。海子诗歌中"泉水""打在我脊背上",含蓄地写出了"葡萄园"里,"我"与"恋人"之间的亲密关系。

三

解读这首诗歌,有个问题需要弄清:在"葡萄园"里,抒情主人公"我"向谁倾诉情怀呢?

第三诗段中"涧中黑而秀美的脸儿"、"你这女子中极美丽的"这两句诗给出了答案。上述诗句均可在《雅歌》里找到出处:女主人公意识到自己的皮肤黝黑,却并不因此自惭形秽——因为她皮肤的黝黑是在劳动中被太阳晒出来的。"基达"系阿拉伯旷野中过游牧生活的"贝都因人"的家园,那里的人们所用的"帐棚"以黑山羊毛织成,又黑又粗,而"所罗门的帐幔"则属于宫殿中精美的羊毛毡。"基达的帐棚"意味着"黑"色,"所罗门的帐幔"则是"白与美"的代名词。

在《雅歌》中,"黑而秀美的脸儿"、"你这女子中极美丽的"指的是"所罗门"的恋人"书拉密女"——一位乡村女子;而在海子诗歌中,"涧中黑而秀美的脸儿"、"你这女子中极美丽的",指的则是抒情主人公"我"

的恋人，她也是诗人倾诉感情的对象。

这首诗的结尾，出现了"你是我的棺材，我是你的棺材"这奇谲而诡秘的诗句，其意义该如何理解呢？

解读这句诗时，请读者注意，不必拘泥于"棺材"一词的字面之义。作者所要表达的无非是"你中有我，我中有你"那种私密而深刻的恋人关系，"棺材"一词不过是"奇喻"而已。一方面，"你"的身体如同"葡萄园"，"我"被埋在其中的"雪地"里，所以"你"可谓"我的棺材"；另一方面，"你"那"黑而秀美的脸儿"早已"在我的心中埋下"，所以"我"也可谓"你的棺材"。"你是我的棺材，我是你的棺材"这经典诗句，把爱情和死亡紧密相连，抒情主人公即便在最终归宿里，也要追寻爱情的幸福。在此意义上，"棺材"超越了死亡的象征意义，成为代表幸福快乐的"葡萄园"。爱情、死亡、唯美、神圣，这些震撼心灵的诗歌元素，在海子诗歌中经过奇妙组合，交相辉映，产生了极大的艺术张力。因为爱情"如死之坚强"，所以"我"虽然被埋在"雪地"，却依然像种子一样渴望生根发芽；因为爱情"如死之坚强"，所以"我"渴望在"葡萄园"与恋人完成灵与肉的神圣"合一"。

这首《葡萄园之西的话语》的艺术构思是非常精巧的，譬如诗歌中"我"、"种子"、"棺材"，在不同的层面上各有所指而又相互关联，构成复合的抒情主体。再譬如，该诗第一诗段写到"一面"雪地，第三诗段写到"涧中"，这些词语都与第二诗段中的"山腰"相对应，表明"我"被埋在"山坡"上的"雪地"里。由于在"山坡"上，故称"一面"雪地；由于在"山坡"上，才有"一卷卷"诗歌滚下，如同从高坡流下的泉水"打在我脊背上"——这一切，全都被"我""感受"于心。在细节方面，作者如此精当的艺术处理可谓细致入微，令人信服。又譬如，该诗首句自"也好"开始，到第三诗段，再次出现"也好"，表现了抒情主人公"我"，在某种被动事实面前的无可奈何。其潜台词似乎表明："我"——"被抬向一面贫穷而圣洁的雪地"，"也好"！"被一双双劳动的大手"种下，"也好"！在爱情的"葡萄园"里，即便死去，"也好"！由"被抬"、"被种"，再到自我安慰式的"也好"，读者可推测出，此时的抒情主人公，很可能正处于被抛弃的失恋状态。抒情主人公"被抬"、"被种"，实际上隐含了情场"被抛"的不幸事实，该诗的微妙之处正在于细腻地表现了"被抛"过程中的心理感受以及对那位恋人的痴心爱情。该诗写于1986年8月25日，正处于夏秋之间，天气的炎热可想而知，而诗中之"我"却被埋在"雪地"里，这是多么大的冷热反差啊！或许正是被抛弃的缘故，诗人才联想到爱情世界里冰冷的"雪地"。然而，即便在爱情王国的"冰天雪地"，他痴情的烈火依旧燃烧，直到创作出可歌可泣的爱情佳作！

综上所述，这首诗是海子创作的一首抒情佳作。诗歌中的"我"、"种子"、"棺材"在不同的层面上各有所指而又相互关联，构成复合的抒情主体。单从文本表层看，这首诗中的"雪地"或"棺材"的确隐喻了死亡；若从深层结构分析，该诗不过是借"死亡"而展开抒情而已。作者以"葡萄园"为大背景，细腻地表现了抒情主人公"被抛"过程中独特的心理感受，抒发了"我"对于抛弃自己的那位恋人的痴爱深情。"被抛"之"我"依然痴情讴歌心中的恋人，由此深刻地表现了"爱情如死之坚强"这一人类爱情史上历久弥新的经典母题。

―――――――――――――

注释：

[1] 海子著，西川编：《海子诗全集》，作家出版社，2009年，第149页。
[2] 该书附有插图以及朗读光盘，由湖南文艺出版社于2009年出版。

［3］两汉时期把甘肃玉门关和阳关以西，也就是今天的新疆地区和更远的地方称为"西域"。

［4］"知性"一词，原本是德国古典哲学常用的术语。康德认为知性是介于感性和理性之间的一种认知能力。

［5］近代法国印象主义批评家法郎士认为，真正的文学批评家只叙述自己的灵魂在杰作中的冒险。

第三节 山楂树之恋

山楂树[1]

今夜我不会遇见你
今夜我遇见了世上的一切
但不会遇见你

一棵夏季最后
火红的山楂树
像一辆高大女神的自行车
像一个女孩　畏惧群山
呆呆站在门口
她不会向我
跑来!

我走过黄昏
像风吹向远处的平原
我将在暮色中抱住一棵孤独的树干
山楂树!一闪而过　啊!山楂

我要在你火红的乳房下坐到天亮。
又小又美丽的山楂的乳房
在高大女神的自行车上

在农奴的手上
在夜晚就要熄灭

1988.6.8～10

―❦―

最近几年，山楂树红了。

不同的国度，不同的年代，不同的体裁，不约而同选择了山楂树表现爱情主题。其实，中国文化传统中，山楂树本不是爱情树。1953年苏联歌曲《山楂树》[2]、1988年海子的诗歌《山楂树》、2004年胡雪杨和秦晔导演的电影《山楂树》[3]、2007年艾米的小说《山楂树之恋》，以及2010年张艺谋导演的电影《山楂树之恋》，让山楂树红起来了。山楂那酸涩的滋味，让人终生难忘；那燃烧的颜色，留给人无限的遐思。以多种形式出现的关于山楂树的作品，似乎给山楂树加上了幸福的光环，谁说山楂树不是爱情树呢？

面对诸多以"山楂树"为主题的作品，笔者观赏、研读之后发现，最为感人的还是海子的"山楂树之恋"。

一

海子短暂的一生创作了数量惊人的诗歌作品，包括短诗、长诗、诗剧和一些札记。其中影响最大，在青年中流传最为广泛的是他的抒情短诗。写于1988年6月的《山楂树》就是海子抒情短诗中的一首杰作。

海子的这首《山楂树》很美，但它的确挑战读者的解读能力。读者阅读这首诗歌的时候，往往会遇到这样几个阅读难点："火红的山楂树/像一辆高大女神的自行车"是何意？如何理解"我将在暮色中抱住一棵孤独的树干/山楂树！一闪而过"？"又小又美丽的山楂的乳房"指的是什么？最后一句"在农奴的手上/在夜晚就要熄灭"又要作何解释？如何解释这些阅读难点是必要而迫切的问题，否则，我们很难走近海子的山楂树，也难以深入了解海子丰富的内心世界。

二

首先，山楂树怎么会"像一辆高大女神的自行车"呢？山楂树、自行车、女神是怎样联系在一起的呢？这是一个难点，而海子并未加以说明。海子的思维与想象不同于一般人，他具有天马行空的思维和汪洋恣肆的想象力。雨果有言，世界上最广阔的是海洋，比海洋更广阔的是天空，比天空更广阔的是人的心胸。雨果一再突破日常生活的思维逻辑，进入"神思"的艺术境界，留给读者无限的思考空间。海子创作《山楂树》时，也进入了"神思"境界。在海子的艺术想象中，这个世界上只有地球，地球上只有一棵山楂树。于是，诗人面对那棵山楂树——心中的女神——尽情抒发埋藏在心底的幽怨。在海子眼里，"高大女神的自行车"是一辆独轮车——地球就是独轮车的车轮，山楂树干成了独轮车的鞍座杆，而女神就是高高在上的树冠，也就是第一诗节的"你"。她高高在上，且不会向我走来。即使诗人抱住"孤独的树干"，仍然无法企及女神。海子非同凡俗的诗思再次说明，艺术思维有别于日常逻辑思维。艺术家凭借艺术思维发现生活中的美，在现实生活的基础上创造高于生活的美，并把这种美成功地传达给读者或观众。在艺术王国里，没有大胆的想象力和打破常规的思维，就没有创新。

其次，诗句"我将在暮色中抱住一棵孤独的树干"蕴含着丰富的文化典故，不由让人联想起希腊神话中月桂树的故事：太阳神阿波罗爱上了一个名叫达芙妮的女神，但是达芙妮却不爱他。骄傲的阿波罗不停地追逐达芙妮的身影。达芙妮跑到了河岸边,看着身后渐近的阿波罗,达芙妮请求疼爱她的河神把她变成一株月桂树,永远在月光下守护自己崇敬的人。河神于是把达芙妮变成了只在月光下开放的月桂树。等到疯狂追逐的阿波罗走近达芙妮身边时,他抱住的只是一株冰冷的月桂树。伤心的阿波罗把月桂树的枝叶作为发冠,用树枝做了琴骨,不论到哪里都带着它们。

阿波罗抱住了月桂树干,而海子则抱住了山楂树干,他们都抱住了孤独的树干——确切地说,孤独者正是他们自己——他们都孤独地抱住了树干。如果说月桂树是达芙妮的化身,那么,山楂树就是海子心中女神的化身。

暮色中的"山楂树!一闪而过"——这里有海子对时间、生命与美的敏锐而深刻的感悟。"十六岁的少女最美;最美的时候只有两个小时。"——这是凡·高心中美的瞬间。暮色中,山楂树一闪而过!"啊!山楂","在夜晚就要熄灭"——这是海子心中美的瞬间。人生本来就是短暂的,美好的事物往往一闪而过,失去的爱情何尝不是如此?暮色中的山楂树,转瞬就消失在夜晚,这种正在消逝的瞬间之美,震撼了海子的心灵。据一位摄影师朋友介绍,由黄昏到夜晚的过渡时间非常短暂,由明到暗不过15分钟,被称为"蓝调时刻"。这一时段内拍摄的照片颜色大致呈朦胧的深蓝色,接下来再拍就是黑色了。夜晚瞬间降临,仿佛拉上了幕布,"夜幕"一词颇值得品味。暮色中沉入夜色的山楂树犹如火焰一般燃烧,然而这股火焰在夜晚就要熄灭。海子诗中的山楂树如同凡·高画笔下的向日葵和柏树,它们都如同火焰在燃烧:油画《向日葵》仅由绚丽的黄色色系组合,凡·高认为黄色代表太阳的颜色,阳光又象征爱情,因此向日葵具有特殊意义——它不仅仅是植物,而是带有原始冲动和热情的生命体。在凡·高的油画《星月夜》中,天空像流动的河流。暗绿褐色的柏树像一股巨型的火焰,由大地的深处向上旋冒并高耸入云,村庄在星空下安然入睡。"凡·高之所以伟大,是因为他改变了人们的眼睛。"曾有评论家这样说过。同理,海子的诗歌《山楂树》中那奇特的想象和构思,也改变了我们对山楂树的世俗观察和审美——海子让我们看到"高大女神的自行车"和那"一闪而过"即将熄灭的"火焰"。

其三,"又小又美丽的山楂的乳房",这是关于山楂果的一个奇特的联想和比喻。"风很美　果实也美/小小的风很美/自然界的乳房也美"(《给母亲·风》),"让我来告诉你/ 她是一位美丽结实的女子"(《大自然》)。诗人海子常常把树上的果实当成自然界的乳房,因为他心中的大自然是一位美丽结实的女子。在海子眼里,大自然的果实与女性的乳房都是美丽的,这样的抒情圣洁而清新。小小的山楂果,这山楂树的乳房,是美丽的大自然的杰作。这是一个天才的比喻。

"我要在你火红的乳房下坐到天亮",这是抒情主人公对爱情绝望而执着的等待。空空的等待其实是一种无奈,但诗人就是要在山楂树下一直坐到天亮,这让人想起"尾生抱柱"的故事。《庄子·盗跖》记载:"尾生与女子期于梁下,女子不来,水至不去,抱梁柱而死。"[4] 尾生约会一个女孩子,为了不失约,在滔滔洪水袭来时抱柱而待,结果用生命换取了一段痴情。海子式的执着的等待当然属于痴情,"聪明人"是不会那样子等下去的。而抒情主人公明知没有希望,还是要等待下去,这种无奈的执着也正是诗人痴情的表现。无奈等待,绝望等待,实在是爱情中的大遗憾。说来也怪,或许正是这些大遗憾,造就了世上可歌可泣的爱情吧!

其四,"农奴的手"在诗歌的结尾突兀出现,表现了抒情主人公对山楂树——女神的崇拜。"在农奴的手上",指在诗人抱住的山楂树干上。"农奴"指诗人自己。相对于女神,"我"的地位如同奴隶,抒情主人公对山楂女神的崇拜可想而知。读者或许听过王洛宾创作的歌曲《在那遥远的地方》:"在那遥远的地方有位好姑娘……我愿做一只小羊/跟在她身旁/我愿每天她拿着皮鞭/不断轻轻打在我身上。"这种情圣式的对异性的崇拜有个共同点,都是希望以降低自己身份的方式博得对方的同情和爱意,或许是人类的生物基因中蕴含这种心理潜质吧,只是情圣们把它毫不遮掩地表现出来了。海子《山楂树》中"农奴"一词的出现，足见诗人用情之深。"在农奴的手上"的山楂树，如同燃烧的火炬，如同凡·高画笔下的向日葵。山楂树，那火一样的果实，如同凡·高的向日葵一样因燃烧而热烈。向日葵昂头扭颈，从早到晚随着太阳转脸，有追光拜日的象征。德文的向日葵叫 Sonnenblumen，与英文的 sunflower 结构相同。西班牙语叫此花为 girasol，是由 girar（旋转）跟 sol（太阳）二词合成的，意为"绕太阳"，颇像中文。法语最简单了，把向日葵和太阳都叫作 soleil。凡·高的《向日葵》，每朵花就像一团火，细碎的花瓣和葵叶像火苗，整幅画就像是烧遍画布的熊熊火焰。凡·高自己说："这是爱的最强光。"有评论者认为："向日葵是凡·高的崇拜物……在他眼里，向日葵不是寻常的花朵，而是太阳之光，是光和热的象征，是他内心翻腾的感情烈火的写照……"而在海子的眼里，山楂树上住着他心中的女神，山楂树因此而圣洁神圣，成为诗人海子的爱情树。

三

《山楂树》是一首失恋之诗，其中弥漫着青春的疼痛与无奈。

诗人的疼痛往往也是所有人的疼痛，只是诗人更加敏感，于是他代表我们抒发出心中埋藏已久的隐痛。古今中外，伟大的爱情往往与深深的遗憾密不可分，甚或可以说伟大的遗憾造就了伟大的爱情。诗人对美好爱情的执着追求和对无望爱情的痴情坚守，使得诗人在精神层面拥有了丰富的爱情。

火红的山楂树旁，诗人海子除了愁苦，还有几分执着，面对自己心仪的女神，明知"今夜我不会遇见你"，却依然固执地"要在你火红的乳房下坐到天亮"——这是海子式的等待。然而如此会发生奇迹吗？或许精诚所至，金石为开，等到海枯石烂，铁树开花，天荒地老，真的会有奇迹发生；或许那样的等待就是"等待戈多"。如果说等待戈多就是等待虚无，那么"等待山楂"就是等待爱情，等待奇迹。相信海子最终也没等到那位情人，但诗人为我们留下了一首抒情杰作。诗人海子因不幸失恋，借诗歌把山楂树变成了一棵圣洁的爱情树。在海子那里，山楂树就是阿波罗的月桂树，就是凡·高的向日葵。海子的山楂树之恋因此具有独特的文学意义。

《山楂树》作为海子的一首重要诗歌，足以代表海子的诗歌水平。这首中国当代抒情诗中的杰作具有如下艺术特色：一、奇特的艺术构思；二、宏伟的诗歌空间；三、独特的时间感悟；四、深沉的情感世界。而最令人惊叹的还是海子那天马行空般的艺术想象力，在这种意义上，诗人海子和他的山楂树都是不可复制和模仿的。《山楂树》又是一首需要精心阐释的诗歌，考验着读者的鉴赏水平。由于《山楂树》的难度，大量读者包括诗评家未能给这首诗以充分合理的评价，这是非常遗憾的事情。

海子死了，但他的山楂树依然活着，依然燃烧！这是海子的魅力，也是诗歌的魅力！

注释：

[1] 海子著，西川编：《海子诗全集》，作家出版社，2009年，第485—486页。

[2] 原名《乌拉尔的花楸树》，诗人拉德金作词，作曲家皮里别科作曲。这首歌曲富有乌拉尔风情——纯真、优美、浪漫。20世纪50年代，它随着大量的俄罗斯歌曲传入中国，立即被广为传唱。

[3] 这部2004年上映的影片，主要反映知青生活及他们的爱情故事。

[4] 见《庄子·杂篇·盗跖》。本段文字选自张耿光译注：《庄子全译》，贵州人民出版社，1993年，第542页。

| 第五章　爱情之歌（二） |

第一节　喝干杯中苦酒
第二节　熄灭我的爱情
第三节　洗清我的骨头

第一节　喝干杯中苦酒

八月之杯[1]

八月逝去　山峦清晰
河水平滑起伏
此刻才见天空
天空高过往日

有时我想过
八月之杯中安坐真正的诗人
仰视来去不定的云朵
也许我一辈子也不会将你看清

一只空杯子　装满了我撕碎的诗行
一只空杯子　——可曾听见我的喊叫?!
一只空杯子内的父亲啊
内心的鞭子将我们绑在一起抽打

1987

《八月之杯》是海子一首著名的抒情短诗，诸多海子诗歌选本都收录了该诗。疑惑的是，很少有诗评家对其进行全面阐释，这样就使得读者对该诗的主题意蕴难以把握，对其中的关键诗句也有种种误解。

鉴于上述情况，笔者就该诗归纳出以下阅读难点：1. 何为"八月之杯"？作者为何再三提及"空杯"？2. "八月之杯中安坐真正的诗人"应怎样理解？3. 诗中的"父亲"为何会在"一只空杯子内"？"父亲"究竟指的是谁？4. "将我们绑在一起抽打"中的"我们"指谁？让我们结合文本进行具体分析。

一

这首诗歌谜语般令人费解，同时也谜语般吸引着众多的猜谜者。

标题"八月之杯"别出心裁，与众不同。读者即便通读全诗之后，一时还是难以把握作者的立意所在。"八月逝去"之后，留给诗人深刻记忆的竟是"一只空杯子"。这只"空杯子"究竟是"苦杯"还是"甜杯"？此前它装满的是"苦酒"还是"甜酒"？——弄清"八月之杯"的性质，是鉴赏这首诗的关键所在。从整首诗的情绪氛围和情感基调可以判断出，"八月之杯"是一只令诗人灵魂战栗的痛苦之杯！那么，接下来的问题是，这只"苦杯"为何要与"八月"结缘？诗人海子现实生活中的爱情本事或许有助于解答这个疑问。

众所周知，1985 年 7 月，海子与他的初恋情人在中国政法大学热恋，这次恋爱令他难以忘怀。从他俩在北戴河的留影看，海子穿着游泳裤，手持气垫床，精神十足地站在海滩上，对未来前景充满了美好的渴望。这次初恋以失败而告终，在海子的心中留下永久的"疤痕"。笔者曾把这种心理"疤痕"命名为"情殇情结"[2]——即因爱情（尤其是初恋）受挫而产生的心理情结。"情殇"者，意谓少年恋情的夭折；"情结"者，是指个人无意识中因情感郁结而形成的"心理丛"。从负面来说，"情殇情结"是情感深处的病灶和症结；从正面来说，则可以形成强大而持久的创作动力，心理学家荣格称之为"残酷的激情"。诗人海子的创作历程中，为数不少的情诗正是其"情殇情结"的艺术升华。一方面，通过诗歌创作，海子的"情殇情结"得到不同程度的释放；另一方面，海子心中那"残酷的激情"，反过来又助成其诗歌的深刻与犀利。关于海子的初恋情人，海子在中国政法大学昌平校区的一位同事有如下印象：她有着圆圆的脸盘，大大的眼睛，长长的头发，梳着"小鹿纯子"的发型，是一个比较活跃和引人注目的女孩。大家都不约而同叫她"小鹿纯子"——这是当时播放的日本电视剧《排球女将》中一个女主角的名字。

2006年，海子那位同事在博客文章《有关海子的记忆片段》中写道：

> 大概是1986年的秋天，我在一位同事也是海子的好朋友那里，看到一本油印的海子诗集。印象中有一首《我的八月》。听朋友说，海子的女朋友答应和他8月份一起去西藏旅游，可是，女友最终失约了。海子在痛苦中写下了这首诗，透着孤独和凄凉。但在正式出版的海子诗集上我没有找到这首诗。[3]

上述资料对我们理解本诗非常重要。海子同事印象中的《我的八月》很可能就是这首《八月之杯》——由于记忆之误，把《八月之杯》当成了《我的八月》，所以也就无法在正式出版的海子诗集中找到《我的八月》。另外，据海子同事回忆，《我的八月》写作时间最晚也"大概是1986年的秋天"，而《八月之杯》标注的写作时间为1987年，究竟哪个时间可靠？

这个问题尚待考证。撇开海子同事"记忆片段"中的某些细节之误，这份宝贵的资料告诉我们：海子情感世界中的"八月"是一个"黑色"的月份，海子的"情殇情结"应当与这个黑色的八月密切相关。一旦弄清"苦杯"与"八月"之间的关系，"八月之杯"作为诗歌标题，其命意也就不再令人费解——海子的"八月之杯"原来装满了爱情的"苦酒"，接过杯子喝光"苦酒"的诗人海子，面对"一只空杯子"，撕碎自己的"诗行"，对上苍发出了撕心裂肺的追问和呼唤。

二

在结构上，该诗由 3 个诗段组成。第一诗段由"八月逝去"写起，写的是秋景，抒发的是独特的内心感受；第二诗段一面揭示"八月之杯"所蕴含的痛苦哲理，一面追问天上的"云朵"；第三诗段写"我"对着"空杯子"发出灵魂的叫喊。3 个诗段之间呈递进关系，情感强度逐步增加，到诗歌最后，诗人喷薄而出的痛苦之声达到极致。我们将通过逐段分析，解决其阅读难点。

第一诗段因景起兴，借景抒情，拙朴中蕴藏着奇崛。诗人将"情语"埋藏在"景语"之中，细心品读方能体味。"八月"是时间，同时也是"事件"。"八月逝去"之后，展现在诗人面前的是一幅"秋景"：山峦清晰，如被秋雨洗过；秋天的河水平滑起伏。如果说"八月"属时间，"山峦"则属空间。时光或许模糊，空间现实却格外清晰。就情感层面而言，"昔人"已去，不可追回，诗人心中的思绪恰如浩渺的秋水，起伏难平。提及"秋景"，人们首先想到的往往是"秋高气爽"几个字，而海子另辟蹊径来表达："此刻才见天空/天空高过往日"。"此刻才见天空"，说明此前诗人或许并没有关注天空。那么，诗人是沉浸在爱情中无视天空呢，还是索性把恋人当成了"我的天"？总之，只有在"八月逝去"之后，猛然抬头，诗人才突然发现——"天空高过往日"！"八月"的天空，就这样令敏感的诗人心生惊悚，妙语神出，诗中那看似平凡的词句，品读起来却是拙中藏巧，耐人寻味。

第二诗段写诗人于秋日天空下的"痛苦之思"和"形上之问"。空旷寂寥的秋日天空，也促使诗人反思痛苦，追问云朵。海子得出的结论是——"八月之杯中安坐真正的诗人"！这一警句堪称《八月之杯》的"诗眼"。一方面，"八月之杯"装满"苦酒"，"诗人"坐在杯中，必然饱尝痛苦；另一方面，唯有饱尝痛苦的诗人，才堪称"真正的诗人"！——这不正是海子所要表达的"诗观"吗？

作为诗人的海子，对爱情极为看重，对痛苦极为敏感。1986年11月18日，海子在日记中写道："我一直就预感到今天是一个很大的难关。一生中最艰难、最凶险的关头。我差一点被毁了。两年来的情感和烦闷的枷锁，在这两个星期（尤其是前一个星期）以充分显露的死神的面貌出现。我差一点自杀了……"这是海子一生中仅存的三篇日记中的一篇。海子这篇日记暴露了自己的"情殇情结"和灵魂之痛。海子对痛苦有着清醒的认识，他非但不回避痛苦，还主张要"沉浸"在痛苦的"酒杯"中。1987年9月17日，在朋友孙理波过生日时，海子精心准备了一首《生日颂（或生日祝酒词）》，并即席朗诵。其中就有这样的诗句："痛苦也是酒精/我们全都沉浸其中/只是分给每个人的酒杯不同//伟大的人　装满痛苦的酒杯更大　他们开怀畅饮/开怀畅饮　痛苦的酒　使人沉醉一生的酒"[4]。海子把伟大与痛苦联系起来，把痛苦与酒杯联系起来，主张诗人要接过"苦杯"，开怀畅饮。事实上，海子生命的最后几年，始终处于痛苦焦灼的状态，他希望靠诗歌解脱自己内心的苦痛，从而救赎自己的灵魂。他为此常常彻夜不眠，用身体的膏油换取那些精灵一般的诗篇，如杜鹃啼血一般。由此看来，海子本人正是那安坐"八月之杯"的人，是"真正的诗人"。

尽管诗人声称要"安坐"痛苦之杯，而当其灵魂之痛不堪承受之时，"安坐"又谈何容易？痛苦至极的那一刻，海子也曾遥望天空，追问云朵。

"仰视来去不定的云朵/也许我一辈子也不会将你看清"——天空代表着"形上",海子仰视云朵并非为了审美,而是寻找隐藏在云朵后面的"你"。当云朵总是"来去不定",仰望者也就难识"庐山真面目",终于,海子发出"也许我一辈子也不会将你看清"的绝望叹息。这里读者要注意,云朵后面的"你"究竟指谁?待我们分析过第三诗段之后,读者自会明白。

三

第三诗段是全诗的高潮。在海子的诗歌中,很少有声嘶力竭的叫喊,但在这首《八月之杯》中,海子就是要对着"一只空杯子",发出灵魂的叫喊。"空杯",表明诗人刚刚饮过"苦酒",此刻正在痛苦中煎熬。本诗段接连三次提及"空杯",一次比一次情感浓烈。第一次写"空杯",强调的是"我"撕碎诗行的动作;第二次写"空杯",强调的是"我"对"空杯"的质问——"可曾听见我的喊叫?!"第三次写"空杯",强调的是"我"对"父亲"的痛苦倾诉。本诗段诗人给读者设置了若干阅读难点:"父亲"为何会在"一只空杯子内"?"父亲"究竟指的是谁?"将我们绑在一起抽打"作何解释?有论者在解读这首诗的时候,把诗中的"父亲"理解为海子现实生活中的父亲,应该说这是一种误读。

《八月之杯》这一题目,在立意上紧紧围绕着"苦杯"二字,而"苦杯"的出处则与"客西马尼园"[5]一词有关。客西马尼园中的"杯"就是"苦杯"。经历过黑色"八月",吞下爱情"苦酒"的海子,是否想起了耶稣在客西马尼园所经受的煎熬?

《八月之杯》的最后诗句"内心的鞭子将我们绑在一起抽打",寓意深刻。"我们"被"绑在一起"抽打,暗示了海子自身所受痛苦之剧烈。痛苦中撕碎诗行的海子也曾追问天上的"云朵",并呼唤"空杯子"中的"父亲"。至此,我们就会明白诗中"父亲"为何会在"一只空杯子"里——因为"父亲"也曾饱尝痛苦,也曾喝光了杯中的"苦酒"。如此看来,《八月之杯》中的"父亲",并非世俗意义上的称谓,而是指诗人心中的"天父";同样,第二诗段中躲在"云朵"后面的"你",也当指天上的"父亲"。

司马迁在《史记·屈原贾生列传》中有言:"夫天者,人之始也;父母者,人之本也。人穷则反本,故劳苦倦极,未尝不呼天也;疾痛惨怛,未尝不呼父母也。"司马迁所谓"天地父母"者,显然有别于西方的"天父"或"上帝",但这段话道出了人类在面临绝境之时的无奈与渴望。海子在面临极大痛苦之时,深情呼唤"天上的父亲",这与司马迁所揭示的人之常情在本质上并无二致——人类脆弱的个体生命,在遭遇巨大的痛苦之时,无不渴望获得救赎或超越!

综上所述,《八月之杯》是一首构思奇特、立意高远的抒情短诗。海子因初恋失败而形成的"情殇情结"是该诗的创作动因。作为诗人的海子,对爱情极为看重,对痛苦极为敏感,其"灵魂之痛"甚至超过"失恋之痛"。在巨大的痛苦面前,海子对上苍声嘶力竭地追问与呼唤,一方面包含对得到救赎的渴望,另一方面也包含对信仰的怀疑和绝望。与其说诗人在"信仰"层面上呼唤"天父",不如说在"痛苦"层面上,诗人与"天父"产生了情感共鸣。

在艺术手法上,《八月之杯》属于直抒胸臆之作。诗中那呼天抢地的叫喊,其情感之浓烈,表达之赤裸,在海子诗歌中并不多见。尽管如此,由于蕴含诸多典故,该诗并不浅显直白。非但不浅显,而且谜语般蕴含奥秘,从而产生了某些阅读难点。值得一提的是,海子在创作这首诗时,语言行云流水,那些看似信笔写出的诗句,寓奇崛于平淡,极富艺术功力。

注释：

［1］海子著，西川编：《海子诗全集》，作家出版社，2009年，第424页。

［2］参见拙作《月光下的老舍——〈月牙儿〉"三部曲"创作心理探析》，载中国老舍研究会选编《世纪之初读老舍》，人民文学出版社，2007年，第342页。

［3］1985年7月，海子住在昌平西环里15号楼302房间，海子中国政法大学的这位同事就住在同楼301房间。昌平西环里是一个居民小区。当时，中国政法大学的新校尚在建设之中，许多年轻教师便住在西环里。

［4］海子著，西川编：《海子诗全集》，作家出版社，2009年，第1139页。

［5］客西马尼是一个果园，位于耶路撒冷城东橄榄山脚下。

第二节　熄灭我的爱情

七月不远

——给青海湖，请熄灭我的爱情[1]

七月不远
性别的诞生不远
爱情不远——马鼻子下
湖泊含盐

因此青海不远
湖畔一捆捆蜂箱
使我显得凄凄迷人：
青草开满鲜花

青海湖上
我的孤独如天堂的马匹
（因此，天堂的马匹不远）

我就是那个情种：诗中吟唱的野花
天堂的马肚子里唯一含毒的野花
（青海湖，请熄灭我的爱情！）

野花青梗不远，医箱内古老姓氏不远

(其他的浪子,治好了疾病
已回原籍,我这就想去见你们)

因此跋山涉水死亡不远
骨骼挂遍我身体
如同蓝色水上的树枝

啊,青海湖,暮色苍茫的水面
一切如在眼前!

只有五月生命的鸟群早已飞去
只有饮我宝石的头一只鸟早已飞去
只剩下青海湖,这宝石的尸体
　　　　　暮色苍茫的水面

1986

―〰―

　　诗人海子对中国西部情有独钟,他曾到达过圣洁的青海湖[2],并留下三首著名的诗歌——《七月不远——给青海湖,请熄灭我的爱情》(以下简称《七月不远》)、《青海湖》和《绿松石》。后两首诗歌以描摹赞叹青海湖为主要内容,《七月不远》则是以青海湖为抒情对象的一首爱情诗。本节将重点分析海子的诗歌名篇《七月不远》,揭示其丰富而深刻的主题内蕴,阐释其丰富的文化内涵,并尝试把握其艺术特色。

一

　　海子以青海湖为抒情对象而创作的这首著名诗歌,颇具阅读难度。首先,该诗的正标题"七月不远"就比较令人费解,副标题"给青海湖,请熄灭我的爱情"虽然点明该诗是写给青海湖的,可青海湖与"我的爱情"又有什么联系呢?依然令读者心存疑惑。其次,"马鼻子下/湖泊含盐"和"天堂的马匹"分别作何解释?再次,"野花青梗"象征什么?最后,"宝石"及"宝石的尸体"指的又是什么?众多海子诗歌的阐释者从不同视角切入文本,形成见仁见智的阅读经验,尽管一时难有定论,但是有不约而同的共识:这是一首经得起阐释的诗歌名篇。

　　《七月不远》这首诗由8个诗段组成,按其内在结构,可分为3个部分。第一部分(1—2):七月的青海湖,爱情难忘;第二部分(3—6):青海湖,请熄灭我的爱情!第三部分(7—8):暮色中的青海湖,湖水苍茫,虚无空旷。从结构上看,3个部分都围绕着青海湖抒情,这与副标题是一致的。

　　细心的读者会留意到,这首诗歌中先后8次出现"不远"二字。频频出现的"不远",也就成为解读这首诗的关键所在,需要交代清楚。

　　1985年,海子与其初恋女友陷入热恋,二人在这一年的"七月"曾去北戴河度假,并留影纪念。从当年在北戴河的照片看,海子精神十足地站在海滩上,像是要对整个世界高喊:"我拥有世界上最纯真的爱情!"作为北大毕业的骄子,那时候的海子拥有青春、爱情和理想——那个"七月",的确是一段金子般的时光,永远镌刻在诗人心中!在《七月不远》这首诗的创作中,海子把曾经的"北戴河"转换为眼前的"青海湖",而不变的时光则被定格在"七月"——它与诗人的初恋密切相关,记忆中的女友如影随形!了解上述背景之后,那么"七月"为何"不远",这个问题也便不难解释。首先,"七月"刚刚过去,所以"七月不远";其次,"七月"

在"我"心中，所以"七月不远"；最后，"七月"终生难忘，所以"七月不远"。失恋的海子念念不忘那个热烈的"七月"，本身就是痴情的表现[3]。在《眺望北方》一诗中，海子写道："走遍一座座喧闹的都市/我很难梦见什么/除了那第一个七月，永远的七月/七月是黄金的季节啊……我的七月萦绕着我，像那条爱我的孤单的蛇/——她将在痛楚苦涩的海水里度过一生"[4]。《眺望北方》一诗的草稿写于1987年7月，诗歌中多次深情地描述"七月"，足见这个月份对海子而言非同寻常，它已经成为海子的心结。《七月不远》中的"不远"，固然是就时间距离而言的，但又何尝不是指心理距离！海子反复念叨"不远"，旨在强调"七月的爱情"已经内存于心，根本无法消除。所以，《七月不远》这一诗歌题目本身就是为情而狂的表现，足见爱情在诗人海子心中所占的地位和分量，也可以想见初恋的失败对海子造成多么沉重的心理打击！

二

尽管"七月不远"，"爱情不远"，但是在目前（"眼下"），诗人的内心深处却是苦涩的。第一自然段中"——马鼻子下/湖泊含盐"，其破折号表示转折。海子用"鼻子下"，比起"眼下"似乎更近当下。谚语"如鱼饮水，冷暖自知"，也包含有"自家有病自家知"之意。"马鼻子下/湖泊含盐"这句诗令人联想起失恋之人"如马饮水，苦涩自知"。"湖泊含盐"是马的感受，也是诗人内心苦涩的写照——青海湖，这个中国最大的内陆咸水湖，在此刻诗人的心中简直是由苦涩的泪水汇成的。那么，"性别的诞生不远"又作何解释呢？在这简单的诗句里，海子化用了伊甸园的故事。亚当和夏娃偷食禁果之后，产生了"性别"概念，他们发现彼此赤身裸体，于是便用无花果的叶子来掩饰身体。在海子这首诗歌里，"性别的诞生"意味着两性意识的萌发，也象征着爱情的萌芽。如果说，《七月不远》第一诗段重点写"青海的七月"的话，那么第二诗段就侧重写"七月的青海",由时间过渡到空间。"七月的青海"是迷人的,青海湖畔的青草丛中开满了野花,蜜蜂在野花中嗡嗡作响,青海湖自然显得凄凄迷人[5]。诗人写"湖畔一捆捆蜂箱/使我显得凄凄迷人",其中的"我"既指诗人自己,又指青海湖——"我"就是"青海湖","青海湖"就是"我"。面对浩渺的湖水及其岸边野花丛中翩然翻飞的蜜蜂,诗人物我两忘,人景合一,颇有庄周梦蝶的意蕴。然而,眼前的美景和暂时的陶醉并不能解除诗人内心的孤独和失意,毕竟,海子正在品尝失恋后的那杯苦酒。第三诗段接着就写到青海湖上"我"的孤独。

诗句"我的孤独如天堂的马匹"该作何解释呢?笔者认为,诗中的"马匹"并非写实,而是指天上的"白云"。我国西部地区风景独特,青海湖上的"白云",在水天之间或高或低,或升或降,可谓变幻无穷。于是,在"云朵"和"白马"之间,诗人产生了"白云如马"的联想。海子不写"天堂的云朵"或"地上的马匹",而是认定"地上的云朵"就是"天堂的马匹"。海子以"白马"比喻"白云",也并非空穴来风。传说距青海湖不远的昆仑山上有浑身雪白的神兽,能说人话,通万物之情。这个传说的另一版本,那神兽即白色的"马匹"。在青海湖上,云朵——那"天堂的马匹"的确离水面很近,故有"不远"之说。而诗句"我的孤独如天堂的马匹",也即写"我的孤独"如同湖上的"云朵"。

第四诗段诗人直言"我就是那个情种:诗中吟唱的野花",而"野花"所处的位置竟在"天堂的马肚子里"。这里的"野花"并非写实,而是"爱情"之喻;"天堂的马肚子"其实指的是青海湖上的团团"白云"。爱情之花——千百年来被诗人歌唱的花朵,带有原野的浪漫和风情,然而,这朵野花往往含毒。诗人在此坦陈:"我"就是那个中毒甚深的情种,在孤独中吞下了含毒的野花,却因此而更加孤独。"马肚子里唯一含毒的野花",其中的"唯一"旨在强调:"马肚子里"有而且仅有"含毒的野花",那么,"我"目前的"孤独",纯粹由爱情这"含毒的野花"引发。正是由于深中"爱情之毒",痛苦中难以自拔,所以诗人发出强烈的吁请:青海湖,请熄灭我的爱情!

第五诗段接着写"孤独"与"爱情"之间的微妙关系,并把"野花"与"青梗"相提并论。《红楼梦》中有"我所居兮,青埂之峰"这样的诗句[6],据"红学"研究者称,"青埂"即"青梗"——谐音"情根"也。海子的"野花青梗",是否也有"野花情根"之意呢?在中国传统医学中,"野花"和"青梗"作为花草,皆可入药治病。在古老医箱内的中草药方剂里,那些"野花青梗"的药草名字,如同古老的姓氏一样繁多——譬如白芷、黄连、苏叶、艾蒿、石竹、牛蒡、毛姜、陈皮、党参等,这些包含姓氏的中草药有多种多样!——这里,我们不得不佩服诗人海子的知识面和想象力,他竟赋予中草药诗意,把它们审美化了。第五诗段似乎在告诉读者,尽管医生的药箱内有各种药方,"我"的"孤独症"却是有药难治!"我"本想尝试用"野花青梗"(爱情)治疗自己的"孤独症",不料却反而加重了自己的病情——如今,爱情的毒汁正在加速"我"的死亡!第五诗段括号内的诗句意味深长,尤其是"原籍"一词,寓意深刻:浪子回归"原籍",意味着他们"来于尘土,归于尘土"的最终生命归宿。括号内的诗句表明:历史上那些爱情的浪子治好了情感"疾病",他们最终"已回原籍","我"如今却病入膏肓,再也没有治愈的希望,"我"——这就抱病去天堂投奔他们!

第六诗段紧接上段写死亡即将来临。由于痛苦万分,"我"甚至愿意"跋山涉水"加速走向死亡。"跋山涉水"除指行程艰辛之外,也蕴含兼程赶路之意。在奔向死亡的路途中,爱情之痛和相思之苦,已经使"我"形销骨立,骨瘦如柴。"骨骼挂遍我身体"是诗人极言身体之瘦弱,而"蓝色水上的树枝"则是"骨瘦如柴"的形象写照。海子的一些诗句拙朴无华,看似信手拈来,其实藏有大巧,显示出诗人出神入化的笔力。诗人的文字深邃凝练而又鲜活灵动。

三

"啊！青海湖，暮色苍茫的水面／一切如在眼前！"第七诗段虽短，但并非闲笔。这句诗很容易使人联想起《诗经·秦风·蒹葭》中的诗句："蒹葭苍苍，白露为霜。所谓伊人，在水一方。"在暮色苍茫的青海湖水面上，诗人海子心中的"伊人"从未离去，因此，七月"不远"，爱情"不远"，七月的一切，如在眼前！

第八诗段有如下几个问题需要解答："生命的鸟群"飞去，诗人为何把时间设定在"五月"而非其他月份？"饮我宝石的头一只鸟"比喻什么？"宝石"和"宝石的尸体"分别形容什么？

在创作这首诗歌时，海子对其笔下的青海湖已经非常熟悉，对青海湖上的飞鸟习性也当比较了解。"五月"的青海，大地刚刚复苏，封冻了几个月的青海湖，此时已是碧波荡漾，"五月"的青海湖成了鸟的天堂。著名的青海湖鸟岛，在青海湖的西面，俗称"海西"。每年从 4 月底开始，有上百种候鸟飞到这里来，待上两个多月又飞到别处去——所以，游人们有"五月青海美，最是观鸟时"这样的印象总结。在《青海湖》一诗中，海子把青海湖比作荒凉高原上"一只骄傲的酒杯"，比作宝石般"蓝色的公主"；在《绿松石》一诗中，他则把青海湖比作"绿色小公主"一样的珍贵宝石，把读者带进一个美丽而纯洁的仙境之地。海子把青海湖比作"宝石"，那么，"饮我宝石"也即"饮我湖水"。"饮我湖水"的"头一只鸟"，是不是"饮我爱情"的那只"初恋小鸟"呢？诗人奇妙的比喻，很容易激发读者的无限遐思。

如果说"宝石"形容的是青海湖，那"宝石"的"尸体"怎样理解呢？暮色中的青海湖，那苍茫暗淡的水面，恰如失去爱情后暗淡无光的诗人，原来的"宝石"也就随之变成眼前的"尸体"。初恋那只"爱情鸟"，她吸干"我"的骨髓和心血，然后展翅高飞，而"我"只剩宝石的"尸体"——这眼前的黄昏中的湖水！这一诗段中，两个"只有"和一个"只剩"，都是强调初恋那只"爱情鸟"飞去之后，"我"眼前的空虚和心中的失落。"只有"与"只剩"后面的空虚，带着无限的落寞与惆怅。

从结构上依次分析 8 个诗段之后，还有一个问题不容忽视，那便是《七月不远》的副标题——"给青海湖，请熄灭我的爱情"。海子在其间嵌入了一个意味深长的关于青海湖成因的神话传说，由于埋藏太深，一般读者不易察觉。据传说，喜马拉雅山的雪山女神爱上了在山上修苦行的一位男子，天神就派其去诱惑那男子。不料女神的表演被识破，情火烧身的女神，只好纵身跳入青海湖洗刷痛苦与耻辱。结果，湖水被烧干了，但很快，从雪山女神毛孔中涌出的汗水，又漫成一个更大的青海湖。就这样，女神使得青海湖一天比一天更咸涩晶莹，更汹涌澎湃。

诗人海子一如雪山女神那样，因烈火烧身而痛苦无奈，只得向青海湖求救，请求熄灭自己的爱情。那火焰自己无法熄灭，凡人也无济于事，只有请青海湖熄灭——试想，这是怎样的爱情之火啊！雪山女神这一传说的嵌入，给《七月不远》这首诗增添了厚重的文化内蕴——读者至此，也才领悟海子诗歌副标题的良苦用心。

综上所述，《七月不远》是一首借青海湖抒发诗人孤独情怀的爱情咏叹调。诗歌表现了诗人在"七月"与初恋情人分手之后，内心的孤独和湖水般的苦涩；写出了诗人自身孤独的顽固不愈；为摆脱心灵孤独，诗人请求青海湖熄灭如火的爱情；为战胜孤独和痛苦，诗人自虐般骨瘦如柴，甚至渴望尽早结束生命。诗人一再咏叹爱情"不远"，显示了诗人内心的痴情深爱；正是借此痴情，诗人完成了一曲可歌可泣的爱情之歌。该诗的艺术特色可大致概括为：天马行空的想象和独具匠心的构思，铭心刻骨的痴情和出类拔萃的语言。

海子的每一首爱情诗都是一滴孤独的眼泪，那不可名状的忧伤源于海子深巨的伤口，花朵一样美丽，鲜血一样惊心！海子的伟大在于，他能够把失恋的痛苦升华为凄美的诗歌，借此艺术升华，海子为青海湖插上了诗歌的翅膀；而青海湖也为海子建立起一座永恒的诗歌纪念碑——在此意义上，"七月"不远，"青海湖"不远，海子的诗歌离我们不远！

注释：

［1］海子著，西川编：《海子诗全集》，作家出版社，2009年，第200—201页。

［2］青海湖位于青海省东北部的青海湖盆地内，既是中国最大的内陆湖泊，也是中国最大的内陆咸水湖。地处中国西部高原的青海湖，环湖周长360千米，面积超过4500平方千米，平均深度约18米。湖面海拔超过3000米。湖中有海心山、鸟岛等美丽的岛屿。

［3］3年后的1988年7月，海子重游北戴河，这时与他的恋人已经天各一方。

［4］海子著，西川编：《海子诗全集》，作家出版社，2009年，第442页。

［5］此处的"凄凄"为茂盛之意，用法同《黄鹤楼》中"芳草萋萋鹦鹉洲"的"萋萋"。

［6］参见小说《红楼梦》第一百二十回中的诗歌。

第三节 洗清我的骨头

我请求：雨[1]

我请求熄灭
生铁的光、爱人的光和阳光
我请求下雨
我请求
在夜里死去

我请求在早上
你碰见
埋我的人

岁月的尘埃无边
秋天
我请求：
下一场雨
洗清我的骨头

我的眼睛合上
我请求：
雨
雨是一生过错

雨是悲欢离合

1985.3

《我请求：雨》这首诗有如下阅读难点：

1. 如何理解"生铁的光"？2. 为何"洗清我的骨头"？3. 结尾两句有何寓意？4. 该诗有何艺术特色？5. 这首诗的主题思想是什么？

下面笔者试作分析——

《我请求：雨》令人联想起中国古代祝良曝身祈雨的故事。

东汉顺帝时，祝良为洛阳令，适逢洛阳大旱，皇帝祈雨不得，洛阳令祝良乃曝身阶庭，向上天请罪祈雨，从早上一直晒到中午。祝良的诚心打动了上天，午后有紫云升起，随即天降甘霖，洛阳百姓欢呼雀跃，纷纷感谢祝良。

有别于祝良曝身祈雨的故事，海子的这首《我请求：雨》是和爱情有关的"花瓣雨"。读者不妨参阅海子的另外三首诗歌——《活在珍贵的人间》[2]、《失恋之夜》[3]、《海子小夜曲》[4]。

说起海子的恋爱，似乎总是和受伤有关。

每一次爱情悄然来临时，海子总是全身心地投入，却又是身心受伤。出生在贫穷农家的海子，难逃"在爱情中失败"的宿命。而失败的爱情，加深了海子对世界和人生的失望。

在海子那里，爱情是美好的，是一种受难。一切源于爱情：爱情使生活死亡，爱情使世界黑暗。

1986年11月18日，伤痛的海子差一点以结束自己的生命来对待感情的失败。[5]

在阅读海子上述三首诗歌的基础上，再来分析这首《我请求：雨》。

如何理解"生铁的光"？

先看"生铁"概念，它是直接从高炉中生产出的粗制铁，可进一步精炼成钢、熟铁或工业纯铁，或再熔化铸造成特定形状。生铁有如下性质：冰冷而坚硬，其光泽很容易被磨灭，特别是在雨水中。一块生铁，即便现在有光，也终将熄灭——它经不起时间的考验。而金子呢？——是金子，总会发光。

郭沫若《凤凰涅槃》[6]说："茫茫的宇宙，冷酷如铁！"

因此，海子诗歌中"生铁的光"，可以理解为冰冷无情的光，短暂的光，经不起考验的光。

何谓"爱人的光"？

爱人的光本质上就是爱情之光，但海子不说爱情的光，而说爱人的光，这是为什么呢？爱人的光含义更丰富，既可以指爱上恋人的光，也可以指恋人之光。相对于生铁的光而言，爱人的光，则是有心人的光，热情的光。然而，这样的光也会将人灼伤；或者，因爱上一个人，反而灼伤了自己。

如果说"生铁的光"属于泥土，"爱人的光"属于人间，那么"阳光"则属于天上——也即更高意义上的爱，源于上苍。绝望中的诗人海子，祈求熄灭所有的光。这是毁灭式的祈求，毁灭一切光，继而祈求下一场雨，在雨夜毁灭自己。

海子式的偏执在于：要么全给，要么收回；要么熊熊燃烧，要么全部熄灭；要么登上世界高峰，要么坠入人生低谷；要么成功，要么毁灭——这种偏执具有显著的青春色彩，执取自我，毫不妥协。宁为玉碎，不为瓦全。

爱之愈深，伤得愈痛，故而痛不欲生。

> 我请求在早上
> 你碰见
> 埋我的人

尽管诗人痛不欲生，但他仍然希望心上人能懂得自己的一番苦心：我的毁灭由你而起。在我的尸骨面前，你还会漠然无情？

这一诗段披露了诗人海子的心理秘密：整首诗的倾诉对象是"你"。

> 我请求：
> 下一场雨
> 洗清我的骨头

诗人为何要"洗清"骨头呢？这是理解本诗的一个关键点。

洗清骨头，并非为了自我清净，洁身自好。乃是因为——我对你的爱已经深入骨髓，要忘记你，唯有洗清骨头。

海子的这句诗写出了其对爱情的铭心刻骨以及失恋后的欲罢不能，读来令人心疼。

> 我的眼睛合上
> 我请求：
> 雨

短短的一首诗，竟6次出现"我请求"。诗人合上眼睛用诚心祈祷上苍。这最后的请求，也最为虔诚。

雨是一生过错

由于诗人虔诚的祈祷，滂沱大雨从天而降。诗人一生的过错，仿佛在这场大雨中被彻底埋葬。

一生的过错会是什么呢？——是遇见你爱上你，此乃诗人的一生过错！

此生过错化作一场冰冷的大雨，人生追悔莫及。

雨是悲欢离合

此刻，诗人的生命同作为自然物的雨融为一体。"我"就是雨，雨就是"我"。人生在世，概括起来不过是"悲欢离合"四个字而已。诗人海子则用一个"雨"字象征人生。也可以解释为人生如雨，充满悲欢离合。

最后的两句诗，亦即全篇的诗眼，其意境耐人寻味。

《我请求：雨》这首诗的主题可阐释如下：

绝望中的诗人，祈求熄灭所有的光，继而祈求下一场雨，在雨中忘记一切，毁灭自己。该诗传达出诗人痛不欲生的失恋体验，并以海子式的偏执，表现出否定生命、毁灭自我的强烈愿望。诗中的雨，既是外在的雨，也可以理解为内在的心雨。从心理学视角看，诗人海子具有某种精神自虐倾向；就爱情角度而言，爱之深，乃有伤之痛。正是由于无法忘却的爱情，诗人生活在自己编织的死亡场景中，无法摆脱。

从创作意义上说，海子式的偏执，成就了这首绝望而深刻的诗歌，足以震撼读者心灵。

《我请求：雨》中的雨，既是外在的雨，也可以理解为内在的心雨。这首诗是否与自虐症有关呢？

精神分析中所说的"自虐"并不意味着"热爱痛苦"。有受虐行为的人之所以承受痛苦，是因为他们总是有意无意地希望事情变得更好。他们希望通过自己对于痛苦的承受，获得他人的同情和赞赏，让事情慢慢好起来。自虐是一种与悲伤抗争的精神。荣格学派认为，自虐在人类发展史上由来已久。极端的群体行为中，人类原始崇拜的背面就是"自虐"。将对方理想化，将自己贬入泥土，祈求对方的怜悯、观照和拯救。

《我请求：雨》这首诗单纯且执着，绝望而深刻；既有自虐式表达，又有哲理般警句。

《我请求：雨》这首诗的思想可概括如下：

当爱人遗弃了自己，世界犹如生铁一般冰冷，我再也不相信爱情，再也不相信光明，我只盼望此时此刻，世界和我一同毁灭。

海子深情如斯，敏感如斯。

像所有天才的艺术家那样，海子又脆弱如斯。

试想，当年海子所钟爱的那位女生，要是能够懂得海子的深情、敏感和脆弱，或许她能挽救一位天才的诗人。

再做设想，当年的海子，如果具有王阳明"龙场悟道"的机缘，或许他一个人也能走出当年的那场"大雨"，摆脱"山海关"那一场魔咒……

但如果真的那样，诗人海子还是那个"青春海子"吗？

注释：

[1] 海子著，西川编：《海子诗全集》，作家出版社，2009年，第83—84页。

[2] 海子著，西川编：《海子诗全集》，作家出版社，2009年，第61页。

［3］海子著，西川编：《海子诗全集》，作家出版社，2009 年，第 112—113 页。

［4］海子著，西川编：《海子诗全集》，作家出版社，2009 年，第 184—185 页。

［5］海子著，西川编：《海子诗全集》，作家出版社，2009 年，第 1029 页。

［6］《凤凰涅槃》是郭沫若创作的一首长篇抒情叙事诗，发表于 1920 年，后收入诗集《女神》。

| 第六章　爱情之歌（三）|

第一节　飞机场献诗
第二节　遥远的等待
第三节　糊涂的姐妹

第一节　飞机场献诗

最后一夜和第一日的献诗[1]

今夜你的黑头发
是岩石上寂寞的黑夜，
牧羊人用雪白的羊群
填满飞机场周围的黑暗

黑夜比我更早睡去
黑夜是神的伤口
你是我的伤口
羊群和花朵也是岩石的伤口

雪山　用大雪填满飞机场周围的黑暗
雪山女神吃的是野兽穿的是鲜花
今夜　九十九座雪山高出天堂
使我彻夜难眠

1989.1.16 草稿
1989.1.24 改

1989年1月7日,海子收到其初恋女友的书信,信中告之,她正在办理出国手续,即将远赴美国。与海子分手后的女友,已在深圳建立家庭,现在又将前往大洋彼岸,这对痴情的海子而言,无疑是个刺激。敏感的海子就在当天写出诗歌《遥远的路程——十四行献给89年初的雪》,6天之后,他又创作了《面朝大海,春暖花开》,而这首《最后一夜和第一日的献诗》,其初稿则写于收到女友书信后的第九天。这首"献诗"从题目到内容都有些扑朔迷离,隐含诸多阅读难点。对其进行有效阐释,不仅能揭示其丰富的文化内蕴,也有助于读者走进海子复杂的内心世界,进而认识其诗歌所达到的艺术境界。

一

《最后一夜和第一日的献诗》共分3段。该诗具有如下阅读难点:1. 这首"献诗"的题目有何寓意?2. "岩石"和"飞机场"之间有何联系?"雪白的羊群"如何"填满飞机场周围的黑暗"?3. 如何理解"黑夜是神的伤口","你是我的伤口","羊群和花朵也是岩石的伤口"?4. "雪山女神"有何典故?诗人为何说"九十九座雪山高出天堂"?笔者不揣浅陋,尝试在阐释诗歌文本的过程中,对上述阅读难点进行重点解释。

该诗在结构上并不复杂,3个自然诗段组成3部分。

第一诗段围绕冬季雪夜的"飞机场"展开叙事;第二诗段主要表达诗人关于"黑夜"和"伤口"的沉思;第三诗段由"雪山"引出"雪山女神"典故,抒发诗人的崇拜之情。3个诗段或明或暗都写到"飞机场",贯穿全诗的线索则是"我"对飞机场上即将离别的"你"的心灵倾诉。该诗题目与众不同，耐人寻味。作为"献诗"，它并未指明诗歌所要呈献的具体目标，且献诗的时间也令人费解：究竟是"最后一夜"献的？还是"第一日"献的？我们不妨从两个方面进行题解：其一，从时间上推断，这次献诗当为"彻夜写作"——即从上半夜一直持续到下半夜。其理由为，若以零点为界，"上半夜"属于一日的最后，故曰"最后一夜"；而"下半夜"已属于新的一日，故曰"第一日"。该诗结束句"使我彻夜难眠"，支持上述解释。其二，如果"最后一夜"意味着结束，那么"第一日"则属于开始，把"最后一夜"和"第一日"关联在一起，则意味着"结束"与"开始"是一种轮回，根本无法分开。"最后一夜"的献诗，意味着献诗行为即将结束；但紧接着又开始了"第一日"的献诗，这说明诗人的情感是难以割舍的，诗人的献诗行为属于情不自禁。结合写作背景推断，海子这首"飞机场献诗"应当是写给其初恋女友的，诗中的"你"被视为"雪山女神"，也正是海子心中的"爱情女神"。

本诗段出现的"岩石"一词，非常突兀，它和"飞机场"之间有何联系？要弄清这个问题，有必要了解一下关于飞机场跑道的常识：飞机场跑道分为刚性道面和非刚性道面两种，刚性道面由混凝土筑成，俗称水泥道面。为适应热胀冷缩，道面每隔一定距离，要开出宽5厘米左右的切缝。这样一来，飞机场上被分割的水泥道面，看起来就像一块块的"岩石"板面；不仅如此，水泥道面的主要骨料，也是由岩石碎块构成的。看来，海子对飞机场跑道的观察相当仔细，他用"岩石"指代"飞机场"，是有一定现实根据的。该诗两次出现"岩石"，均指代"飞机场"：第一诗段中"岩石上寂寞的黑夜"，即"飞机场上寂寞的黑夜"；第二诗段中"岩石的伤口"，亦即"飞机场的伤口"。

在海子笔下，"雪白的羊群"如何"填满飞机场周围的黑暗"？突破难点的关键，在于找出"羊群"和"积雪"之间的联系。领略过我国西部冬季风光的人们，不难理解下面的比喻：在广阔的西部高原，积雪如同洁白的羊群，洁白的羊群也仿佛皑皑白雪。原来，海子笔下那些"雪白的羊群"，其实并非真正的"羊群"，而不过是"积雪"之喻。在苏东坡眼里，滚滚东去的长江，惊涛拍岸，卷起"千堆雪"，"浪花"也被幻化成千堆"积雪"。在海子这里，"积雪"则被幻化为"雪白的羊群"，"牧羊人"则成为天地间驱赶"积雪"的神奇人物。本诗中的"牧羊人"可理解为神力无比的非凡之辈，喻指"雪山女神"，任由读者想象。本诗段"牧羊人"用"雪白的羊群""填满飞机场周围的黑暗"，在第三诗段则变成"雪山"用"大雪填满飞机场周围的黑暗"。在首尾两段的对照中，诗人告诉读者：所谓"羊群"，乃"积雪"之喻。海子高超的想象力就是如此，开始往往令读者颇为费解，而一旦明白其中的奥妙，便会恍然大悟！

总之，本诗段以写景为主，拉开序幕。夜色中的飞机场，周围白雪皑皑，机场上空寂寞的黑夜，令"我"想起那位即将登机远行的"你"的黑色秀发。"今夜你的黑头发"如同机场上空"寂寞的黑夜"，这个比喻不但写出了恋人秀发之美，而且突出了机场氛围之凄清寂寞。

二

第二诗段体现了该诗的难度和深度，我们不妨逐句解析。

"黑夜比我更早睡去"，意味着"我"比黑夜"更晚睡去"。这一诗句是海子独特的创造，它不仅巧妙地把"黑夜"人格化，而且强调即便"黑夜"悄然入睡或消逝，"我"却依然清醒，难以入眠——这说明诗人一宿未眠。本诗题目"最后一夜和第一日的献诗"和这句"黑夜比我更早睡去"以及本诗结束句"使我彻夜难眠"，三者之间具有内在联系，相互参照有助于把握诗歌主题。

"黑夜是神的伤口"极富哲理意蕴。"神"还有"伤口"吗？诗人海子借助其丰富的知识和深刻的思考而认识到，撒旦是黑暗的代名词，神和撒旦是光明和黑暗的关系。有光明的地方就有黑暗，有神在的地方，往往就出现撒旦的影子。在这层意义上，象征撒旦的"黑暗"，就成为神的"伤口"。在1987年11月4日的日记中，海子写道："创造太阳的人不得不永与黑暗为兄弟，为自己。"[2] 这段日记说明，海子对"黑暗"有着深刻而清醒的认识。

本段连续三次出现的"伤口"意象，也蕴含多重深意，除了隐喻痛苦，还象征生命中的缺憾，甚或还可引申为某种无可奈何的状态。"你是我的伤口"言简意赅，却极具力度。今夜机场上的"你"，去意已决，"我"已无法挽留。"你"是"我"的无可奈何，一如"我"心上的"伤口"。诗人以"伤口"隐喻恋人，充分说明恋人对自己的深刻影响。生命被刺痛过，并且留下"伤口"，爱情的记忆岂不铭心刻骨？爱情是美好的，因爱而生的"伤口"，却往往令人痛彻心扉；甚至爱之愈深，受伤愈重。海子在言说神的"伤口"之后，随之说出自己的"伤口"，意在通过类比说明自己受伤之深和灵魂之痛。海子说过，抒情就是血。就本诗而言，也完全可以说，抒情就是"伤口"。这首"献诗"是从诗人海子的伤口中流淌出来的，也具有血一样的抒情品质。海子的诗句有时单纯到透明，简单到拙朴，而恰在此时，诗人的艺术个性也得以淋漓尽致地呈现。该诗的长句短句错落有致，而最有力的诗句恰是那最简单的诗句——"黑夜是神的伤口"，"你是我的伤口"，这样的句子不能不令人心灵震撼。

"羊群和花朵也是岩石的伤口"这句诗，又当如何理解呢？在海子天马行空的想象中，"羊群"和"积雪"是可以相互变换的；如此，那漫天飞舞的"雪花"，岂不就是空中洁白的"花朵"？因此，海子笔下的"羊群和花朵"也即"积雪和雪花"。"岩石的伤口"，其实就是"飞机场"的伤口，海子用"岩石"指代"飞机场"，上文已有解释。飞机场有"伤口"吗？在现实生活中，无论地上的"积雪"还是天上的"雪花"，都会严重影响飞机航班的正常运行，有些大雪甚至使机场处于关闭状态。在此意义上，"积雪和雪花"的确是飞机场的"伤口"。诗句"羊群和花朵也是岩石的伤口"看似无理,其实蕴藉而灵动,诗意盎然。写诗作为一种美的创造,贵在把生活真实升华为艺术真实,这句诗的精髓正在于此。

坚硬的飞机场有其"伤口",万能的神也有其"伤口",二者尚且如此,作为肉身之躯的"我"岂能回避"伤口"之痛!神的"伤口"是黑夜,飞机场的"伤口"是积雪和雪花,而"我"的"伤口"是今夜即将远去的恋人!黑夜、积雪和恋人,三种"伤口"其实都和今夜的"飞机场"送别有关。

三

第三诗段先写"雪山",再写"大雪",继而引出"雪山女神",然后是针对女神的抒情。诗中的"雪山女神"并非诗人信笔写来,其背后包含丰富的文化内蕴。"雪山女神"亦称"喜马拉雅之女",梵语称之为"帕尔瓦蒂",其传说源于喜马拉雅山脉[3]。既谓之"神",则必有其神秘或非凡之处。"雪山女神"不但神秘且神通多变,可谓集野蛮野性和美丽温柔于其一身。

这首"献诗"中,海子笔下的"雪山女神""吃的是野兽穿的是鲜花",诗人从"吃"和"穿"两个方面写出了女神与凡人的区别,也传神地刻画出女神的野性之美和娇柔之美。海子笔下的女神为何"吃野兽穿鲜花"呢?显然,他在塑造这一形象时,受到印度神话中"帕尔瓦蒂"和"迦梨"女神的影响。也可以说,海子将印度神话中的女神形象,很自然地融入汉语诗歌之中。该诗中有着一头黑色秀发的"你",在诗人的心目中,如同"雪山女神"那样野性而美丽、圣洁而神秘。由于其野性的一面,曾经伤害过"我",所以才成为"我的伤口"。

诗人为何说"今夜 九十九座雪山高出天堂"?海子笔下的"九十九座雪山"并非实数,如此写来,旨在强调雪山之高和数量之多。"九",一方面表示数量极多;另一方面,也表示高度之极,例如,天之极高处则谓之"九重天"。"今夜 九十九座雪山高出天堂"这句诗，写出了诗人对高耸入云、白雪皑皑的西部雪山的整体印象，突出了雪山之高和山峰之多。在那非凡圣洁而又缥缈朦胧的雪山之巅，仿佛真的有女神隐居其间呢！诗人海子用"岩石"指代"飞机场"，用"九十九"之数形容西部雪山，这是虚实相生手法的成功运用。虚实结合之中，海子的想象力尽情驰骋，于是乎"黑头发"弥漫成"寂寞的黑夜"，"积雪和雪花"幻化为"羊群和鲜花"，"雪山"和"天堂"一时难分高低。

  天堂究竟有多高？这是一个无法回答的难题。既如此，对天堂的追问或质疑，并不为怪。有时候，诗人海子会萌生这样的感觉："今夜，我仿佛感到天堂也是黑暗而空虚。"[4] 而那些峰巅积雪的高山，在海子眼里，似乎比天堂还高。其实，"今夜 九十九座雪山高出天堂"这句诗，并非要比较雪山与天堂孰高孰低，其"潜台词"要义在于：雪山高于天堂，而雪山女神高于一切！在诗人海子的情感世界中，爱情如同信仰，他把心中的恋人比作野性而美丽的雪山女神，在其心目中，"女神"之地位俨然高出一切——这便是诗人的逻辑。

  纵览全诗，读者可以勾勒出一幅夜色中的"机场送别图"：在开阔的画面上，机场上空的黑夜和机场周围的白雪形成反差；"黑头发"意象和"雪白的羊群"意象构成对比。画面之耐人寻味处在于，登机远行的"你"只呈现那黑色的秀发，而机场献诗的人则完全隐身，仿佛黑夜中有一双黑色的眼睛在默默注视。在那个严冬的漫漫长夜，诗人那泣血的歌声不绝如缕，一直延续到黎明日出。

  综上所述，该诗主题意蕴可概括为：特别的爱献给特别的你。那位恋人之所以"特别"，是因为她在诗人心目中，是作为爱情化身的雪山女神；诗人的爱之所以"特别"，是因为那是一种绝望的爱，其背后隐藏着诗人难以愈合的心灵创伤。与其说这是一首浪漫的机场献诗，毋宁说这是诗人海子吟咏的一曲灵魂哀歌。海子用画龙点睛之笔嵌入东西方文化典故，大大拓展了诗歌的可阐释空间。"神的伤口"和"雪山女神"这两个典故的化用增加了诗歌的文化含量,丰富了该诗的主题内蕴。

注释:

[1] 海子著,西川编:《海子诗全集》,作家出版社,2009年,第546页。

[2] 海子著,西川编:《海子诗全集》,作家出版社,2009年,第1032页。

[3] 藏语"喜马拉雅"即"冰雪之乡"的意思。位于青藏高原南部边缘的喜马拉雅山脉,是世界海拔最高的山脉,其中有数十座山峰海拔高达或超过7千米,这些积雪经年不化的山峰,是世间罕有的独特风景。

[4] 海子:《诗学:一份提纲》,载西川编《海子诗全集》,作家出版社,2009年,第1052页。

第二节　遥远的等待

遥远的路程
——十四行献给89年初的雪[1]

我的灯和酒坛上落满灰尘
而遥远的路程上却干干净净
我站在元月七日的大雪中，还是四年以前的我
我站在这里，落满了灰尘，四年多像一天，没有变动
大雪使屋子内部更暗，待到明日天晴
阳光下的大雪刺痛人的眼睛，这是雪地，使人羞愧
一双寂寞的黑眼睛多想大雪一直下到他内部

雪地上树是黑暗的，黑暗得像平常天空飞过的鸟群
那时候你是愉快的，忧伤的，混沌的
大雪今日为我而下，映照我的肮脏
我就是一把空空的铁锹
铁锹空得连灰尘也没有
大雪一直纷纷扬扬
远方就是这样的，就是我站立的地方

1989.1.7

1989年1月7日,海子创作了诗歌《遥远的路程——十四行献给89年初的雪》(以下简称《遥远的路程》)。时隔6天之后,诗歌《面朝大海,春暖花开》诞生。在写作背景、诗歌内容和表现形式方面,《遥远的路程》和《面朝大海,春暖花开》两首诗歌具有一定的"互文性",由于后者家喻户晓,反而遮蔽了这首《遥远的路程》。解读和鉴赏该诗,除了深入认识这首抒情佳作之外,还别有一番意义。

一

《遥远的路程》的副题标明了该诗的形式特点——十四行诗。对于这种源于西方"商籁体"[2]的诗歌形式,海子曾有意学习和借鉴,当然也有破格变体之处。海子一生写过数首十四行诗,[3]他一概称之为"十四行"而免去"诗"字,推测其因,除受诗人冯至《十四行集》影响外,或者还有自谦的成分。在西川所编的《海子诗全集》中,《遥远的路程》文本排列为14行一贯下来,分为两段。[4]闻一多先生对十四行诗的结构颇有研究,他说:"最严格的商籁体,应以前八行为一段,后六行为一段;八行中又以每四行为一小段,六行中或以每三行为一小段,或以前四行为一小段,末二行为一小段。总计全篇的四小段……第一段起,第二承,第三转,第四合。"[5]为便于解读和鉴赏,笔者参照十四行诗分段原则并结合该诗的内在结构,将其标注为两部分,共4个诗段。

1. 我的灯和酒坛上落满灰尘
而遥远的路程上却干干净净
我站在元月七日的大雪中,还是四年以前的我

我站在这里，落满了灰尘，四年多像一天，没有变动

2. 大雪使屋子内部更暗，待到明日天晴
阳光下的大雪刺痛人的眼睛，这是雪地，使人羞愧
一双寂寞的黑眼睛多想大雪一直下到他内部
雪地上树是黑暗的，黑暗得像平常天空飞过的鸟群

3. 那时候你是愉快的，忧伤的，混沌的
大雪今日为我而下，映照我的肮脏
我就是一把空空的铁锹
铁锹空得连灰尘也没有

4. 大雪一直纷纷扬扬
远方就是这样的，就是我站立的地方

这首十四行诗属 8∶6 结构，前 8 行中每 4 行各为一诗段，后 6 行中先以 4 行为一诗段，末 2 行又为一诗段。4 个诗段的划分大致符合闻一多先生所总结的"起承转合"的"商籁体"结构。

细读这首诗歌，一些阅读难点值得注意：1. 这首诗的主标题和副标题有何寓意？"路程"和"大雪"，二者何为诗人的抒情对象？2. 雪地为何使人羞愧？诗人为何希望"大雪"下到自己"内部"？3. 怎样理解"我就是一把空空的铁锹"这个比喻？4. 诗句"远方就是这样的，就是我站立的地方"有何寓意？5. 该诗的抒情主人公是一个怎样的形象？阐释上述难点问题，是解读和鉴赏这首诗歌的基础，笔者不揣浅陋，愿作尝试。

这首献给 1989 年初一场大雪的诗歌，文本中 6 次出现"大雪"，2 次出现"雪地"，正题为何写作"遥远的路程"呢？这个问题涉及该诗的创

作背景。据海子传记介绍,"大约(1989年)1月7日海子收到了B的信,B说她将去美国"[6]。1989年1月7日这天正是下雪的日子,也是创作该诗的日期。而写信给海子的B,就是其初恋女友。此时的B已经建立家庭,现在又将出国前往大洋彼岸的美国,这对海子而言,无疑是个不小的刺激。敏感的诗人就在当天写出这首诗歌,6天之后,又创作了《面朝大海,春暖花开》,此后,海子作品中出现不少以太平洋为题目的诗歌。就本诗而言,诗人仿佛在一场大雪中为曾经的恋人送别。无论"大雪"还是"路程"都并非其抒情对象,他那份执着的情感投向了心中的"远行人"。"大雪"是真实的诗歌场景,而"遥远的路程"却可能是诗人脑海中的设想。"遥远的路程"联系着"你"和"我"。既是"你"和"我"之间的"空间距离",又是两场大雪之间的"时间距离";既意味着"你"远行离别的路程,又代表着"我"内心的思念路程。作为诗歌语言,"四年以前"的那场"大雪",是否意味着二人相爱的场景记忆,或是二者初恋的象征?诗歌文本给读者留下了丰富的想象空间。恋人一去万里,世界寒冷凄清;诗人伫立雪中,未来遥远而空蒙……这首抒情诗的概貌大致如此。

二

在商籁体起、承、转、合的诗歌结构中,第一诗段主要功能在于"起"。"我的灯和酒坛上落满灰尘"写的是室内,交代了诗人生活的小环境及状态。青灯白酒,乃诗人生活的写照。屋中"我"的"灯和酒坛",或是"你"所十分熟悉的室内陈设。"遥远的路程上却干干净净",写的是室外大环境,雪白的世界,仿佛纤尘不染,连积雪的道路也干干净净。从象征的意义上讲,"你"和"我"之间那段"路程",在"我"心中并未蒙尘。"我"怀着干净的心,踏上了遥远的思念之路。后两行"我站在元月七日的大雪中,还是四年以前的我/我站在这里,落满了灰尘,四年多像一天,没有变动",紧紧扣住题旨,刻画了伫立雪中的诗人形象。"我"伫立雪中,如同静止在"四年以前"的时空。雪还是当年的雪,"我"还是四年以前的"我"。因为时间漫长,所以"我"身上落满了尘埃;而四年仿佛一天,强调的则是流年易逝,尽管只有一天,由于"我"静止不动,却也尘埃满身。禅语有"一念即万年,万年即一念"之说,可作参照。

第二诗段主要功能在于"承"。该诗段3次出现"大雪",2次出现"雪地",它紧承第一诗段"雪中伫立"之意,接续的是阳光下开阔的雪地景色,重点表现"黑眼睛"对周围世界以及自身的感受。本诗段主要使用了对比手法,突出黑与白之间的反差。首先是室内室外对比,洁白的是外面的大雪,黯淡的是"我"当下的室内;其次是阳光之下人雪对比,雪光耀眼,人不如雪;其三是树木与雪地对比,树在雪地上留下了黑影。那双"黑眼睛"如同镜头,善于抓取景色。远方雪地上的树是黑暗的,如同晴朗的天幕上鸟群飞过时的黑影——这个"蒙太奇"镜头把雪地和天幕连在一起,空旷而苍凉,仿佛诗人的思绪飘过天际。"黑眼睛"为何寂寞呢?原来,阳光下洁白的雪刺痛了诗人的眼睛,雪的纯洁令诗人感到羞愧,所以诗人渴望大雪一直下到自己内部,要用洁白的雪清洗自己的五脏六腑,洁净自己的内心世界。此时的海子,仿佛以天地为道场,在修炼净化自己的身心世界。

第三诗段的主要功能是"转"。"那时候"三个字意味着诗人进入对青春往事的回忆,"你"这一称谓突然出现,意味着接下来诗人的心灵倾诉,直接指向了初恋情人。诗人遥想那时的恋人,正风华年少——愉快的相处中,虽有淡淡的忧伤,一切又那么隐约而朦胧。在隐藏与暴露之间,诗人寥寥数语就写出了青春的感觉。"混沌"一词用以形容模糊隐约的样子,也形容人幼稚糊涂。那时的"混沌",此时的追忆,颇有李商隐"此情可待成追忆,只是当时已惘然"之意。"大雪今日为我而下,映照我的肮脏"是诗人"疏瀹五藏,澡雪精神"[7]的进一步呈现。诗人追忆与恋人相识的当初,有遗憾而未提及,"我"只是自谴自责,自曝"肮脏"。"肮脏"一词用于自身，恰是诗人自剖自省精神的体现。鲁迅先生说他常常解剖别人，但更多的时候是在解剖自己。诗人海子在回忆青春往事之时，对自己所采取的也是严厉的"自我解剖"态度。没有"忏悔"意识的人，不可能像诗人海子那样在雪地面前自感惭愧，进而认为天降大雪为的是"映照我的肮脏"。

本诗段"我就是一把空空的铁锹"这个比喻相当突兀，也比较费解。我们不知道是否海子写诗时，恰好看到一把铁锹立在雪中；抑或诗人受到雪地站立的铁锹的启发，才产生了创作该诗的动机。无论如何，雪地中出现铁锹，是冬季司空见惯的情形，因为铁锹与扫帚是人们常用的除雪工具。诗人把自己比作"空空的铁锹"，突出的是静止与空闲，诗人那一段生命仿佛一时出现空白。空空的铁锹，说明未染灰尘，也未沾雪泥。这一比喻的要义或许在于：对四年前那场初恋的"大雪"，"我"根本无心去除，更不忍与其告别，于是才有"大雪一直纷纷扬扬"这句诗。"四年以前"的那场"大雪"一直下到现在，仿佛雪花仍在飘扬，象征着诗人的青春记忆一直保留至今。此时再看那把雪中"铁锹"，不正是第一诗段"站在这里，落满了灰尘"的"我"吗？抒情主人公与外物合而为一，"我"即"铁锹"，"铁锹"即"我"，令人想起陆游"一树梅花一放翁"的著名诗句及其意境。

第四诗段的主要功能是"合"，"合"便是回归当初的"起"。所以本段似乎重回第一诗段的"雪中伫立"，但这种"合"并非简单的回归。"远方就是这样的，就是我站立的地方"其中包含了换位思考："我"现在站立的地方，就是"你"的"远方"，如同"你"的立身之处就是我思念的"远方"一样。如果说本段首句"大雪一直纷纷扬扬"将两场雪连为一场，巧妙地发挥了"合"的作用，那么，结句则是"合"中有变，变中出"新"。"新"在何处？"新"在所蕴含的寓意——"你"的远方，"我"在；"我"，就在原地等"你"。

通过对该诗内部结构的分析，我们得知海子对西方商籁体的学习和运用是相当成功的，起承转合之间，可谓深得其妙。

三

当海子收到初恋女友告知自己其将前往美国的书信时，恰逢一场大雪，于是他便在诗中勾勒出一幅诗人雪中伫立图。这幅图画近景是一间小屋，远景是雪地、树林以及天幕上的飞鸟；特写镜头则是一把立在雪地的铁锹和一双寂寞的黑眼睛。可是，那位"远行者"会在哪里呢？我们很难找到她的身影；还有，那"遥远的路程"当在何处呢？这也难以在图画中表现。读者试想：若是"远行者"乘坐民航客机，"遥远的路程"岂不就成了航线？再往细节处考虑，大雪飞扬之时，机场很有可能处于关闭状态……实际上，那条"遥远的路程"是很难画出的，所以，不画反而更好。而海子在诗歌中正是这样处理的，以"无"胜"有"，给该诗留下了足够的空间，任凭读者的想象力驰骋其间。那位"远行者"以"你"的称谓出现在诗中，仅仅一次，而且是在诗人关于青春往事的镜头回放中出现的。可以说那个回放镜头是相当模糊的。唯其如此，远行者"你"恰似在水一方的所谓"伊人"，扑朔迷离，缥缈难求；"你"与"我"之间的路程也就难以逾越，诗人只好"万念归于一心"，把"遥远的路程"化作眼前的思念。

在海子的诗歌中，抒情主人公"我"往往与作者本人高度契合，这就使得其诗歌情感高度真实，很容易触及读者心灵，从而形成与诗人的情感互动。该诗中的抒情主人公"我"是一个怎样的形象呢？我们不妨稍作分析。在那一幅冰天雪地的诗人伫立图中，"我"站在雪地一动不动，"四年"如同一天，这不是一把"铁锹"还能是什么？又有谁能承受如此寂寞和孤单？有谁的眼睛能在寂寞中保持眺望远方？读者注意，这样一个抒情主人公形象，在海子抒情诗中并不是孤立的存在，海子诗歌文本的互文性有助于加深对这一形象的认识。在《眺望北方》一诗中，"我"之所以"眺望北方"，是因为初恋情人家在内蒙古；在这首《遥远的路程》中，"我"之所以雪中伫立，寄情远方，是因为初恋情人即将赴美远行；而在《面朝大海，春暖花开》中，"我"之所以"面朝大海"，乃是因为初恋情人或许已经抵达大洋彼岸。原来，这位抒情主人公"我"的脑袋所向，目光所及，始终没离开过那位初恋情人的身影！在对待爱情方面，诗人海子就是如此钟情，如此痴心！

  古今中外，文学史上的情诗不可胜数。海子这首《遥远的路程》究竟美在何处？这是解读和鉴赏中不可回避的问题。反复阅读和揣摩这首诗歌，笔者认为，这首诗最为感人之处，不在于其"商籁体"的外在形式或内在结构，也不在于其大巧若拙的诗歌技艺，甚至不在于抒情主人公那颗钟情之心；该诗最为感人之处，就在于诗人在白雪面前的"羞愧"和在爱情面前的"自责"。唯有那些勇于"澡雪"自我的高洁之士，才会在雪地面前顿感羞愧，才会渴望大雪一直下到自己内部，去清除自己的"肮脏"，这需要何等的勇气和胸襟！在洁白如雪的爱情面前，海子表现出难能可贵的"忏悔"意识和自我清洁的"澡雪"精神，他无意中为读者提供了一幅精神自画像。

  生活中的海子是一个极爱干净的人，总是穿着干干净净的衣服，甚至在他走向山海关的铁轨之前，其房屋也被打扫得干干净净。在精神方面，海子有一颗洁白而纯粹的心灵。当在青海湖畔看到清澈的湖水和天上的白鸟，海子深情地写道："我多么贫穷，多么荒芜，我多么肮脏/一双雪白的翅膀也只能给我片刻的幸福"（《青海湖》）。面对白雪皑皑的世界，海子曾发出感叹："雪的日子　我只想到雪中去死"（《雪》）。读过这样的诗句，读者才会明白海子心灵世界的圣洁和纯粹，也才能更好地理解诗人那幅精神自画像。我们只有认识到海子的善良和真诚，才能深刻体会其诗歌之美。而一旦我们在本诗中认识到海子对初恋情人的崇敬和对自己的苛责,也就不难理解《面朝大海,春暖花开》中海子对"陌生人"的衷心祝福:他把一切美好的祝福都送给了别人,留给自己的是面对苦涩的大海!从某种意义上说,正是由于海子内心世界的善良和纯粹,才赋予其诗歌崇高的品格与博大的境界。就《遥远的路程》而言,难能可贵的"忏悔"意识和超凡脱俗的"澡雪"精神,才使其臻于艺术的唯美圣境。

综上所述,在这首诗歌中,诗人为读者提供了一幅雪中伫立图,也留给读者一幅精神自画像。浮想联翩的诗人把执着的情感投向遥远的路程上的"初恋情人",诗人思念之心路,跨越了空间和时间的距离。该诗触景生情,抒发了对青春往事难以割舍的眷恋之情,表现了诗人难能可贵的"忏悔"意识和自我清洁的"澡雪"精神;正是"忏悔"意识和"澡雪"精神,使得该诗超越了普通意义上的情诗。

注释:

[1] 海子著,西川编:《海子诗全集》,作家出版社,2009年,第502页。

[2] 十四行诗(sonnet),闻一多先生译作"商籁体",是一种源于欧洲的抒情诗体。一般来说有14行,每一行有特定的韵律,且行与行之间,有固定的押韵格式。

[3] 海子创作的十四行诗按时间顺序排列为《十四行:夜晚的月亮》(1985.6.19)、《十四行:王冠》(1987.8.19夜)、《十四行:玫瑰花园》(1987.8.26)、《十四行:玫瑰花》(1987.8)、《遥远的路程——十四行献给89年初的雪》(1989.1.7)和《面朝大海,春暖花开》(1989.1.13)。《面朝大海,春暖花开》虽未标明十四行诗,实际上是按十四行诗的体式创作的,只是后六句没有分行而已。

[4] 在《海子的诗》以及另外一些海子诗歌选本中,该诗通常按7:7格式

被分为两部分，这种划分大有商榷的余地，因为十四行诗通常按 8∶6 格式划分为两部分。

[5] 闻一多：《谈商籁体》，载《闻一多全集》，第 3 卷，生活·读书·新知三联书店，1982 年，第 447 页。

[6] 参见边建松：《海子诗传：麦田上的光芒》，江苏文艺出版社，2010 年，第 228 页。

[7] 语出《文心雕龙》，意思是疏导五脏使它们畅通无阻，洗涤精神使它们一尘不染。

第三节　糊涂的姐妹

四姐妹[1]

荒凉的山冈上站着四姐妹
所有的风只向她们吹
所有的日子都为她们破碎

空气中的一棵麦子
高举到我的头顶
我身在这荒芜的山冈
怀念我空空的房间，落满灰尘

我爱过的这糊涂的四姐妹啊
光芒四射的四姐妹
夜里我头枕卷册和神州
想起蓝色远方的四姐妹
我爱过的这糊涂的四姐妹啊
像爱着我亲手写下的四首诗
我的美丽的结伴而行的四姐妹
比命运女神还要多出一个
赶着美丽苍白的奶牛　走向月亮形的山峰

到了二月，你是从哪里来的

天上滚过春天的雷，你是从哪里来的

不和陌生人一起来

不和运货马车一起来

不和鸟群一起来

四姐妹抱着这一棵

一棵空气中的麦子

抱着昨天的大雪，今天的雨水

明日的粮食与灰烬

这是绝望的麦子

请告诉四姐妹：这是绝望的麦子

永远是这样

风后面是风

天空上面是天空

道路前面还是道路

1989.2.23

海子的抒情短诗《四姐妹》备受读者青睐，诸多当代诗歌选本都选入了这首抒情佳作，值得一提的是，张清华先生主编的《1978—2008 中国优秀诗歌》收入海子包括该诗在内的 7 首作品；[2] 程光炜先生编选的《海子作品精选》，《四姐妹》位居短诗之首。由于该诗具有较多的阅读难点，读者或诗评家对该诗的理解见仁见智，莫衷一是。一首诗作能够吸引愈来愈多的读者关注，并被不断地阐释下去，这恰是由于该诗的魅力吧！

一

《四姐妹》共分5个诗段，细读诗歌文本，有如下难点：1.如何解释"空气中的一棵麦子/高举到我的头顶"？该诗中的抒情主人公"我"身在何处？2."四姐妹"身在何处？为何写"四姐妹""赶着美丽苍白的奶牛走向月亮形的山峰"？如何理解"四姐妹"这一主题意象？3.诗中那"一棵麦子"代表什么？诗人为何说"这是绝望的麦子"？

这首诗的结构安排和写作线索大致是这样的：第一诗段先让"四姐妹"出场；第二诗段继而透露"麦子"和抒情主人公"我"所在的空间位置；第三诗段描述"我"与"四姐妹"的关系；第四诗段写"我"在二月里盼望"四姐妹"光临；第五诗段书写"我"对爱情及人生彻底的绝望。沿着这样的写作线索，让我们对文本试作分析——

第一诗段"四姐妹"一出场就站在"荒凉的山冈"上，这一亮相也成为该诗的经典镜头。"所有的风只向她们吹"，这"所有的风"如同摄影师的灯光，全都打向中心人物"四姐妹"，她们遂成为"舞台的中心"。"所有的日子都为她们破碎"，是说"岁月如风"——吹向"四姐妹"的"风"，在她们身上"破碎"——时光的碎片随风而逝。在孔夫子那里，"逝者如斯夫"，时光与流水建立起微妙的象征关系；在海子这里，"岁月如风"，时光与风互为比喻，造成一种在岁月面前无可奈何的心理失落感，同时也确定了整首诗歌的情感基调。试想，在荒芜的山岗上，二月的寒风嗖嗖不止，何其萧瑟的一幅画面！

第二诗段在上述画面中，很突兀地出现了"一棵麦子"，如同特写镜头。按照日常生活的逻辑，如果出现在画面上的是"一棵树"，读者毫不稀奇，可是诗人海子偏偏就让那棵"麦子"上镜！而且这棵麦子长在"空气"中,"高举到我的头顶",岂不怪哉?

这里请读者注意,那棵"麦子"绝不会悬浮在"空气中"——有着丰富农村生活经验的海子,不会违背常识。其实,"空气中"的那一棵"麦子",也即山冈上的一棵麦子而已,诗人说它在"空气中",不过是相对于"土地下"而言。那么,谁在山冈"土地下"呢?——抒情主人公"我"。"我""睡在"山冈"土地下",坟头上那一棵"麦子",不恰恰"高举到我的头顶"吗?阴阳两隔,"空气中"和"土地下"才有了意义区别。

"我身"所在何处?在"荒芜的山冈"。这里的"我身",实乃埋在荒芜山冈"土地下"的"躯体"而已。把"死亡"当作"睡眠"是诗人们惯常的诗歌手法,海子亦是如此。如:"你这么长久地沉睡究竟为了什么?"(《春天,十个海子》);"我的头颅就埋在这里/搂抱着夜色中的山岗"(《草原之夜》)。

"我空空的房间,落满灰尘"又该如何解释呢?"我"睡在荒凉的山冈"土地下",时间久了就会怀念"地面上"那曾经居住过的"落满灰尘"的"房间"。这里的"房间"是指故乡查湾的房间,还是指北京昌平的房间[3],值得思索。

阅读海子这首诗歌,要注意其"诗歌空间"。通观全诗,《四姐妹》独特的"诗歌空间"可分为三层:上有白云飘飘的天空,中有大地上荒芜的山冈,下有山冈泥土中"我"的地下"居所"。第二诗段可谓理解整首诗的关键所在,它向读者透露了"我"和"麦子"在"诗歌空间"中的"特别"位置。至此,我们似乎可以看到这样一幅"墓地幻象"——"我"安静地躺卧在荒芜的山冈墓地,二月的寒风里,"一棵麦子"长在坟头,如同一棵坟树,格外引人瞩目。就这样,"我"热切地盼望着,盼望"四姐妹"到来,站在"坟墓"和"麦子"面前!

二

第三诗段主要写"我"与"四姐妹"的关系。

"夜里我头枕卷册和神州"这句诗，是对第二诗段"我"在地下"居所"位置的确认。"我"的身体在"躺卧"状态，才有"头枕……"之说。这里的"夜"，当指"土地下"的漫漫长夜。如果头枕"神州"，是指头枕"祖国大地"，那么"头枕卷册"中的"卷册"作何解释呢？"卷册"之称谓，并非普普通通的书籍，似乎蕴含"经典"之意。读者可能会猜测这些"卷册"为诗人自己的"诗歌"。因为海子坚信自己的诗歌是伟大和不朽的——"我要成为一首中国最伟大诗歌的父亲/像荷马是希腊的父亲　但丁是意大利之父　歌德是德意志的父亲"（《生日颂（或生日祝酒词）》）。当代作家陈忠实酒后与朋友聊天时曾提到，他创作小说《白鹿原》，就是为了死后能有一部"垫棺做枕"的书。所以，把头枕"卷册"，理解为诗人头枕"自己的诗歌"，也未尝不可。

"我"称"四姐妹"是"糊涂的"，又说是"光芒四射的"，显示出诗人对于爱情的矛盾。或许"四姐妹""光芒四射的"是"外表"，而"糊涂的"却是"头脑"？"我爱过的这糊涂的四姐妹啊/像爱着我亲手写下的四首诗"，每一个姐妹就是一首诗，而且是自己"亲手"写下的。爱情是一种在场体验，激情的成分远远大于理性成分，诗人"亲手写下的四首诗"，自己又该怎样评价呢？"我爱过"三个字，标明了故事的"过去时态"，虽说是"亲手写下的四首诗"，但也都属于"过去"，颇有往事不堪回首之感慨！那么"四姐妹"身在何处？为何写"四姐妹""赶着美丽苍白的奶牛　走向月亮形的山峰"？

此处在考验读者的想象力。"美丽苍白的奶牛"并非真正的"奶牛"，不过是天上的白云之喻；而"月亮形的山峰"倒是真的，指的是月亮里环形的山脉。月球上的山脉与地球上"横看成岭侧成峰"的山脉分布不同，是环形分布的，所以叫"环形山"或"环形坑"。"结伴而行的四姐妹"赶着美丽苍白的奶牛，"走向月亮形的山峰"，这说明"蓝色远方"的"四姐妹"原来居住在月亮里面！月亮里那环形的山脉不正是"四姐妹"的组合队形吗？月光不正是蓝色的吗？——上述意象的运用，说明诗人海子的知识面相当宽广。诗人告诉读者，"四姐妹"在"蓝色远方"。"蓝色"二字令人联想起德国浪漫主义诗人诺瓦利斯笔下的"蓝花"意象。诺瓦利斯以"蓝花"作为浪漫主义的象征，因而获得"蓝花诗人"的称号。"蓝花"存在于我们的梦中，存在于我们的预感和幻觉之中。它时而混在别的花卉中向我们致意，但马上又消失了；时而把它的香味送到我们面前，正当我们陶醉其中时，香气却又飘走了。因此，"蓝花"无非是诗人心目中美好的憧憬。海子心目中的"四姐妹"如同诺瓦利斯笔下的蓝花，是一个扑朔迷离的象征意象。

阅读和欣赏这首诗，读者还要注意"四姐妹"的身份：诗人称"结伴而行的四姐妹"，"比命运女神还要多出一个"，实际上等于把"四姐妹"同"命运女神"相提并论——在诗人眼里，"四姐妹"高居云端，似乎具有"女神"的位格。诗人把"命运三女神"与爱情"四姐妹"并置，意在说明现代"爱情女神"复杂多变的诡谲性格！爱情"四姐妹"虽然美丽得"光芒四射"，有时也往往如"命运女神"那样，会捉弄人和摆布人！"四姐妹"，比"命运女神"还要多出一个！也属于诗人的黑色幽默，反映了诗人在对"爱情女神"崇拜有加的同时，也有一份被捉弄后的无可奈何！

三

第四诗段写"我"在"二月"里热切盼望"四姐妹"光临。

为何在"二月"里特别期盼呢？——"二月"是万物"复活"的早春季节。在其他日子里不必前来，但在"二月"这与恋人有关的特别日子里，"我"热切盼望天上的爱情女神降临！两句"你是从哪里来的"，在表示惊讶之余，也巧妙地说明：那久违的"四姐妹"真的到来了！于是，"我"好奇地发问：春雷是从天上滚下来的，你也是从天上来的吗？"不和陌生人一起来/不和运货马车一起来/不和鸟群一起来"三个排比句，以抱怨的语气透露出自己在漫长的等待中所产生的焦虑心理，其潜台词为：在"我"苦苦等待的日子里，"陌生人"来过，"运货马车"来过，"鸟群"也来过，可偏偏你们"四姐妹"没有来过！

如今，"结伴而行"的"四姐妹"终于神秘降临——然而，"我"与"四姐妹"却已阴阳两隔，会面无缘！"四姐妹"来晚了，埋在地下的"我"已经化作一棵"麦子"！她们也只能抱着那一棵孤独的麦子——"我"躯体的化身！昨天，今天，明天，"麦子"的生命蕴含时间，也代表诗人的生命历经了季节的风霜雨雪。人生一世，草木一秋，"麦子"的一生，也就是诗人"我"的一生。"麦子"的明天如何？不过是成为"粮食"并化为"灰烬"——这表明，那棵"麦子"不会在明天"复活"！"麦子"没有明天，没有未来——所以说，这是"绝望的麦子"！

身在坟墓的"我"无法见到"四姐妹"，但"我"特别希望"四姐妹"懂得那一棵"绝望的麦子"——那是诗人的"绝望"，从埋葬他的泥土拔地而生，喷涌而出！诗人一再强调，这是"绝望的麦子"，唯恐"四姐妹"不懂自己彻骨的"绝望"！在现实生活中，当一对恋人无缘婚姻的时候，往往会相互安慰说："等待来生再结连理吧！"那么，"我"和"四姐妹"有没有来生再续前缘的可能呢？诗人确然暗示：那棵"麦子"的明天就是"灰烬"，绝无"复活"的可能！这就意味着，"我"和爱情女神之间此生无缘，今后也永远无缘！何谓绝望？一切希望之门都被堵死，没有明天，没有来生，这是彻底的绝望！

第五诗段抒写的正是"我"彻底的绝望。

"风后面是风/天空上面是天空/道路前面还是道路"——绝望与虚无没有尽头，漫无边际的空间充塞了虚无的时间，且"永远是这样"！时空是如此寂寥，天地之间唯有缥缈无尽的长风。这不正是艾略特的荒原意境吗？"四姐妹"置身其间，是"麦子"的绝望，还是"四姐妹"自身的绝望？她们懂得什么叫绝望吗？这一切，恐怕只有荒芜的山冈知道，而

"我"就埋在山冈之下。海子说过,"一切都源于爱情……我走进比爱情更黑的地方/我必须向你们讲述　在那最黑的地方"(《太阳·诗剧》)。哪里是"比爱情更黑的地方"?墓地——这死亡的幽谷——当是"比爱情更黑的地方"。而该诗正是通过"墓地幻象",讲述了一段扑朔迷离的悲情故事。《四姐妹》的构思,让人想起海子的另一首诗《天鹅》。在这首诗中,"我"虽然已经死去,埋入大地的泥土之中,但"我"的心依然深爱着那只受伤的"天鹅",竟至于从"坟墓"里伸出"双手","呼唤"天上的"恋人"!这同样属于诗人营造的"墓地幻象"!

古今中外的文学史上,可歌可泣的爱情总是与死亡紧密相连。生死之间,虽然阴阳两隔,但往往被爱情穿越。梁山伯与祝英台进入坟墓后,二者的灵魂离开阴森的坟墓,化作两只翩翩起舞的蝴蝶,成为流传千古的爱情佳话。在诗歌《致一百年以后的你》中,俄罗斯著名女诗人茨维塔耶娃设想,"我"从九泉之下握笔,写信给一百年后降临人间的"恋人"——"朋友!……我够不着亲吻!隔着忘川/把我的双手伸过去。"[4] 茨维塔耶娃的多情在于,一百年后仍然不能忘怀心中的爱情,希望隔着忘川,伸出双手拥抱自己的恋人;海子诗歌抒情主人公"我"的多情在于,哪怕他躺在荒芜山冈的"墓地",依然渴望着爱情"四姐妹"的光临!但海子那美丽而糊涂的"四姐妹"作为爱情女神的象征,她们将永远站在"荒凉的山冈上",在二月的寒风中,抱着那一棵"绝望的麦子"!

综上所述,《四姐妹》作为一首爱情绝唱,是海子的泣血之作。美丽而糊涂的"四姐妹"是海子独创的爱情女神意象。该诗独特的"诗歌空间"包括天空、地面和地下三个层面:"四姐妹"如同天上的"女神"降临在二月的山冈,"我"躺卧在荒芜的山冈地下,坟头上的那一棵"绝望的麦子",则是诗人自我形象的幻化。该诗借助"墓地幻象"之营造,抒发了诗人对爱情及人生强烈的渴望之心与深刻的绝望之情!在解读这首诗歌时,与其把"四姐妹"坐实为四位女性个体,毋宁升华为一种象征意象，如同诺瓦利斯笔下那可望而不可即的梦中"蓝花"，永远缥缈在"蓝色远方"。

注释：

[1] 海子著，西川编：《海子诗全集》，作家出版社，2009年，第512—513页。

[2] 张清华主编：《1978—2008中国优秀诗歌》，现代出版社，2009年。在这本诗歌选中，海子成为入选诗篇最多的诗人。

[3] 西川在《怀念》一文中写到海子在昌平的房间："当我最后一次走进他在昌平的住所为他整理遗物时，我听到自己的心跳。我所熟悉的主人不在了，但那两间房子里到处保留着主人的性格。……很显然，在主人离去前这两间屋子被打扫过：干干净净，像一座坟墓。"

[4]［俄］玛丽娜·茨维塔耶娃：《致一百年以后的你》，苏杭译，广西师范大学出版社，2012年，第89页。

第七章　爱情之歌（四）

第一节　为谁眺望北方
第二节　为何面朝大海
第三节　且听天鹅之歌

第一节　为谁眺望北方

眺望北方[1]

我在海边为什么却想到了你
不幸而美丽的人　我的命运
想起你　我在岩石上凿出窗户
眺望光明的七星
眺望北方和北方的七位女儿
在七月的大海上闪烁流火

为什么我用斧头饮水　饮血如水
却用火热的嘴唇来眺望
用头颅上鲜红的嘴唇眺望北方
也许是因为双目失明

那么我就是一个盲目的诗人
在七月的最早几天
想起你　我今夜跑尽这空无一人的街道
明天，明天起来后我要重新做人
我要成为宇宙的孩子　世纪的孩子
挥霍我自己的青春
然后放弃爱情的王位
　　去做铁石心肠的船长

走遍一座座喧闹的都市
　　我很难梦见什么
除了那第一个七月，永远的七月
七月是黄金的季节啊
当穷苦的人在渔港里领取工钱
我的七月萦绕着我，像那条爱我的孤单的蛇
——她将在痛楚苦涩的海水里度过一生

1987.7 草稿
1988.3 改

———◇———

海子诗歌《眺望北方》是一首具有叙事因素的抒情佳作，除西川所编的《海子诗全集》之外，诸多关于海子的诗歌选本都收入了该诗。《眺望北方》和《面朝大海，春暖花开》这两个诗歌文本具有互文性，堪称姊妹篇，二者对照阅读能相互取证，相互阐发。由于《眺望北方》具有较多的阅读难点，它远不如《面朝大海，春暖花开》广为流传，阐释、评论、鉴赏该诗的文章极为少见。实际上，这是一首需要阐释，也经得起阐释的爱情佳作，在海子的情诗世界中占有举足轻重的位置。

一

《眺望北方》由4个自然诗段组成，该诗具有如下阅读难点：1.诗人为何眺望北方？"第一个七月，永远的七月"有何寓意？"七星"象征什么？

2.诗人为何要"在岩石上凿出窗户"?"用斧头饮水 饮血如水"是什么意思?"头颅上鲜红的嘴唇"指的是什么? 3.如何理解"宇宙的孩子 世纪的孩子"? 4.如何理解"那条爱我的孤单的蛇"?海子的想象力和创造性也恰恰表现在上述难点上;由难点而形成的"陌生化",使得该诗在语言艺术方面"化腐朽为神奇",传递出鲜活的艺术感觉,产生了令人震撼的艺术效果。

该诗创作于 1987 年 7 月(修改于 1988 年 3 月)。"七月"这个月份对诗人海子而言,具有非同寻常的意义,在这首《眺望北方》中,"七月"出现竟有 6 次之多,这种情况绝非偶然。[2] 据海子传记介绍,海子在中国政法大学工作时,与该校一位来自内蒙古的女生建立了恋爱关系。1985 年 7 月,海子与初恋女友去北戴河游玩。[3] 大约 1986 年之后,二人恋爱关系中断,这年海子创作了那首著名诗歌《七月不远——给青海湖,请熄灭我的爱情》;1987 年 7 月,《眺望北方》的草稿问世。1988 年 7 月,海子重游北戴河,在海滨沙滩寻找爱情的踪迹。细读文本会发现,仅在《眺望北方》第四诗段中,就有"第一个七月,永远的七月","七月是黄金的季节","我的七月萦绕着我"这些包含"七月"的诗句。显然,在这首诗歌中,"七月"已成为"恋爱季节"或"爱情"的代名词。

依据上述创作背景,该诗首句"我在海边为什么却想到了你",这里的"海边"当是"北戴河"的海边,"七月"的海边。那么,诗人为何眺望北方?如果对照《面朝大海,春暖花开》阅读,诗人的心理动机就再清楚不过了:当其恋人在内蒙古故土时,诗人就眺望北方;当那位恋人离开祖国前往美国后,诗人就调转方向,面朝大海——太平洋。"眺望"与"面朝",尽管方向不同,动作所指却是海子心中的同一位恋人。在此意义上,两篇诗歌文本具有互文性,堪称姊妹篇。诗人眺望北方,望见"七星"是顺理成章的事情。"七星"又称"北斗七星",指在北方天空排列成斗形的七颗亮星。诗人海子形象地称之为"北方的七位女儿",可以说在本诗中，"七星"即"爱情之星"，"七星"即"恋人"的象征。第一诗段末句"在七月的大海上闪烁流火"，交代了诗人眺望"七星"的时间、地点。"闪烁流火"者，"北斗七星"也，也即诗人心中的"恋人"。此时再回头反观"不幸而美丽的人　我的命运"这句诗，便觉其意味深长。诗人眺望"北方"，是因为"北方有佳人"。那么为何称其为"不幸而美丽的人"？斯人缘何成了"我的命运"？古人有"红颜薄命"之说，所谓"薄命"即命运不好，也即"不幸"。"不幸而美丽"，很容易让人联想到"红颜"二字，海子称心中的红颜佳人"不幸而美丽"，是对古代俗语的巧妙化用。用"红颜薄命"之意，代表着对女性的同情；若说"红颜祸水"，则属于另一种女性观，这是海子所不取的。中国传统文化中有"七星"主宰个人命运之说，道家认为根据不同的生辰，每人均可在"七星"中找到自己的"主命星"。海子把心中的恋人比作"七星"，并称之为"我的命运"，足见其颇具传统文化修养。诗人把恋人当成自己的"命运"，尚有某种身不由己、命当如此的意味：既然恋人是"不幸而美丽的"，那么，其"不幸"即是我命运的不幸，其"美丽"也是我命中的恩赐——这位恋人对海子命运之影响，由此可见一斑。所以，尽管阻隔重重，也难以阻挡诗人脑海中的思念之情，哪怕要在"岩石上凿出窗户"，也要眺望那"光明的七星"。

二

第一诗段中"想起你　我在岩石上凿出窗户"这句诗极为突兀，而且非常令人费解。等读完第二诗段之后，读者才会逐渐有所领悟：原来，"岩石"和"窗户"各具象征意义，"岩石"非普通岩石，"窗户"也非一般窗户，"在岩石上凿出窗户"并非实指，而是比喻在诗人的"脑袋"上凿出"天眼"。由于所有的思念都聚集于脑海，诗人用"斧头"砍破花岗岩似的脑袋，为的是让思念从鲜红的嘴唇般的"伤口"（"窗户"或"天眼"）流出，直达北方——因为久久盼望，"我"已望穿眼睛，双目失明！有人把眼睛称作"灵魂之窗"，佛教则有"天眼"之说。从某些佛教图像中，可以看到脸部有第三只眼的情况：在两眼之间的眉心处，另开一眼。对海子而言，在脑门上凿出一只"天眼"或"第三只眼"，就可以超越距离和障碍，看到远在北方的意中人，就可以看到肉眼看不到的神秘境地。诗人为何要有此举？——由于思念之切，"肉眼"已经望穿，"我"已成为盲目之人！

诗人要在"岩石"上凿出"窗户"，于是"斧头"便被派上用场。不说用斧头砍凿脑门，血流如同水流，却说"用斧头饮水 饮血如水"，诗人在此把暴力柔软化、美学化了，为的是避免诗歌中的血腥。诗人"头颅上"那火热而鲜红的"嘴唇"，尽管如同盛开的花朵，一旦同"伤口"联系起来，却也惊心动魄，令人不寒而栗。然而，这一切都不过是诗人的幻想而已。诗人在头颅上留下"伤口"，或许是希望见证一段铭心刻"额"的爱情而已。早在1984年6月，海子就写过这样的诗句："为自己的日子/在自己的脸上留下伤口/因为没有别的一切为我们作证"（《我，以及其他的证人》）。用"我"，以及"我脸上的伤口"，为某些事物作证，这是诗人海子自残式的"作证"方式，3年之后，这种"作证思维"又出现在诗歌《眺望北方》之中。

莎士比亚在《威尼斯商人》中曾写下这样的名句："爱情是盲目的，恋人们都看不见。"海子把自己比作"盲目的诗人"，象征自己狂热的爱，不计后果的爱……对一个盲人而言，做梦与幻想的能力远远高于普通人。"想起你 我今夜跑尽这空无一人的街道"，不过是诗人夜里的臆想。诗中的"街道"，应是北方的街道，其恋人所在的那条街道。俗话说"多情自古空余恨，好梦由来最易醒"。梦醒之后的诗人，还是要面对"明天"的现实。"明天，明天起来后我要重新做人"——这是诗人的重要决定。这两句诗说明，诗人海子的夜晚是用来做梦的；而明天，诗人所强调的明天,则要开始行动,重新规划自己的人生。今夜"做梦",明天"做人",说明诗人海子也是一个矛盾体。今夜"做梦",意味着华年多思,青春在我,就是要以梦为马;明天"重新做人",意味着诗人失恋后对自己生活方式和心态的重新调整。诗人希望忘记过去,放下包袱,一切从零开始,并立志要成为"宇宙的孩子　世纪的孩子"。那么,如何理解诗人笔下"宇宙的孩子　世纪的孩子"呢?

笔者认为,这样的诗歌用语体现了诗人从"小我"走向"大我"的一次超越。读者不妨对照一下诗歌文本所呈现出的两种"诗歌时空":北方——七月,这是"小我"存在的诗歌时空,这种存在是有限的存在,或许突破这种"小我",才能摆脱爱情的纠葛和人生的烦恼;而宇宙——世纪,这是"大我"存在的诗歌时空,这种存在超越了有限,仿佛进入了永恒——这正是海子,一个赤子般的诗人,所梦想所盼望的。抛却儿女情长,成就千秋大业,由中国走向世界,诗人海子的确曾有过如此雄心和壮志。他在《诗学:一份提纲》中写道:"这一世纪和下一世纪的交替,在中国,必有一次伟大的诗歌行动和一首伟大的诗篇。这是我,一个中国当代诗人的梦想和愿望。"[4] 他曾自豪地宣称:"我要成为一首中国最伟大诗歌的父亲/像荷马是希腊的父亲　但丁是意大利之父　歌德是德意志的父亲"(《生日颂(或生日祝酒词)》)。然而,一个青年诗人要成为"大我"谈何容易!古人苏东坡曾有"我欲乘风归去"的宏愿,但"高处不胜寒"的忧虑,还是令他发出"起舞弄清影,何似在人间"的感叹。《眺望北方》中的主人公"我"也是如此,在情场失意之后,"我"选择在流浪中"挥霍青春"——放弃"爱情的王位",去做"铁石心肠的船长"——希望在浪迹天涯的漂泊生活中忘记心上的恋人和过去的梦想。

三

  事实证明,忘记过去并不容易,忘记心上的爱情"七星",更是难上加难。第四诗段,当浪迹天涯的诗人"走遍一座座喧闹的都市",除了那"第一个七月,永远的七月",他很难"梦见什么",因此诗人发出"七月是黄金的季节"的感叹。正如前文所述,"七月"对海子而言,已经成为永远的青春爱情记忆,和"七星"一样,"七月"已经被诗人高度神圣化。"走遍一座座喧闹的都市",不仅有地点的变化,也包含时间的沧桑;除了意味着目睹许多闹市街景外,似乎还隐含"阅人无数"之意。然而,一切都随风而逝,出现在梦中的依然是"永远的七月"。

  那么,既然如此难忘旧情,是否意味着化身"船长"的诗人已回心转意,就要结束痛苦的漂泊而返回幸福的港湾?第四诗段最后,诗人隐约透露了自己的抉择。"当穷苦的人在渔港里领取工钱"之时,那位浪迹天涯的"船长"也有自己的"心事"——他的头脑正被那个"七月"像"蛇"一样"萦绕"!"渔港"是专供渔船停泊、使用的港口,"穷苦的人"在渔港里领取工钱,意味着他们已从海上归来,进入港湾或业已登岸。读者要注意,"船长"和"穷苦的人"是有区别的,普通渔民领取劳动报酬之后,就已心满意足,自然要回归家园;而要成为"宇宙的孩子 世纪的孩子"这种"大我"的船长,早已放弃"爱情的王位",因而不会轻易回归,否则岂能算作"铁石心肠"!那条"爱我的孤单的蛇"如何理解呢?是说那条海蛇"爱我的孤单","她"成了"我"忠诚的伴侣。诗人以蛇为伴,也即以孤独、寂寞为伴。蛇,在文学作品中常被作为孤独寂寞的象征。[5]"七月"与"蛇"的相似点在于"萦绕",令"我"难以摆脱。"七月"注定萦绕着"我",伴随"我"在苦涩的大海上痛苦度日,如同"我"的朋友——海蛇——她将在痛楚苦涩的海水中度过一生。本诗中"盲目的诗人"、"宇宙的孩子 世纪的孩子"、"铁石心肠的船长",均是抒情主人公

"我"不同的称谓。既然爱情之星遥不可及，在眺望之中，"我"甘愿与苦涩的海水相伴一生。

　　从文本结构上分析，这首由4个自然段组成的诗歌可分为两大部分（第一部分包括前两个诗段，第二部分包括后两个诗段）。简言之，第一部分主要写诗人对恋人的眺望和仰望，第二部分主要写诗人对爱情的失望和绝望。正是在眺望和失望、仰望和绝望之间，表现了诗人的钟情和痴情。这首具有叙事因素的抒情诗，其叙事线索或情感思路大致如下：第一部分写"我"在七月的海边想起恋人并将其比作"北斗七星"，"我"幻想开通"天眼"，眺望那位北方佳人。之所以开通"天眼"，是因为所有的思念都聚集于脑海，"我"要用斧头砍破花岗岩似的头颅，让思念从鲜红的嘴唇般的"伤口"（"天眼"）流出，直达北方——久久盼望，"我"已望穿一双肉眼。第二部分则主要写"我"今夜尽情追寻梦中恋人，从明天起开始另一种人生：挥霍青春，放弃爱情，在茫茫人生的汪洋大海，作一名漂泊四方的"船长"。然而，浪迹天涯的"我"依然无法忘记那个永远的"七月"，于是，诗人预言此生将以海蛇为伴，在苦涩的海水里度过一生。抒情主人公"我"从眺望北方到双目失明，从砍破头颅到挥霍青春，从放弃爱情到成为船长，从漂泊四方到孤独一生，这一系列行为多少带有自残或自虐色彩——诗人痴情若此，令读者心生无限感慨！

　　综上所述，这是一首眺望北方、怀念七月的抒情佳作。该诗把北方的恋人比作北斗七星，把恋爱的七月称作黄金季节，表现了诗人对爱情的执着追求以及同过去告别的艰辛与痛苦；在坚持与放弃、守望与漂泊的情感矛盾中，揭示了诗人偏执而独特的爱情心理及其孤独的内心世界。该诗把思之深和爱之痛上升到灵魂孤独和悲剧命运的层面，营造出"此恨绵绵无绝期"的哀婉境界；该诗浸润了诗人一腔心血，在思想深度、情感浓度及诗艺水平诸方面，毫不逊色于其姊妹篇《面朝大海，春暖花开》。从某种意义上说，海子心中的圣洁爱情难以见容于俗世，唯其如此，诗人之纯情至性方得以在诗歌王国里恣意绽放,并升华为独特的美学存在。

注释:

［1］海子著,西川编:《海子诗全集》,作家出版社,2009 年,第 441—442 页。

［2］读者可参照阅读海子创作于 1986 年的著名诗歌《七月不远——给青海湖,请熄灭我的爱情》。

［3］参见燎原:《扑向太阳之豹:海子评传》,南海出版公司,2001 年。

［4］海子著,西川编:《海子诗全集》,作家出版社,2009 年,第 1048 页。

［5］鲁迅在《呐喊·自序》中把寂寞比作缠住自己灵魂的大毒蛇;诗人冯至在《蛇》中称"我"的寂寞是一条长蛇,它"是我忠诚的侣伴"。

第二节　为何面朝大海

面朝大海，春暖花开[1]

从明天起，做一个幸福的人
喂马，劈柴，周游世界
从明天起，关心粮食和蔬菜
我有一所房子，面朝大海，春暖花开

从明天起，和每一个亲人通信
告诉他们我的幸福
那幸福的闪电告诉我的
我将告诉每一个人

给每一条河每一座山取一个温暖的名字
陌生人，我也为你祝福
愿你有一个灿烂的前程
愿你有情人终成眷属
愿你在尘世获得幸福
我只愿面朝大海，春暖花开

1989.1.13

在海子所有的诗作中，《面朝大海，春暖花开》最先得到读者认可，最广泛地在社会各个层面的读者群中流传。与此同时，对这首诗歌的解读文章也铺天盖地，争议之多，分歧之大，在中国当代诗歌史上并不多见。2011年学者张厚刚对其进行了综述研究，[2] 在列举该诗多种"主旨说"之后，张厚刚指出"海子之死"对于阅读该诗的干扰问题，并指出该诗作为一个文学文本，却阴差阳错地被当成一个社会文本来解读。结合该诗研究现状，笔者发现，在对该诗的解读中存在过度阐释现象，其中"陌生人"、"明天"、"幸福"等关键词语被严重误读，以至于影响到对该诗主题思想及艺术成就的理解。鉴于上述情况，笔者对该诗进行还原解读。

一

何谓"还原解读"？"还原解读"作为一种方法，是指搁置现存分歧与争议，回到文本阅读中的基本问题，在解决基本问题的过程中，结合文本的互动性，阐释文本主题意蕴并揭示其艺术特色。著名诗评家孙绍振认为，作为一种解读方式，"还原方法"的核心，是将文本中表现的事物恢复到本来的样子。那么，依据"还原方法"，笔者将《面朝大海，春暖花开》的文本阅读论争，聚焦为以下几个最基本的问题：1. 这首诗主要是写给谁的？"陌生人"是泛指还是特指？2. 这首诗写于何时何地？诗人的行动为何"从明天起"？3. "幸福的闪电"和尘世幸福如何解释？4. 该诗主题意蕴及艺术特色是什么？为解答上述问题，有必要先分析该诗的文本结构。

从文本结构上看，该诗由3个诗段组成，仔细研读之后发现，三部分之间的关系属于递进关系。第一诗段诗人开篇即"发愿",从明天起要在简单的生活中获得幸福,并提出"面朝大海,春暖花开"的愿景;第二诗段诗人进一步发愿,从明天起要把自己的幸福感受传递给周围的每一个人——首先传递给自己的亲人;第三诗段诗人在对"每一条河每一座山"发愿之后,把三种具体的祝愿献给了"陌生人"。抒情主人公从自我发愿到祝愿别人,最后又回到内心愿景——面朝大海,春暖花开。这是该诗的情感线索。

这里读者要特别注意诗人对"陌生人"的祝福:诗人把自己的幸福感受传递给每一位亲人,甚至辐射到山山水水,"陌生人"虽被置于最后,却恰恰是诗人最重视的。唯其如此,对"陌生人"的祝福才最为全面而具体。三句祝福看似平常甚或俗套,但若放在整首诗歌创设的语境中,却别有一番情趣和深意。海子希望那位"陌生人"一生幸福。中国文学史上确曾有过像海子这样善良的作家,譬如写《茅屋为秋风所破歌》的诗人杜甫,曾发出"安得广厦千万间?大庇天下寒士俱欢颜"这样的善心宏愿;写《西厢记》的剧作家王实甫也是善良而浪漫,他索性"愿普天下有情的都成了眷属"。读者需注意的是,杜甫、王实甫他们二位是对"天下"发愿的,而海子的祝愿则是针对某人——为"你"祝福,说明诗中的"陌生人"是单数而非复数。那么,海子诗中的"陌生人"当是特指而非泛指。海子善于在诗歌中隐藏情感,其情感秘密很少在开头部分透露端倪,而往往埋藏在中间或最后部分。"陌生人,我也为你祝福"这句诗,一个"也"字仿佛"我"对"你"并不在意。其实这恰恰表明,那个"陌生人"是隐藏在诗人情感深处的一个情结。

据海子传记介绍,海子在中国政法大学工作时,与该校一位来自内蒙古的女生建立了恋爱关系。由于女方家庭的阻力,最后二人以分手而告终。[3] 1989年海子最后一次见到初恋女友时,她已在深圳建立了家庭。约在1989年初,海子得知她将前往太平洋彼岸的美国。这个信息意味着,从此以后,浩瀚的大海又将从空间上把他们远远隔开。上述材料可以看作《面朝大海,春暖花开》的创作背景。"熟悉的陌生人"本出自19世纪俄国批评家别林斯基笔下,[4]后来这种称呼被人们移植到爱情领域形容"分手后的恋人",其观点认为:曾经相爱的人分手之后不能做朋友,因为彼此伤害过;也不能做敌人,因为彼此相爱过;所以只能做最熟悉的"陌生人"!联系到诗人海子,那位他曾经最熟悉的人,却投入别人的怀抱,如今又漂洋过海离他而去,可谓"形同陌路",于是诗歌中便出现"陌生人"之称。海子的钟情就在于,尽管如此,还是要深情地寄上自己的祝福。

二

该诗的写作时间为1989年1月13日,有不少论者指出这个日期距离海子的自杀日仅两个多月,由此便认定这首诗带有死亡的气息,甚至认为是诗谶或绝命书。[5]这样的推断源于对海子诗歌创作情况的忽视,就在海子弃世之前的两个多月,其诗歌创作内容仍相当丰富,绝非如某些人臆想的那样,其心中除了死还是死。对于一个诗人而言,其情绪往往大起大落,歌哭自任,某些偶然因素完全有可能令一个伤心欲绝的诗人手舞足蹈或大唱欢歌。由于预设了错误的前提,该诗写作日期所包含的其他信息,反而被忽略或遮蔽。1月13日这个日子介于农历小寒和大寒之间,属于严寒的深冬。深冬怎么会"春暖花开"?看来"春暖花开"是海子在冬天营造的梦幻般的景色,属于诗人心中充满浪漫色彩的唯美愿景。如此深冬,海子在诗兴大发之时,其实也未必亲临大海挥笔写诗。1989年1月13日,这个深冬的日子,海子很有可能在宿舍楼里,甚或连窗户也未曾敞开。海子有一颗火热的诗心,想到大海他心潮澎湃,方寸之间遂涌起"春暖花开"的美丽画面。

1989年1月13日,恰恰在星期五,这一信息也往往被众多诗评者忽视。在西方文化中,数字13和星期五都代表坏运气,不管哪个月的13日,若恰逢星期五，就叫作"黑色星期五"。海子深受西方文化影响，写作该诗的时候，海子极有可能意识到那是个"黑色星期五"。《面朝大海，春暖花开》劈头便说"从明天起"，且文本中3次出现"从明天起"——既然今天运气不佳，那么，改变命运或自我调整，自然要从明天开始。在解读该诗时，不少论者抓住"从明天起，做一个幸福的人"这句诗大做文章，简单地推论出，今天的海子是不幸的、悲伤的，甚至是悲观的。实际上，"从明天起，做一个幸福的人"，"从明天起，关心粮食和蔬菜"，"从明天起，和每一个亲人通信"这三个诗句，应当联系起来理解。这三句诗所释放出的信号是积极向上的，对生活是充满憧憬的，对未来是满怀希望的。

"从明天起"还有一个理由，那便是海子习惯于晚上写诗。[6] 一个深夜写作的诗人，他对现有生活的调整以及对未来生活的设想，都要从明天开始。黑夜作为一个时间节点，它联系着正在失去的今天和即将到来的明天。诗人在这样的时间节点上写作《面朝大海，春暖花开》，"明天"应是"今夜"的延续，是一个具体的日子，并非不可把握的未来，"从明天起"是再自然不过的事情。不少论者把"明天"和"今天"对立起来，对"明天"一词进行了过度阐释，其意义反被遮蔽。

和初恋情人分手之后，1987年7月海子写过一首《眺望北方》。诗人为何"眺望北方"？那是因为其初恋女友是内蒙古人，"眺望北方"当是思念北方的恋人。

　　想起你　我今夜跑尽这空无一人的街道
　　明天，明天起来后我要重新做人

《眺望北方》中的这两句诗，说明诗人海子的夜晚是用来思念的；而明天，海子所强调的明天，则要开始行动，重新设计自己的人生。"重新做人"意味着海子失恋后对自己生活方式和心态的重新调整。《眺望北方》

和《面朝大海，春暖花开》这两个文本具有互文性。诗人"面朝"之"大海"，一方面象征着"距离"和"苦涩"；另一方面，又象征着"思念"，是思念的大海。因为"陌生人"远在大洋彼岸，所以诗人才"面朝大海"，聊寄祝福；因为"你"已形同陌路，所以诗人才返回自我，活在当下。作为建立在现实基点上的诗化愿景，"面朝大海，春暖花开"艺术空间极为开阔，想象力天马行空：海天之间，诗人情感如万里长风，吹荡浩渺；诗歌愿景如朵朵鲜花，盛开当前，整个世界为之温暖馨香。其意境可谓虚实相生，开阔深远；其想象可谓凌空飘逸，唯美朦胧。

三

　　《面朝大海，春暖花开》虽然只有3个诗段，"幸福"一词却出现了4次。就内在结构而言，该诗又可分为"描述幸福"、"传递幸福"和"确认幸福"3个层面。诗人首先对"幸福"进行了描述："喂马，劈柴，周游世界"，"关心粮食和蔬菜"，"我有一所房子，面朝大海，春暖花开"。接下来是传递"幸福"："和每一个亲人通信/告诉他们我的幸福"，除了亲人之外，诗人的幸福还延伸到了"每一条河每一座山"，最后，幸福的光波全部聚集到"陌生人"那里。在该诗的结尾，特立独行的诗人明确了自己对未来的选择——"我只愿面朝大海，春暖花开"。该诗主旨与幸福密切相关，围绕幸福，海子用他独特的"诗家语"为读者描绘出诗人心中的唯美愿景。海子的幸福观简单而富有诗意，属于大雅若俗。俗，就俗在普普通通；雅，就雅在蕴含哲理——"青草黄花皆佛性，劈柴担水尽菩提"，海子要在喂马、劈柴中参悟幸福。《瓦尔登湖》的作者梭罗有句名言："简单地生活，深闳地思想。"海子崇尚梭罗，并以此来鞭策自己、砥砺自己。据海子的朋友孙理波回忆，他们傍晚一起散步时，瞥见副食品店门口摆摊卖菜的老农，海子说道："别以为我们荒诞的生活才是生活，你看，粮食和蔬菜，这才是生活。"孙理波说，《面朝大海，春暖花开》中的那句"从明天起，关心粮食和蔬菜"，正来自这里。

　　对于幸福，海子具有某种强大而敏感的感受能力，这一点却往往被一些诗评者所忽略。活在这"珍贵的人间"，海子意识到"人类和植物一样幸福/爱情和雨水一样幸福"（《活在这珍贵的人间》）。夜晚醉酒，早晨醒来看见阳光的海子，曾自豪地声称："我是一个完全幸福的人/我再也不会否认/我是一个完全的人　我是一个无比幸福的人"（《日出》）。幽默诙谐的海子甚至让"幸福"与自己调侃："幸福找到我/幸福说：瞧　这个诗人/他比我本人还要幸福"（《幸福一日——致秋天的花楸树》）。作为一个敏感的诗人，海子用"幸福的闪电"传神地写出了对幸福的强烈感受。苏东坡有言"过眼荣枯电与风，久长那得似花红"；张爱玲说："长的是磨难，短的是人生。"既然人生如白驹过隙，幸福岂不像闪电疾风？对"幸福的闪电"进行过度阐释，反而会造成对该诗的误读。当"幸福的闪电"抵达之时，海子抛开失恋的烦恼，积极将自己的幸福感传递给周围世界，他特别祝愿那位熟悉的"陌生人"，愿其在"尘世"获得幸福。这里的"尘世"即指人世间或现实世界，并非一旦使用"尘世"二字，就表明海子已站在"尘世"之外。

　　海子的幸福观是独特的，他追求幸福但并不回避痛苦。在《夜色》这首著名的短诗中，海子把自己的人生经历概括为三次受难和三种幸福。其中的"受难"，也即痛苦。海子懂得，幸福中有痛苦，痛苦中有幸福，人生沉浮于幸福和痛苦之间。是选择幸福还是选择痛苦呢？海子写道："我不能放弃幸福/或相反/我以痛苦为生"（《明天醒来我会在哪一只鞋子里》）。海子明确表示了自己对幸福的追求；另一方面，如果不能得到幸福，他也甘愿"以痛苦为生"，足见其生活意志之坚强。《面朝大海，春暖花开》结束句"我只愿面朝大海，春暖花开"所表达的是诗人对未来的选择，这是海子以梦为马、超越世俗的一种努力。既认同世俗，又渴望从精神层面上超越世俗，这反映了诗人的内心矛盾。如果说第一诗段"面朝大海"中的"大海"象征温暖的思念，是思念的大海，那么结束句"面朝大海"中的"大海"，则意味着"苦涩"，是苦涩的大海。[7] 为了爱情和诗歌，海子甘愿"以痛苦为生"，且要让生命开出春天的花朵。对诗人海子而言，即使当下寒冷，"我"也要开花暖春；即使恋人负"我"，"我"也要祝福恋人；即使世界无情，"我"也要情暖世界。他祝愿那位"陌生人"走阳关道，而自己宁愿朝爱情和诗歌的独木桥走去。至此，读者可以看出海子的幸福观——把别人的幸福当作自己的幸福，把鲜花奉献给他人，把棘刺留给自己！

综上所述，这首诗作如同一篇"发愿文"，围绕幸福描绘出诗人心中的唯美愿景。诗人发愿从明天起，过一种简单而幸福的生活，并把美好善良的祝福献给特定的"陌生人"；诗人积极向外界传递幸福的电波，使该诗具有情暖世界的博大气象。这首梦幻般的诗歌，抒发了海子对生活的热爱，对幸福的憧憬，表现了诗人执着的情感和宽广的心胸，同时也流露出诗人特立独行的浪漫主义情怀。该诗最为突出的艺术特色，就在于提出了"面朝大海，春暖花开"这一虚实相生、唯美朦胧的诗化愿景。海子这首抒情佳作能给人以心灵的净化、精神的振作和境界的提升，留给读者极大的想象空间，召唤他们参与其中进行艺术再创造，因而对其理解与阐释自然就存在多种可能性，争论与分歧也就在所难免。

注释：

[1] 海子著，西川编：《海子诗全集》，作家出版社，2009年，第504页。
[2] 张厚刚：《〈面朝大海，春暖花开〉研究综述》，《时代文学》（上半月），2011年第8期。张文发表之前，2007年曾有作者"楚西偏西"对该诗进行过研究综述，其文章在互联网传播。

[3] 学者边建松认为，海子和初恋情人彻底分手是在1986年11月。

[4] 别林斯基认为，每一个文学典型对于读者都是"熟悉的陌生人"。

[5] 参见如下文章，杨四平：《在尘世中寻找天堂？——海子〈面朝大海，春暖花开〉解读》，《名作欣赏》，2002年第4期。宋立明：《遗嘱：愿世界祥和幸福——〈面朝大海，春暖花开〉的再阐释》，《名作欣赏》，2003年第7期。倪修山：《是懦夫的屈服，不是智者的和解——读〈面朝大海，春暖花开〉》，《中学语文》，2005年第19期。邱景华：《海子的遗嘱诗——重读〈面朝大海，春暖花开〉》，《诗探索》，2010年第2期。

[6] 海子一般是晚上工作到第二天凌晨，下午读书，到晚上继续工作。

[7] 在《眺望北方》一诗中，海子曾把自己的思念比作一条"孤单的蛇"，并预言"她将在痛楚苦涩的海水里度过一生"。

第三节　且听天鹅之歌

天　鹅[1]

夜里，我听见远处天鹅飞越桥梁的声音
我身体里的河水
呼应着她们

当她们飞越生日的泥土、黄昏的泥土
有一只天鹅受伤
其实只有美丽吹动的风才知道
她已受伤。她仍在飞行

而我身体里的河水却很沉重
就像房屋上挂着的门扇一样沉重
当她们飞过一座远方的桥梁
我不能用优美的飞行来呼应她们

当她们像大雪飞过墓地
大雪中却没有路通向我的房门
——身体没有门——只有手指
竖在墓地，如同十根冻伤的蜡烛

在我的泥土上

在生日的泥土上
有一只天鹅受伤
正如民歌手所唱

千百年来,中外艺术家们通过诗歌、绘画、音乐、舞蹈、雕塑等各种艺术表现方式,描写天鹅,讴歌天鹅,形成了一道多姿多彩的艺术风景线。在以天鹅为题材的众多诗歌作品中,海子的《天鹅》标新立异,风格独特。诸多海子诗歌选本都选入了这首抒情佳作,值得一提的是,《1978—2008 中国优秀诗歌》收入海子包括《天鹅》在内的 7 首作品;在中外现代诗精选本《我与光一起生活:中外现代诗结构·意象》[2] 一书中,《天鹅》被当成海子"唯一的代表作"入选。

一

《天鹅》共分 5 个"诗段",细读诗歌文本之后,读者会发现有如下难点有待阐释:1.该诗中的抒情主人公"我","身"在何处?"心"向何方?2."泥土"、"身体"、"房屋"喻指什么?3."手指/竖在墓地"作何解释?十根冻伤的"蜡烛"指的是什么?4."民歌手所唱"的是什么?"天鹅"意象代表什么?下面我们试作分析。

《天鹅》这首诗的整体思路是,抒情主人公"我"在极简单的叙事过程中,向读者讲述一段如泣如诉的心曲。这心曲主要是"我"对远方飞来的"天鹅"的感受与"呼应"。

第一诗段写"我"在夜里听到天鹅群"飞越桥梁的声音","我身体里的河水/呼应着她们"。黑暗深处似乎有某种隐秘的声音在召唤自己,"我"

渴望和她们一起飞翔。第二诗段写"天鹅"飞过的特定时间和特定地点,突出那只受伤的天鹅。天鹅飞来的特定时间恰是"我"的生日,具体一点是在那天的"黄昏",而"天鹅"飞过的特定地点则是"我"所在的"泥土"。这里要注意一个时间方面的细节:既然飞过"泥土"的具体时间为"黄昏"时刻,第一诗段句首的时间状语"夜晚"应当如何解释呢?这个"夜晚"应当指"我"生日的前夕。就是说,今天是"我"的"生日",而在昨天夜里,"我"就"听见远处天鹅……"这个时间细节说明,早在"生日"到来之前,抒情主人公就急切地盼望着远方的"天鹅"能飞越"桥梁",来到"我"所在的特定地点。读者可以设想,从昨天"夜晚"到今日"黄昏",对"我"而言,这是一段漫长的等待!"生日"不再是本身的意义,反而"异化"为对"天鹅"的期待与盼望!

第三诗段写"天鹅"从远方的桥梁飞来,"我"却不能走出"房门"到室外去迎接她们。这一诗段强调"我"体内的"河水"沉重,因而不能"呼应"天鹅的飞行。读者注意,第一诗段和第三诗段分别写到"桥梁",这"桥梁"是不是象征浪漫爱情的"鹊桥"呢?也未可知。

第四诗段是全诗的核心诗段。这个诗段主要写身处"泥土"的"我",对"飞过墓地"的"天鹅"的"呼应"。这一诗段联想丰富,意象奇特。作者先由"雪白"的天鹅联想到墓地"大雪",再由"大雪"写到雪地里"没有路通向我的房门",继而由身体无门写到"我"的"手指/竖在墓地"。海子曾有诗句"尸体是泥土的再次开始"(《土地》),这表明"身体"与"泥土"是可以相互转换的。在海子的诗歌世界,"房屋"、"身体"、"坟墓"三种意象互为比喻,既可分开表达,又可三者合一:"我"的"身体"如同"房屋","我"的"坟墓"如同"身体"。因此,"房门"也即墓门,石头制作的墓门难以开启,故有门扇沉重之说;而"身体"里的"河水",实际上就是坟墓里的积水,积水之多,乃成"身体里的河水",也就有身体沉重之说。那么,"我"从"墓地"伸出几根手指呢?

"十根蜡烛"巧妙地告诉了读者答案——那"竖在墓地"的，不就是"我"的"一双手"吗？

至此，我们可以想象出一幅奇特的墓地景象——

在"我"生日那天的"黄昏"，天幕上飞过一群雪白的"天鹅"，"我"爱的那只"天鹅"带伤飞行——除了吹动的"风"和"我"，没人知道"她"已"受伤"——"她"遭受的是心灵创伤！身在"泥土"的"我"，尽管热血沸腾，却不能走出"房门"呼应她们，于是"我"从"墓地"伸出双手，"呼应"那只"受伤的天鹅"，连同她的姐妹们。大雪覆盖的"墓地"寒冷无比，"我"高高举起"双手"，"十指"如同"冻伤的蜡烛"！此情此景的蜡烛意象，使人想起了"春蚕到死丝方尽，蜡炬成灰泪始干"中那根流泪的蜡炬。

《天鹅》第五诗段写"我"在"泥土"中，听见那只受伤的天鹅在天空中阵阵哀鸣。这里，诗人用"民歌手"所唱的腔调，形容那只受伤天鹅的鸣叫。"民歌手"的腔调往往粗犷悠远，似乎有种嗓子充血的苍凉——所以说，那只受伤天鹅的鸣叫，"正如民歌手所唱"。作为全诗的结尾，第五诗段以天鹅哀歌为读者留下悲凉的余音。

二

海子那幅奇特的墓地景象在令人心灵震撼的同时，也促使人们思考这首诗的诗歌空间。《天鹅》一诗的诗歌空间极为开阔：上有天空，下有大地，飞翔的天鹅和伸出的手指则把天空与大地连接在一起。

在天空这一层面，"天鹅—桥梁—天风—歌声"形成一条联想链条；在大地这一层面，"泥土—房屋—身体—坟墓—手指—蜡烛"形成另一条联想链条。天空层面的思维线索为："天鹅"离不开河水或湖水，"桥梁"的出现顺理成章；"天鹅"飞行中有"风"，那只"天鹅""受伤"——只有风知道；受伤的"天鹅"，牵动着"我"的心，故有"我身体里的河水/呼应着她们"。大地层面的思维线索为:"我"早已被埋在"泥土"之中,因此"身体"即"坟墓","坟墓"即"身体";由于被埋,所以"身体"沉重,行动受限,也就不能用"优美的飞行"与"天鹅"同行;尽管如此,"我"仍然挣扎着从"坟墓"中伸出双手——"竖在墓地"!在这墓地风景中,上有受伤的天鹅,下有痴情的诗人——"我"身在"坟墓",心向"天空",那高举的"十指"如同冻伤的"蜡烛",竖立在寒冷的雪地……

海子勾勒出这幅凄美的墓地风景并非出于偶然。在海子的脑海里,大地这一实体是与埋葬和生育紧密相连的,其本质既关乎死亡又关乎生命。我们不妨对照海子其他诗句:"亚洲铜,亚洲铜/祖父死在这里,父亲死在这里,我也将死在这里/你是唯一的一块埋人的地方"(《亚洲铜》)——作为大地象征的"亚洲铜",在海子眼里,它"是唯一的一块埋人的地方"。"我感到/我被抬向一面贫穷而圣洁的雪地/我被种下,被一双双劳动的大手/仔仔细细地种下"(《葡萄园之西的话语》)——被种下,实际上也是一种被埋,只不过这种被埋,尚有破土发芽的希望。"不曾料到又一次春回大地/大地是我死后爱上的女人"(《诗人叶赛宁》)——这种埋葬,如同回到爱人的怀抱,有"春回大地"的感觉。同理,在《天鹅》这首诗中,"我"虽然已经死去,埋入大地的"泥土"之中,但"我"的心依然深爱着那只"天鹅",竟至于从"坟墓"里伸出双手,呼唤天上的恋人!

海子的墓地风景让人联想起关于亚历山大大帝的传说。亚历山大大帝曾经叱咤风云,在他31岁时,死亡的阴影忽然降临。传说他郑重地嘱咐道:"等我死之后要在棺材两边挖两个洞,将我的手伸出去,让世人都能看见,我亚历山大曾何等风光,但我死后却是两手空空!"不知亚历山大大帝死后把双手伸出棺材的故事,是否启发了海子关于《天鹅》的艺术构思。

在古今中外的文学史上,可歌可泣的爱情往往与死亡紧密相连。生死之间,虽然阴阳两隔,却往往被爱情"穿越"。"和爱神结伴,慵懒地度过欢快的一生。"[3]——在诗人普希金看来，坟墓里的爱情，依然幸福！在诗歌《致一百年以后的你》中，俄罗斯著名女诗人茨维塔耶娃设想，"我"从九泉之下握笔，写信给一百年后降临人间的"恋人"——"朋友！……我够不着亲吻！隔着忘川/把我的双手伸过去。"在总体构思上，这首诗同海子的《天鹅》具有相同之处：抒情主人公都从地下坟墓伸出双手，呼应自己的梦中情人。二者的不同之处在于，茨维塔耶娃的诗歌交代了该诗是写给"一百年以后的"恋人，而海子《天鹅》的思路和主题意蕴却深深隐藏在文本内部。上述诗歌似乎表明：对那些爱情至上的"情种"而言，最为关键的是和恋人心心相印，生或死似乎并不重要——因为真挚的爱情能跨过"死阴的幽谷"！

三

作为爱情之鸟，天鹅的形象在中西文化传统中源远流长。

研究资料表明，自然界中的天鹅组成一夫一妻制的伴侣，可以延续很长时间，在某些情况下，甚至可以持续一生。天鹅忠于自己的伴侣，二者在水中游泳时常将脖子缠绕成一个心形，因此被人们视为真爱的象征。法国博物学家布封认为，天鹅身上的一切，都散布着我们欣赏优雅与妍美时所感到的那种舒畅、那种陶醉，一切都使人觉得它不同凡俗，一切都彰显出它是爱情之鸟。

在古希腊神话中，"丽达与天鹅"的故事流传甚广。丽达是斯巴达国王廷达瑞斯的妻子，众神之王宙斯醉心于丽达的美丽，趁她在树林间的河水中沐浴时，化为一只天鹅来到她身边，诱使丽达与之结合。结果她产下了两枚蛋，其中一枚孵出海伦，她是属于丽达与宙斯的孩子。这里的天鹅作为天神宙斯形象的化身，隐喻了权力和欲望对少女肉身的引诱与攫夺。

在世界民间故事领域，"天鹅仙女型"故事非常著名，它是指人间某一男子与化身天鹅等飞到人间的仙女结合为夫妻的民间故事。由此我们得知，海子选取天鹅作为恋人意象，其背后蕴含着如此丰富的文化内涵。

"古人不仅把天鹅说成为一个神奇的歌手，他们还认为，在一切临终时知道感动的生物中，只有天鹅会在弥留时歌唱，用和谐的声音作为它最后叹息的前奏。据他们说，天鹅发出这样柔和、这样动人的声调，是在它将断气的时候，它是要对生命做一个哀痛而深情的告别；这些声调，如怨如诉，低沉地，悲伤地，凄黯地，构成它自己的丧歌。"[4] 据布封介绍，"天鹅之歌"还有象征含义——每逢谈到一个大天才临终前最后一次辉煌表现的时候，人们总是无限感慨地想到这样一句动人的成语："这是天鹅之歌！"天鹅哀婉凄切的歌声，如同荆棘鸟的绝唱——在生命的最后时刻，荆棘鸟要把身体扎进最长、最尖的荆棘上，其歌声最凄美的时刻，也是生命最痛苦的时刻。这种以生命为代价的绝唱，仿佛说明一个残酷的道理：世间最美好的东西，只能用最深痛的创伤来换取——海子创作《天鹅》的过程何尝不是如此？由于作为诗人的海子太过痴情，才幻想出在自己"生日"那天的"黄昏"，有一只"天鹅"飞过"我"之"坟墓"且"受伤"、"哀鸣"的情节。在海子的潜意识里，他仿佛在设想："如果我死了，在我的生日或祭日，恋人是不是会回来吊唁我？这是不是我见到她的唯一的方式？"从精神分析的角度看，"我"和"天鹅"不过是海子自身形象裂变的产物，因此受伤的天鹅与痴情的诗人又可合二为一——与其说是天鹅受伤，毋宁说是海子本人受伤！

综上所述，《天鹅》是一首用血泪写成的爱情佳作。诗人选取天鹅作为恋人意象，其背后蕴含着丰富的文化内涵。抒情主人公"我"虽然已埋入地下"泥土"，但依然深爱着那只天鹅，为呼应恋人的飞行，甚至从"坟墓"里伸出双手——为了爱情，痴情的诗人穿越过死阴的幽谷，受伤的天鹅发出哀婉的绝唱。诚如海子所言，"抒情就是血"。《天鹅》作为海子的泣血之作，是他留给这个世界的一曲哀婉动人的"天鹅之歌"！

注释：

[1] 海子著，西川编：《海子诗全集》，作家出版社，2009年，第176—177页。

[2] 该选本由李天靖、陈忠村、宗月联合主编，2011年5月由上海文艺出版社出版。

[3] ［俄］普希金：《普希金诗选》，高莽等译，人民文学出版社，2003年，第47页。

[4] ［法］布封：《动物肖像》，范希衡译，北京出版社，2021年，第84页。

| 第八章　诗化哲理 |

第一节　远方何在
第二节　存在之思
第三节　重建家园

第一节　远方何在

远　方[1]

远方除了遥远一无所有

遥远的青稞地
除了青稞　一无所有

更远的地方　更加孤独
远方啊　除了遥远　一无所有

这时　石头
飞到我身边

石头　长出　血
石头　长出　七姐妹

站在一片荒芜的草原上

那时我在远方
那时我自由而贫穷

这些不能触摸的　姐妹

这些不能触摸的　血
这些不能触摸的　远方的幸福
远方的幸福　是多少痛苦

1988.8.19 萨迦夜，21 拉萨

海子是一个具有流浪情怀的诗歌浪子，他青春的脚步从未停止对远方的追寻，在其短短的一生中，留下诸多描写远方的诗歌名句。海子以《远方》为题的抒情诗就有两首，均写于去西藏旅行的途中。这里我们要赏析的《远方》酝酿草创于1988年8月19日萨迦之夜，两天后完成于拉萨。[2]

一

这首《远方》在形式上别具一格。全诗共16行，却竟有8个诗段，通篇看起来，同日本文学中的"俳句"有些类似。该诗可分为两大部分：第一部分由第1—5诗段组成，第二部分由第6—8诗段组成。下面我们先看《远方》第一部分：

远方除了遥远一无所有

遥远的青稞地
除了青稞　一无所有

更远的地方　更加孤独

远方啊　除了遥远　一无所有

　　这时　石头
　　飞到我身边

　　石头　长出　血
　　石头　长出　七姐妹

　　第一部分主要从空间维度着笔，由远方写到近处，借身边的石头仰望远方。

　　第1—3诗段为第一层次，写的是对远方的感受。远方是什么？远方在哪里？这是所有浪子最熟悉而又最难回答的问题。"生活在别处"作为法国诗人兰波的一句名言，从某种意义上也可以说"生活在远方"。一个对未来充满憧憬的青年人，他的身边是没有风景的，周围是没有生活的，真正的生活总是在别处、在远方。没有梦想的生活是可怕的，因此青年人拒绝平淡的生活和平庸的现实，总是向往远方的风景。"我要做远方的忠诚的儿子/和物质的短暂情人"这是诗人海子在《祖国（或以梦为马）》中的青春表白。海子的远方，既属于现实意义上的，又属于精神意义上的。精神意义上的远方，其意义是永恒的，与之相对的物质世界则被诗人喻为"短暂的情人"。海子在他25年的生命里有两次进藏经历：1986年暑假，22岁的海子第一次来到西藏；1988年暑假，海子第二次进藏，8月19日至21日，海子在西藏的萨迦和拉萨两地创作完成了这首《远方》。

　　海子在追逐梦想的道路上，也往往感到远方的虚无缥缈和漫无边际。在诗作第一层中，三次出现"一无所有"，似乎断然否定了苦苦寻觅的结果。"远方除了遥远一无所有"，这句诗写出了西部世界的苍茫和寂寥，颇有"断肠人在天涯"的悲凉情怀，堪称内涵丰富的哲理警句。海子对远方的沉思由来已久，早在1984年的诗作《龙》里，诗人就指出，"远方就是你一无所有的地方"；在创作于1986年的《九月》一诗中，就有"远在远方的风比远方更远"这样的诗句。一个人要走多远才算到达远方？流浪诗人并不知道，或许只有风知道。对青春海子而言，远方有无限的可能，有诸多令人神往的东西。然而，当诗人来到想象中的远方之后终于发现：远方，并非想象中的桃花源；生活，原来并不在远方。"除了遥遥一无所有"，也就是说，远方除了"遥远"一点以外，和当下没有任何区别。这样，诗人海子对远方的追求，就浸透了一份苍凉。海子对远方的感受启发我们理解——远方，是我们不可企及的地方：当我们竭尽全力而仍然无法触摸的地方，就是远方，它在现实世界另一端。

如果说第一层是诗人借远方缥缈的风景抒怀，那么由第4—5诗段组成的第二层，描写的则是身边的"石头"。从第一层到第二层，诗人的镜头由远及近，由遥远的"青稞"拉近到身边的"石头"。第一层类似电影中的远景镜头，第二层则如同特写镜头。"这时　石头/飞到我身边"这个镜头的出现十分突兀。镜头中的"石头"既是实体，同时又具有象征意义，而作为实体的石头怎么会"飞到我身边"呢？须知，这次西藏之旅，海子乘坐的是火车。试想，当呼啸而至的列车飞驰在空旷的原野或穿越连绵起伏的群山，那些构成藏区独特景观的高原石头，岂不跟"飞"到诗人身边一样？一个"飞"字，既写出了列车速度之快，又写出了高原石头的触目惊心。诗人艾青曾写过这样的诗句："从远古的墓茔/从黑暗的年代/从人类死亡之流的那边/震惊沉睡的山脉/若火轮飞旋于沙丘之上/太阳向我滚来……"[3]经过比较，读者会发现：海子的"石头/飞到我身边"与艾青的诗句"太阳向我滚来"竟有异曲同工之妙！

二

在表现西部景观时，海子选取了"青稞"[4]和"石头"，以此呈现西藏的风景特色与文化内涵。青稞在青藏高原上已有悠久的种植历史，形成了极富民族特色的青稞文化。"青稞地"作为远方的背景，辽阔而缥缈。而青稞地上的"石头"并非普通的石头，有人说，青藏高原的每一块石头都有一个传说。最常见的石头则是具有神秘色彩的玛尼石。在青藏高原上，一簇簇的石堆伸向天际，座座玛尼堆相连形成一堵神圣的墙，那墙被认为是人世与天地神祇的界线，是天地人神的交汇线。玛尼堆作为神灵崇拜之地，成为天地之间人与神进行对话之所在，蕴含着神奇的文化密码。此外，无论玛尼石、玛尼堆、玛尼墙还是摩崖造像，都作为一种地标而存在，可以为行人指示前进的方向，标明行走的路线。由此我们知道，海子选取"青稞"和"石头"入诗是别具匠心的。

"石头　长出　血/石头　长出　七姐妹"是第一部分的难点，也是解读整首诗的关键所在。"石头"为何会长出"血"？为何会长出"七姐妹"？"血"和"七姐妹"分别代表什么？毛泽东在《忆秦娥·娄山关》中有"苍山如海，残阳如血"这样的佳句，海子在《秋日黄昏》一诗中则有这样的表述，"切开血管/落日殷红"。同是表现"残阳夕照"，毛泽东运用比喻，说它是血色般的"残阳"，海子则索性说"落日"就是切开的"血管"，而"残阳夕照"则是从血管流出的殷红的"血"！沿着海子的思维途径去想象，《远方》中的"血"不正是远处的残阳夕照或落日余晖吗？至于诗中的"七姐妹"，也并非实指七位"姐妹"，而是黑夜上空的"北斗七星"。把"七星"喻为天上的七姐妹，此前海子已有过运用："今夜在日喀则，上半夜下起了小雨/只有一串北方的星，七位姐妹。"（《黑翅膀》）海子所要表现的西部景色，不过是在落日余晖映照下和满天星斗辉映下的"石头"，诗人为何要说成石头"长出"如此风景呢？这就涉及诗学上的所谓"诗家语"[5]以及诗人独特的艺术感受力。人们通常说"黄河"从远处河床奔流而来，但在诗人王之涣笔下则有"黄河远上白云间"这样的诗句，在李白诗中则成了"黄河之水天上来"。人们通常说"夜幕"从天空降临,而诗人海子却说描成"黑夜从大地上升起/遮住了光明的天空"(《黑夜的献诗——献给黑夜的女儿》)。所以,"石头　长出　血"或"石头　长出　七姐妹"这类诗家语的妙处在于:这是诗人以身边的石头为观察基点,在眺望西天、仰望夜空之时,其主观上所感受到的西部画面——海子用其天才的诗笔,把西部人们司空见惯的残阳和星空点石成金,传达出了诗人心中那惊心动魄的艺术感觉,利于读者用心去领略中国西部那独特的风景之美。

在《远方》一诗中,作为象征意义上的"石头",是否代表当下的现实?远方如梦,它与现实的最大分界在于:远方是对无限、永远的精神寄托,而现实并非如此,它只是一块坚硬而冰冷的"石头"而已——海子曾经把西藏比作"一块孤独的石头"(《西藏》)。"石头—血"或"石头—七姐妹"本属于现实和理想遥遥相望的两极,诗人用"长出"将其连接在一起。在现实之外的高远处,就连坚硬而冰冷的"石头"也要"长出""不能触摸"的风景——如此看来,人类依然离不开现实之外的形而上境界,在脚踏实地的同时,我们还是要眺望远方和仰望星空!

三

下面我们再看《远方》第二部分——

站在一片荒芜的草原上

那时我在远方
那时我自由而贫穷

这些不能触摸的　姐妹
这些不能触摸的　血

这些不能触摸的　远方的幸福
远方的幸福　是多少痛苦

　　第二部分主要从时间向度着笔，由那时写到此刻，在当下反思远方。这部分可分两个层次：第6—7诗段组成的第三层，写的是那时的"远方"和那时的"我"，内容上照应的是第一部分的第一层；第8诗段为第四层，写的是"远方的风景"和"我"对远方的思考，内容上照应的是第一部分的第二层。海子这首诗歌看似结构散漫，实则讲究前呼后应，是有其内在章法的。

　　全诗的抒情主人公在第三层浮出诗歌文本。那时的抒情主人公"我"正在远方，自由而贫穷的"我"，"站在一片荒芜的草原上"，才萌发出"远方除了遥远一无所有"这样的感受，才产生远游的孤独感。那时的"我""自由而贫穷"，而那些日子，其实离"远方"最近。在"自由而贫穷"的青春时代，谁不向往远方？谁不渴望梦想？而没有梦想，又何必远方！从某种意义上讲，每个人的青春都蕴含浪子情怀，每个浪子的面前都是"一片荒芜的草原"。可以说海子这首诗，既浸润了个体生命的独特感受，又揭示了一代人青春状态的某些本质。

　　第四层写的是抒情主人公"我"站在当下，对"远方的风景"的遐想与思索。相对于坚硬而冰冷的"石头"，"姐妹"、"血"和"幸福"都在现实的彼岸——"不能触摸"是它们的共同特点。远在天边的落日余晖不可触摸，高高在上的北斗七星不可触摸，远方的幸福也不可触摸。其实，一切神圣的事物都是不可触摸的，它们处在远方那不可企及的境界，始终与现实保持一定的距离。海子非常喜欢德国艺术大师保罗·克利的那句名言"在最远的地方，我最虔诚"。在《太阳·你是父亲的好女儿》这篇小说中，海子写道："人可以背叛父母，祖宗和自己，可以背叛子孙和爱情，但你不能让他对'远方'有哪怕一丁点像样的反抗……"[6] 对远方的虔诚，就是对理想的信仰。或许正是为了逃脱坚硬而冰冷的现实，诗人海子才赋予自己激情和想象，让石头"长出"那些"远方"的风景。然而，这些"远方"的风景毕竟"不能触摸"，追求的终极也只是虚幻一场，用海子的诗句来说，即"远方除了遥远一无所有"。理想与现实的分裂是现代人无法逃脱的厄运，在捷克小说家米兰·昆德拉看来，诗人似乎成了这种厄运的象征和化身。作为一名青春诗人，海子在远游中既感受着远方的幸福又承受着远方的孤独，所以他发出感慨"远方的幸福 是多少痛苦"！其实，在该诗中，诗人既没有否定远方的幸福，也没有掩盖远方的痛苦，他只是尽情品味着流浪途中的酸甜苦辣，如怨如慕地倾诉着郁结心中的浪子情怀……

"不要问我从哪里来/我的故乡在远方/为什么流浪/流浪远方/流浪……"这是女作家三毛对自我生命的疑问和对精神故乡的追寻。"天边飘过故乡的云/它不停地向我召唤/当身边的微风轻轻吹起/有个声音在对我呼唤//归来吧归来哟/浪迹天涯的游子/归来吧归来哟/我已厌倦漂泊……"这是台湾词作家小轩以游子的身份对精神归乡的呼唤。满身疲倦的游子，带着空空的行囊回乡，那"故乡的风和故乡的云"真的会为游子抚平创伤吗？远方就是流浪者的故乡吗？这依然是一个无解的问题。人啊，是走向远方还是回归故乡？——这的确是一个值得深思的问题。诗人海子并未草率作答，他的诗歌《远方》只是启发读者思考。

"我有三次受难：流浪、爱情、生存"（《夜色》）。那么，既然海子视流浪为"受难"，诗人为何要自寻孤独和苦难？明知远方"一无所有"，也深知远方的风景"不能触摸"，可他为何依然要选择远方？法国诗人兰波说过的一段话或许对我们理解海子有所启发："必使各种感觉经历长期的、广泛的、有意识的错轨，各种形式的情爱、痛苦和疯狂，诗人才能成为一个通灵者，他寻找自我，并为保存自己的精华而饮尽毒药。在难以形容的折磨中，他需要坚定的信仰与超人的力量；他与众不同……他培育了比别人更加丰富的灵魂!"[7]

这是1871年5月15日兰波给友人信中的一段话,他认为诗人必须是一个"通灵者"。为此,诗人要经受折磨,培育比别人更加丰富的灵魂。兰波的一生即是漂泊的一生,诗人魏尔伦以"履风之人"形容他永不停息的精神追求,马拉美说他是"流亡中的天使",赞美其诗歌理想的炽热和纯真。

海子对兰波推崇有加,称其是为诗歌奉献生命的人!身为"远方的忠诚的儿子"的海子也把自己的生命献给了诗歌。海子在其短短的一生中,其青春脚步从未停止追寻,他执着于远方,继承了诗人兰波的青春精神和浪子情怀。在论及荷尔德林的诗歌时,海子曾经用远方比喻诗歌,他说:"诗和远方一样。"[8] 在远方那神奇的玛尼石面前,海子虔诚的心灵仿佛在与天堂对话。难道他不想勘破诗歌创作的秘密或诗人天命吗?从某种意义上也可以说,正是为了与诗神对话,海子才毅然选择了那"不能触摸"的诗歌的远方。在通往诗歌的道路上,我们宁愿相信海子遇到了兰波——这两位青春诗人最终都像谜一样消失在世界的远方,但他们天才的诗歌在人间获得了艺术的永生!

综上所述,《远方》是一首关于青春远行的诗歌,也是一首青春寻梦的诗歌。诗人明知远方"除了遥遥一无所有",也深知远方的风景"不能触摸",可他依然选择了远方。在"以梦为马"的海子笔下,远方既是幸福的,又是痛苦的;既是令人向往的精神故乡,又是虚幻缥缈的一片荒原。该诗揭示了远方和现实之间的矛盾,抒发了一个青春诗人浓郁的浪子情怀,在如怨如慕、如泣如诉的抒情基调中,让读者陷入对远方的遥想与沉思。

注释：

[1] 海子著，西川编：《海子诗全集》，作家出版社，2009年，第471—472页。

[2] 另一首《远方》只有6行，副标题为"献给草原英雄小姐妹"，创作于1988年8月19日萨迦之夜。

[3] 艾青：《太阳》，载公木主编《新诗鉴赏辞典》，上海辞书出版社，1991年，第379页。

[4] 青稞属于大麦类作物，叫"裸大麦"，也叫"米大麦"，主要产自中国西藏、青海、四川、云南等地，是藏族人民的主要粮食。

[5] 据南宋诗话集《诗人玉屑》（卷六）记载，"诗家语"最早由北宋王安石提出，其要义是强调诗性语言不同于日常的散文语言。

[6] 小说《太阳·你是父亲的好女儿》属于海子的长篇小说《大草原》三部曲之一（其他两部未动笔），见海子著，西川编《海子诗全集》，作家出版社，2009年，第780—781页。

[7] ［法］阿尔蒂尔·兰波：《兰波作品全集》，王以培译，作家出版社，2011年，第305页。

[8] 海子：《我热爱的诗人——荷尔德林》，载西川编《海子诗全集》，作家出版社，2009年，第1072页。

第二节　存在之思

明天醒来我会在哪一只鞋子里[1]

我想我已经够小心翼翼的
我的脚趾正好十个
我的手指正好十个
我生下来时哭几声
我死去时别人又哭
我不声不响地
带来自己这个包袱
尽管我不喜爱自己
但我还是悄悄打开

我在黄昏时坐在地球上
我这样说并不表明晚上
我就不在地球上　早上同样
地球在你屁股下
结结实实
老不死的地球你好

或者我干脆就是树枝
我以前睡在黑暗的壳里
我的脑袋就是我的边疆

就是一颗梨

在我成形之前

我是知冷知热的白花

或者我的脑袋是一只猫

安放在肩膀上

造我的女主人荷月远去

成群的阳光照着大猫小猫

我的呼吸

一直在证明

树叶飘飘

我不能放弃幸福

或相反

我以痛苦为生

埋葬半截

来到村口或山上

我盯住人们死看：

呀，生硬的黄土，人丁兴旺

1985.6.6

这首诗写于 1985 年 6 月 6 日，此时的海子正处于热恋之中，但这首诗却与爱情无关。诗人以风趣幽默的语言、超凡脱俗的想象，表达了对人生和命运、存在和意义的哲理思考。

一

《明天醒来我会在哪一只鞋子里》这首诗的题目较为独特，读来既有新鲜别致之感，又令人觉得有些费解。诗人海子把"人生"与"鞋子"紧密相连，用选择鞋子比喻选择人生之路。"今日脱下袜和鞋，未审明朝穿不穿！"人生的真相，就在于"无常"。"人有悲欢离合，月有阴晴圆缺"。"无常"，就是迁流、变易的意思。舒适的鞋子养脚，穿上合脚的鞋，才能走更远的路，这是不言而喻的。可是，人活在当下，对明天的生活并没有确切的把握。"我走过许多条路／我的袜子里装满了错误"（《跳跃者》），这是诗人对过去的总结。那么，明天的道路如何选择？如何行走？该诗题目所蕴含的寓意，可谓发人深省。

该诗由5个自然诗段组成，按照其内在逻辑，可划分为4个部分。第一部分（第一诗段）如下：

> 我想我已经够小心翼翼的
> 我的脚趾正好十个
> 我的手指正好十个
> 我生下来时哭几声
> 我死去时别人又哭
> 我不声不响地
> 带来自己这个包袱
> 尽管我不喜爱自己
> 但我还是悄悄打开

这部分主要写生命的降临，即写人的出世。人是哭着来到这个世界的，迎接他的是一片笑声；当一个人离开这个世界时，送走他的是一片哭声。"我生下来时哭几声／我死去时别人又哭"。诗人海子用一个"哭"字，高度概括了生命的开始与终结。"脚趾正好十个"，"手指正好十个"，如此诗句看似饶舌，其实蕴含着庆幸与感恩之意，反映出海子对生命的深刻洞悉。相对于那些先天残疾的人，自己能有健全的身体，岂不就是一种幸运？手指脚趾"正好十个"，这就应当谢天谢地。诗人深知，人无法选择自己的出生，尽管"小心翼翼"，也难免出现意外。"我不声不响地／带来自己这个包袱／尽管我不喜爱自己／但我还是悄悄打开"。海子以"包袱"比喻人生，寓意深刻。包袱者，一则包含秘密，需要打开；二则象征人生之沉重。人生在世，如同打开一块"包袱"，不管愿不愿意，总要将生命呈现给世界。"我还是悄悄打开"，写出了生命的无可奈何。存在主义哲学家海德格尔认为，人是被抛入这个世界的。"被抛"决定了世界对人来说完全是偶然的。世界本质上对人来说是异己的，陌生的，脚下没有光明大道，有的只是林林总总的小路。因此，未来的道路如何走？明天醒来会在哪一只鞋子里？这些问题正是存在主义者所关心的问题。现代诗人穆木天认为，诗的背后要有大的哲学，但诗不能说明哲学。海子这首诗恰到好处地处理了诗性与哲理的关系，既形象生动又耐人寻味。

第二部分（第二诗段）诗人这样写道：

我在黄昏时坐在地球上
我这样说并不表明晚上
我就不在地球上　早上同样
地球在你屁股下
结结实实
老不死的地球你好

这部分写人的生存时空，写存在不可脱离地球。如前所述，人是"被抛"到世界上来的，具体说是"被抛"到地球上的。人一旦降生，便摆脱不掉时空的束缚。"黄昏"—"晚上"—"早上"，说的是时间顺序；"地球在你屁股下"说的是人的具体存在。"坐地日行八万里"，人的存在时时处处不可能脱离地球。然而，相对于地球生命的长度，人生不过如白驹过隙。与永恒的地球相比，个体生命转瞬即逝。海子发现了二者的不对等，用黑色幽默调侃，生命的孤独感在此凸显。海子是孤独的，恋爱中的海子也依然是孤独的。这源于海子对生命的敏感，也源于他对生命本质的洞察。如果说生命是瞬间的，世界是荒诞的，那么，对此尴尬的生命存在，诗人情何以堪？海子的应对策略是以荒诞对荒诞，他玩起了黑色幽默。"老不死的地球你好"是十足的幽默诗句，尽管其间也有几分无奈与苍凉。称地球为"老不死的"，是称赞它长生不老抑或谩骂它不肯毁灭？接下来的"你好"是由衷问候还是故意反讽？——幽默就是幽默，大可不必寻根究底。海子的诗歌有其悲伤忧郁的一面，但也不乏轻盈幽默的氛围，这方面却往往被人忽略。

二

第三、四诗段构成该诗第三部分：

> 或者我干脆就是树枝
> 我以前睡在黑暗的壳里
> 我的脑袋就是我的边疆
> 就是一颗梨
> 在我成形之前
> 我是知冷知热的白花

或者我的脑袋是一只猫
安放在肩膀上
造我的女主人荷月远去
成群的阳光照着大猫小猫
我的呼吸
一直在证明
树叶飘飘

  这部分写诗人的生命神游于植物、动物之间。诗人把自己幻化为一根梨树枝，而脑袋就成了一颗梨。梨子核内有种，所以诗人说"我以前睡在黑暗的壳里"；种子和果实源于花朵，所以诗人说"在我成形之前/我是知冷知热的白花"。"知冷知热"四个字，写出了梨花的多情和柔情。接下来，诗人把自己的脑袋幻化为一只猫。把"一只猫"放在肩膀上，一条生命便被造成。海子则把"女主人"造人的过程描述为把"脑袋"安放在"肩膀上"。诗人不说中国的女娲造人，也不说西方的夏娃造人，只说"女主人"创造了自己。或许在海子看来，作为被造之物，人的出生是被动的，并不知道从哪里来。人，作为个体存在的孤独之处在于，"女主人"造人之后便在夜里远去，留下被造物独自面对陌生的世界。"荷月"二字颇具古典韵味，诗人之灵感或许来自"披星戴月"。"月"字点明了时间，"荷"字则赋予月色以质感，仿佛月色具有重量。"女主人"夜间造人，到了白天，阳光下则有成群的"大猫小猫"。在诗人眼里，这成群的"大猫小猫"不就是人类存在的写照吗？作为个体存在的"我"，当然也是"大猫小猫"中的一只。人在世界上，必得担负属于自己的那份孤独，或者说孤独是人类个体无法逃避的宿命。

  "我的呼吸/一直在证明/树叶飘飘"，这是一个天才的诗句。佛教文献载有如下典故:"佛问沙门:'人命在几间?'对曰:'数日间。'佛言:'子未知道。'复问一沙门:'人命在几间?'对曰:'饭食间。'佛言:'子未知道。'复问一沙门:'人命在几间?'对曰:'呼吸间。'佛言:'善哉,子知道矣!'"[2] 生命只在呼吸之间,其出处在此。海子对生命的认识颇受佛教影响,他曾写道:"从一口空气/跳进另一口空气/我是深刻的生命"(《跳跃者》)。在海子看来,生命不过是一口气而已,唯有"我的呼吸"证明自己的生命一息尚存。那么,何来"树叶飘飘"?树叶同呼吸又有何联系?这是理解本诗的一个难点。这里的"树叶"并非写实,有可能是"肺叶"之喻,因为肺叶与呼吸息息相关,其收放开合恰似"树叶飘飘"。众所周知,呼吸乃肺部之功能,肺叶之收放开合形成生命的呼吸。诗人反过来,用呼吸证明肺叶之功能,也有一番道理。这句诗泯灭了物我界限,形成"自我、动物和植物"的三位一体。从审美上看,这是一个天才的创造。

诗人海子对生命的遐思,突破了自我与外物的界限,其哲学之源可追溯到"万物有灵论"。持这种理念者认为,一棵树和一块石头都跟人类一样,具有同样的价值与权利。在诗人海子这里,一棵梨树和一只猫都跟"我"一样,属于同样的生命,拥有同样的价值。北宋思想家张载认为,人同天地万物一样都源于"气"(世界的本源),人的本性也同于天地万物的本性。张载认为,要爱一切人如同爱同胞手足,并进而扩大到善待万物——"视天下无一物非我",此即"民胞物与"思想。"万物有灵论"及"民胞物与"思想,为海子的诗歌写作奠定了哲学基础,拓展了人生境界。于是乎,诗人的想象如同插上了翅膀,灵魂在自由的天空遨游,才情在字里行间风云激荡。

三

第五诗段为全诗第四部分,也是结局部分:

> 我不能放弃幸福
> 或相反
> 我以痛苦为生
> 埋葬半截
> 来到村口或山上
> 我盯住人们死看：
> 呀，生硬的黄土，人丁兴旺

这部分先写对人生的选择，再写"埋葬半截"后所发现的秘密。世界是荒谬的，个体是孤独的，既如此，生命的意义何在？存在主义大师萨特认为，人一旦被抛到世界上，就开始了自由的选择，人就是在不断选择的过程中不断成为自己的。人的自由的全部意义，就在于人所进行的选择活动中。萨特的存在主义观点可简要概括为"人生即选择"。人生本无预设的意义，是在选择中获得了生存的意义。本诗段隐含一个基本问题：在幸福与痛苦之间，我们做何选择？就个体的主观愿望而言，当然首选幸福，这是不言而喻的，因为人本是追求幸福的动物。"我不能放弃幸福"，这是诗人明确而执着的人生观，然而，人生在世，痛苦往往是无法回避的，因为人生的真相便是苦乐参半。那些直奔幸福而去的人们，也难免会遇到诸般烦恼或痛苦。海子固然执着于自己的幸福，但在另一面，他不惮"以痛苦为生"，做好了迎接痛苦的准备——"你要把事业留给兄弟　留给战友/你要把爱情留给姐妹　留给爱人/你要把孤独留给海子　留给自己"[3]。以痛苦为生，与孤独为伴，是海子在现实中的主动选择。此后的诸多事实，也证明了海子对自己的人生选择无怨无悔。

海子谈论幸福，却并不回避痛苦，此乃其思想深刻之处。他懂得生命中充满痛苦，去除痛苦才能得到幸福。如果痛苦无法去除呢？海子的选择是——以痛苦为生。"埋葬半截"即诗人"以痛苦为生"的存在状态。在此非常状态下,诗人"来到村口或山上""盯住人们死看"。"村口或山上"或许坟场遍布,诗人能发现什么秘密呢?"我"透过"生硬的黄土",竟然看见了埋在地下的"人们"。

在诗人海子一贯的思维中,大地本来就是用来埋人的。《亚洲铜》一诗中,有这样的描述,"祖父死在这里,父亲死在这里,我也将死在这里/你是唯一的一块埋人的地方"。海子把"亚洲铜"与故乡的"黄土"联系起来,并且强调这是"唯一的一块埋人的地方"。从古至今,大地之下埋葬了多少"来于尘土归于尘土"的人啊!正如海子诗歌《太阳·土地篇第二章 神秘的合唱队》所言,"生存是人类随身携带的无用的行李 无法展开的行李/——行李片刻消散于现象之中/一片寂静/代代延续"。这是否就是大地的隐秘?是否就是人类存在的秘密?大地如同母亲,养育我们,收留我们。仁慈宽厚的地母,永远为我们预留一扇回家的门。海子在诗论中曾写道:"做一个诗人,你必须热爱人类的秘密,在神圣的黑夜中走遍大地,热爱人类的痛苦和幸福,忍受那些必须忍受的,歌唱那些应该歌唱的。"[4] 处于"埋葬半截"的存在状态,诗人海子看到了世人难以看到的大地隐秘。"大地是我死后爱上的女人",这天才的诗句力透纸背,充分表达了诗人海子对大地的无限深情。由于过早地勘破生命的本质和大地隐藏的奥秘,海子后来竟至于喋血成谶,幸耶悲耶?一切都无由作答。然而,诗人海子对自己生命的最终选择亦并非盲目,"如果我死亡/我将明亮/我将鲜花怒放"(《太阳·土地篇》)。这是海子对其生命选择的美学确认。存在主义大师萨特认为:人是通过自己的选择而成为懦夫或是英雄。我们相信,成为"诗歌烈士"[5] 是海子义无反顾的自由选择。

该诗写作思路可归纳如下:诗人轻松幽默地从人生降临写起,在打开生命的"包袱"之后,自我便处在与地球须臾不离的关系之中;接下来是诗人的生命遐思,万物平等的生存理念使得诗人突破了自我与外物的界限,将个体"小我"和宇宙"大我"融为一体;最后是诗人对大地奥秘的洞察和对人生之路的选择。实际上，诗人对人生的选择，恰是建立在对"生硬的黄土"之下另一世界的清醒认识之上——那个人类最终的故乡，仿佛在召唤诗人荣归故里。海子的诗歌轻盈而沉重，热情而忧伤，生命中的歌与哭率性而深刻，由此形成的艺术张力，每每令读者心灵震撼，本诗便是一个典型的例证。

综上所述，《明天醒来我会在哪一只鞋子里》通过风趣幽默的语言、超凡脱俗的想象，表达了诗人庄严的生命之问和存在之思。诗人海子对生命的体认和对世界的洞察是相当深刻的，诗人探索人生的勇气和直面痛苦的姿态，既是其生存意志的呈现，又是其青春精神的张扬。一夜痛苦沉思，或许依然不知"明天醒来"自己"会在哪一只鞋子里"，然而思考的意义并不在于得到固定答案，而在于通过思考，感悟生命之奥秘和存在之艰难。这首才华横溢的抒情之作兼具佛理、禅趣与哲理，其意义在于能够启发读者感悟生命，思考人生。

注释：

[1] 海子著，西川编：《海子诗全集》，作家出版社，2009年，第98—99页。

[2] 《佛教十三经》，中华书局，2010年，第466页。

[3] 海子：《为什么你不生活在沙漠上》，载西川编《海子诗全集》，作家出版社，2009年，第433页。

[4] 海子：《我热爱的诗人——荷尔德林》，载西川编《海子诗全集》，作家出版社，2009年，第1071页。

[5] 海子写过一首有关法国天才诗人兰波的短诗，题目叫《献给韩波：诗歌的烈士》。海子死后，被西川、骆一禾等诗友称为"诗歌烈士"。

第三节　重建家园

重建家园[1]

在水上　放弃智慧
停止仰望长空
为了生存你要流下屈辱的泪水
来浇灌家园

生存无须洞察
大地自己呈现
用幸福也用痛苦
来重建家乡的屋顶

放弃沉思和智慧
如果不能带来麦粒
请对诚实的大地
保持缄默　和你那幽暗的本性

风吹炊烟
果园就在我身旁静静叫喊
"双手劳动
　　慰藉心灵"

1987

《重建家园》一诗在海子抒情短诗中具有举足轻重的地位，是其代表作之一。该诗围绕"家园"这一核心，以诗性语言回答了如何重建家园的问题，诗意和哲理的紧密融合使其轻盈如花而又厚重千钧，具有相当开阔的诗歌空间。

一

《重建家园》共有 4 个诗段，根据其内在结构，可划分为 3 个部分。下面让我们逐段分析——

> 在水上　放弃智慧
> 停止仰望长空
> 为了生存你要流下屈辱的泪水
> 来浇灌家园

第一诗段为第一部分，诗人告诫重建家园者，要"放弃智慧"、"停止仰望长空"，要用汗水和泪水来浇灌家园。

《重建家园》中的"重建"二字，是相对于家园"毁灭"或"失落"而言的，没有家园的"毁灭"与"失落"，"重建"又从何说起呢？中国文化语境中有女娲造人的家园传说，西方文化语境中则有伊甸园传说。"伊甸园"有"乐园"之意。伊甸园作为人类最初的家园，充满幸福和喜乐，人类始祖因为自身的所谓"智慧"，却导致了家园的失落。因此，诗人认为重建家园首先要放弃人自身的所谓"智慧"——此乃家园得以重建的先决条件。

诗人为何说"在水上"放弃智慧？水是智慧的象征。《论语》中有"仁者乐山，智者乐水"之说。水的智慧属于人的智慧，而非神的智慧。有时候，世人思考得越多，离真正的智慧反而越远。因此诗人海子才把"放弃智慧"、"停止仰望长空"作为现代人重建家园的先决条件。

特别需要注意的是，海子笔下的"停止仰望长空"并非对天空的否定。海子对海德格尔提出的"天地人神"四维结构非常熟悉，事实上，海子重建家园的哲学根基与此结构紧密相关。在海德格尔的"天地人神"结构中，天、地、人、神是相互关联的。不在场的、隐蔽的存在与在场的、显现的存在相结合，从而构成一个诗性的"家园"。关于大地、天空及人的本质，刘小枫《诗化哲学》一书中有如下说明："人之为人者，是他能在劳碌奔忙的范围内，由此范围出发，超越此范围而仰望神圣。'此"仰望"穿越"向上"而直抵天穹，然则同时仍滞留在"下面"，在大地上。"仰望"跨越了天穹与大地"之间"。这"之间"是赐给人之栖居的。'人的本质就在于他能趋向神性，仰望神意之光，用神性来度量自身。正是这种度量使人跨越了大地和苍天之间的维向，进入自己的本质，从而度量敞亮了栖居的面貌，此一敞亮就是诗意。"[2]

这段文字包含了对天空与大地之间关系的解释：人脚踏大地，仰望苍穹，才获得自己的本质。在海子的诗歌世界里，天空与大地每每并置而在，二者在诗人心目中具有同等重要的位置。或许正是由于他长期执着地仰望天空，所以才难免产生失望情绪。尽管海子曾一度质问："天空一无所有／为何给我安慰"（《黑夜的献诗》），但"仰望长空"不过是沉思与冥想的代称，由于重建家园强调的是大地上的切实行动，所以诗人要人们停止"仰望长空"。

诗人海子把重建家园放在"大地"层面，说明此家园不仅是精神家园，而且是人类赖以栖居的现实家园。"生存"，在诗人海子看来，不是一件轻而易举的事情，所以"为了生存"，"你要流下屈辱的泪水"。而"家园"，作为人类生存的依托，不仅需要用汗水，而且需要用"泪水"来浇灌，建设家园的艰辛与屈辱，于此可见一斑。如果说"放弃"、"停止"这些劝诫可视为重建家园的先决条件，那么，用"泪水""浇灌家园"的忠告，其意义则在于：人，在大地上辛勤劳作，是天职；用汗水和泪水浇灌大地，此乃现代人重建家园的必由之路！

二

第二、三诗段组成该诗第二部分，重点写重建家园的根基与态度，是对第一部分的拓展与深化。下面我们先看第二诗段——

> 生存无须洞察
> 大地自己呈现
> 用幸福也用痛苦
> 来重建家乡的屋顶

在诗人看来，"生存"这种最原始、最基本的存在行为，其实并不需要世俗"智慧"的洞察，人只需观察"大地"，便能领悟到生存的真谛。那么，"大地"是如何呈现自己的呢？"大地承受筑造，滋养果实，蕴藏着水流和岩石，庇护着植物和动物。当我们说到大地，我们同时就已经出于'四方'之纯一性而想到了其他三方。"[3] 在海德格尔看来，大地是四维结构中的一方，形形色色的建筑物、植物和动物乃至水流和岩石，所有遍布于大地的存在物，都是大地的自我"呈现"。中国古人倾向于把"天、地、人"看作一个整体，"人与天地相参"成为一种文化共识。"天何言哉？四时行焉，百物生焉，天何言哉？"（《论语·阳货》）在孔子看来，天地本不言语，却能通过万物生长或四季变化，向人类呈现信息。"天地有大美而不言，四时有明法而不议，万物有成理而不说。"（《庄子·知北游》）在庄子看来，天地已呈现出"大美"、"明法"和"成理"，而对天地万物灵性的体认，则要由人来完成。诗人海子发现了天地之间的秘密，他认为诗人应该代表大地立言，就有"我坐在微温的地上/陪伴粮食和水……大地在耕种/一语不发"（《九首诗的村庄》）；"我/踩在青草上/感到自己是彻底干净的黑土块"（《活在珍贵的人间》）。正如西川所说："每一个接近他的人，每一个诵读过他的诗篇的人，都能从他身上嗅到四季的轮转、风吹的方向和麦子的成长。泥土的光明与黑暗，温情与严酷化作他生命的本质，化作他出类拔萃、简约、流畅又铿锵的诗歌语言，仿佛沉默的大地为了说话而一把抓住了他，把他变成了大地的嗓子。"[4] 神秘的大地本不能言说，诗人海子自觉充当了大地的歌喉，而有时甚至化身为一棵麦子，站在太阳"痛苦的芒上"……由此可知，海子心中的"大地"绝非单纯的地面，它实际上是一个包含天穹在内的四维空间，人居住于这一神秘而诗化的乐园，凭灵性感受着大地所呈现的一切。而作为大地的守护者，人，理应通过大地万象，学会生存之道。"对诸神要爱，对世人要善！/……若是大师令你们却步，/不妨请教广袤的大自然。"[5]——这是荷尔德林对年轻诗人的谆谆教导。荷尔德林和海子都认为，向自然学习，也即从大地自身的"呈现"中，人们即可领悟生存之道，在大地上找到属于自己的诗意家园。

诗句"用幸福也用痛苦/来重建家乡的屋顶"该如何理解呢？诺瓦利斯认为，哲学原就是怀着一种乡愁的冲动到处寻找家园；海德格尔则认为，诗人的天职是返乡；海子的"重建家乡的屋顶"，既有返乡之意，又可作为重建家园的形象代称。在重建家园时，为何强调"用幸福也用痛苦"呢？海子认为，幸福与痛苦是一枚硬币的两面，"我不能放弃幸福/或相反/我以痛苦为生"（《明天醒来我会在哪一只鞋子里》）。海子深受荷尔德林生命观的影响，荷氏有著名诗句："因为诸神赐给我们天国的火种/也赐给我们神圣的痛苦/因而就让它存在吧。我仿佛是/大地的一个儿子/为爱而生，也为痛苦。"（荷尔德林《故乡吟》）作为大地之子，海子把幸福和痛苦都视为神赐的礼物欣然接受，在幸福和痛苦中领悟生存的要义。1987年秋天，海子在献给朋友孙理波的生日祝酒词中，写有这样的诗句："痛苦并非是人类的不幸/痛苦是全人类与生俱来的财富/痛苦产生了人类的老师 伟大的先知 产生了思想和艺术/朋友们，我的祝酒词是/愿你们一生 坎坷痛苦"（《生日颂（或生日祝酒词）》）。海子对痛苦的思考远远高出了世俗层面，他在《我热爱的诗人——荷尔德林》一文中说："做一个诗人，你必须热爱人类的秘密，在神圣的黑夜中走遍大地，热爱人类的痛苦和幸福，忍受那些必须忍受的，歌唱那些应该歌唱的。"[6] 人类的秘密，也是大地的秘密。

三

> 放弃沉思和智慧
> 如果不能带来麦粒
> 请对诚实的大地
> 保持缄默　和你那幽暗的本性

第三诗段重点写人栖居于大地时所应有的态度。"放弃沉思和智慧"是对开篇诗句的进一步凝练，诗人再次强调，要重建家园，必须放弃世俗的"沉思和智慧"，这样才能从大地万象中获得启迪，因为人在大地上的栖居就是以自然的尺度规范自身。一旦失去自然尺度，人类就会迷失自我，失去行为规范。就对土地的贪婪开发以及化工污染而言，现代人开创了肆意蹂躏土地的历史记录。早在20世纪80年代之初，诗人海子就敏锐地意识到，大地正在死去，家园正在丧失……所以他在长诗《太阳·土地篇》的扉页警醒发问："土地去了/用欲望能代替他吗？"此外还有"现代人——只焦黄的老虎/我们已丧失了土地/替代土地的　是一种短暂而抽搐的欲望/肤浅的积木　玩具般的欲望"[7]。欲望总是与虚伪为伴，以喧嚣为邻，现代人实际上成了大地的不孝之子，用肤浅的欲望代替了以大地为根基的精神家园。而"土地的不幸是我们全体的不幸/我们生在其中　长在其中　最终魂归其中"（《生日颂（或生日祝酒词）》），于是，他焦灼地呼唤："何方有一位拯救大地的人？"事实上，作为中国的"麦地诗人"，海子悲壮地扮演了位拯救大地的先知式人物。他郑重地告诫现代人——"如果不能带来麦粒/请对诚实的大地/保持缄默　和你那幽暗的本性"。大地之诚实，在于能为人类带来麦粒，呈现果实；骄傲的现代人，如果不能像大地那样有所奉献，就应当保持缄默，并对自己的"幽暗的本性"有所警惕。

　　古希腊德尔斐的阿波罗神殿上有一条著名的神谕："认识你自己"，对此神谕历来有不同的解释，其中有这样一种说法：认识你自己就意味着知道你不是神，也不要犯声称要成为神的那种错误。在此语境下，泰戈尔的名言"当我们谦卑的时候，就是我们最近于伟大的时候"意味深长，耐人品味。在该诗段中，海子郑重提及人之"幽暗的本性"，意在警醒我们：要尊重大地，不要自以为是，胆大妄为！海子以大地守护者的姿态发出警世之言，反映了诗人重建家园的良苦用心。

　　第四诗段为该诗第三部分，其内容如下——

　　　　风吹炊烟
　　　　果园在我身旁静静叫喊
　　　　"双手劳动
　　　　　　慰藉心灵"

　　在这一部分，诗人为读者勾勒出一个充满诗意的人间乐园。"充满劳绩，但还诗意地栖居在这片大地上。"荷尔德林笔下的"诗意栖居"，在海子的"乐园"中得到生动形象的呈现。

从艺术表现上看，诗人仅用寥寥数笔便勾勒出一幅乡村"果园"炊烟图，却产生了神奇的艺术效果，这是为什么呢？我们不妨参考一段柯勒律治对渥兹渥斯诗歌创作的评论："渥兹渥斯先生给他自己提出的目标是：给日常事物以新奇的魅力，通过唤起人对习惯的麻木性的注意，引导他去观察眼前世界的美丽和惊人的事物，以激起一种类似超自然的感觉……"[8] 实际上，海子的诗笔恰恰具备了那种"给日常事物以新奇的魅力"的神奇功能，它唤起了我们对大地之美的重新审视。"风吹炊烟/果园在我身旁静静叫喊"——这传神的诗句，的确带给读者某种"超自然的感觉"！该诗句虽然简单却有丰富的内涵："果园"里有袅袅炊烟升起，说明这个"果园"是现实生活中的家园，而非不食人间烟火的乌托邦世界；"果园"在"静静叫喊"，这是大地发出的声音，也是诗人聆听到的大地的秘密。由此可知，诗人海子理想中的乐园既是生存家园，又是精神家园；既是诗性家园又是自然家园。在此乐园，诗人终于找到可以"诗意栖居"的人间家园。

"'双手劳动/慰藉心灵'"，这句留给读者诸多想象空间。劳动，既是人在大地上的天职，又是建设家园的必由之路。通过双手劳动，人的心灵获得慰藉；通过双手劳动，人在大地上诗意地栖居乃得实现。"诗并不飞翔凌越大地之上以逃避大地的羁绊，盘旋其上。正是诗，首次将人带回大地，使人属于这大地，并因此使他安居。"[9] 海德格尔阐明了诗与大地的关系，强调诗意地栖居要以大地为根基。在建设家园问题上，海子所渴望的并非乌托邦，而是炊烟袅袅的现实家园。海子在《寂静（〈但是水、水〉原代后记）》一文中说："我们在地上找水，建设家园，流浪，拖儿带女。我是说，我们不屑于在永恒面前停留。实体是有的，仍是这活命的土地与水！我们寻求互相庇护的灵魂。我仍然要在温暖的尘世建造自己就像建造一座房子。"[10] 这段话有助于我们理解该诗主题思想——诗人海子渴望建设一座集生存与精神、诗性与自然于一体的人间乐园！

综上所述，在这首富含哲理意蕴的抒情佳作中，海子提出了现代人重建家园的重大文化命题。之所以要重建，是因为诗人敏感地意识到现代人失去土地之后无家可归的存在状况。如何重建？放弃狂妄和无知，恢复大地的尊严，现代人才能诗意地栖居。海子笔下的家园，既是生存的家园又是精神的家园，从某种意义上说，该诗以其哲理深度和神性品格提升了中国当代诗歌的精神品位。

注释：

[1] 海子著，西川编：《海子诗全集》，作家出版社，2009年，第415页。

[2] 刘小枫：《诗化哲学：德国浪漫美学传统》，山东文艺出版社，1986年，第241—242页。

[3] ［德］海德格尔著，孙周兴选编：《海德格尔选集》（下），生活·读书·新知 上海三联书店，1996年，第1178页。

[4] 海子著，西川编：《海子诗全集》，作家出版社，2009年，"代序二"第11页。

[5] ［德］荷尔德林：《荷尔德林诗新编》，顾正祥译，商务印书馆，2012年，第32页。

[6] 海子：《我热爱的诗人——荷尔德林》，载西川编《海子诗全集》，作家出版社，2009年，第1071页。

[7] 海子：《众神的黄昏》，载西川编《海子诗全集》，作家出版社，2009年，第726页。

[8] 刘若端编：《十九世纪英国诗人论诗》，人民文学出版社，1984年，

第 63 页。

[9]［德］海德格尔：《人，诗意地安居——海德格尔语要》，郜元宝译，张汝伦校，上海远东出版社，1995 年，第 93 页。

[10] 海子：《寂静（〈但是水、水〉原代后记）》，载西川编《海子诗全集》，作家出版社，2009 年，第 1026 页。

| 第九章　伟大理想 |

第一节　伟大诗歌的父亲
第二节　痛苦的诗歌桂冠
第三节　太阳是我的名字

第一节　伟大诗歌的父亲

生日颂（或生日祝酒词）
——给理波并同代的朋友[1]

在生日里我们要歌唱母亲
她们把我们领到这个不幸的人世
在这个世界上　只有她们　无限地热爱着我们
因为我们是她的一部分

在这个夜晚　我们必须回到生日
回到我们的诞生之日
甚至回到母亲的腹中
回到母亲的怀孕　和她平静的爱情

我会想到你——我的母亲
在一个冬天　怎样羞涩而温情地
向父亲暗示　你怀了孕
一个生命在腹中悸动

秋风四起时　你生下了我
秋天是一些美好的日子　黄金的日子
当白云徐徐伸展在天际　秋风阵阵　万木归一
秋天的灵魂吹动着人类的村庄和城镇
总有一些美好的婴儿诞生
那婴儿中就有我　先是牙牙学语

然后学习加减乘除　一次次艰难地造句
学习体育和艺术　终于卷入人生　卷入人生的痛苦

痛苦并非是人类的不幸
痛苦是全人类与生俱来的财富
痛苦产生了人类的老师　伟大的先知　产生了思想和艺术
朋友们，我的祝酒词是
愿你们一生　坎坷痛苦
不愿你们一帆风顺

朋友们　如果我们一帆风顺
我们不会在这里相聚
我们不会在这张堆满果实的酒桌上相遇
是痛苦携带着我们　来到这个夜晚　充满生日的气氛
在这张堆满果实的桌子上
我就是其中的一只果实　坐在其他果实中间

我就是其中的一只果实　在秋天　我说：我要变成酒精
我要变成使人沉醉的酒精
我要变成陪伴我们一生的痛苦的酒精

痛苦也是酒精
我们全都沉浸其中
只是分给每个人的酒杯不同

伟大的人　装满痛苦的酒杯更大　他们开怀畅饮

开怀畅饮　痛苦的酒　使人沉醉一生的酒
为了我们生病的柔弱的操劳一生的母亲
为了那些爱过我们或被我们爱着的女性
为了生日　为了生日之后我们开始置身人世
享受真实的人生和痛苦　朋友们　举起我们的杯子

在这个生日
在这个美好的日子
在我们痛苦减轻之时
我们还要歌颂那些给我们创伤和回忆的女人
我们在酒醉时敲着酒盅　高声嚷着
女人啊　你的名字像一根白色的绷带　曾经缠绕在我的额头
总有一阵秋风把绷带吹落
像吹下一片树叶　有没有伤疤　我都会将你宽恕

在我们的额头上或心上　有没有伤疤
我都会将你宽恕
因为你是比我更为软弱的女人
是的　我爱过你　恨过你
一切都已过去　最终在一阵秋风里将你宽恕
然后像讲述梦境　我会向知心朋友细细讲述

也许有一天我已完全将你忘却
会再在一条陌生的道路上与你相逢
我会平静地迎上前去

如果你牵着你的孩子　我会再次爱上你

但这决不是因为以前的爱情

而是因为你成了母亲

母亲是一个伟大的名字

母亲是我诗歌中唯一的主人

在这个生日的气氛里

我还要以生日的名义

祝福另外一位朋友　祝福你

眼看就要成为幸福的父亲

年轻的父亲

你的担子更重

另一个小生命通过生日把他的双手交给你

无论是儿是女　做父亲总是人类最大的幸福

至于我　早就想成为父亲

虽然我没有妻子

要说有　五六年前就已经结婚

我的妻子就是中国的诗歌　汉语的诗歌

我要成为一首中国最伟大诗歌的父亲

像荷马是希腊的父亲　但丁是意大利之父　歌德是德意志的
　　父亲

我早想成为父亲　我一定能成为父亲

成为父亲总是人类最大的幸福

诗人总爱预言

那就让我在这个生日再讲一讲另一个生日
我们的祖国母亲土地母亲她生下了一位英雄。
那英雄之子是在日出时刻降生
在东方大地上拔地而起
他身上集中了我们所有优秀的品质　生命和灵魂
他的生日就是我们真正的生日　唯一的生日
在他降生之日　如果我们已经死去
我们就能和他一起再次出生
他的生日是我们的再生之日

他的生日是我们所有人生日中的生日
酒中之酒，痛苦中的痛苦
为了生日，干杯！
生日给了一切痛苦以最好的补偿

朋友们　从这个夜晚我们各自出发
我们升帆出发　随手携带火种、泉水与稻谷
从这张生日堆满果实的桌子上我们出发
任凭命运的风儿把我们吹向四面八方

不知何日再能相聚一堂
不知命运之船漂向何方
但母亲在生日赐予我的生命
我总要在我的诗歌中歌唱和珍惜

即使我们一生不幸

这生日也是我们最好的补偿

是对我们最好的报答　即使我们一生不幸

这生命本身的诞生永远值得我们歌唱

在我们自己的生日里我还要歌唱我们的土地

我愿所有的朋友都要把她珍惜

土地的不幸是我们全体的不幸

我们生在其中　长在其中　最终魂归其中

是土地　苦难而丰盛的土地

把每一个日子变成我们大家不同的生日

我们每一个土地的孩子

都领到一只生命的酒杯

朋友们　我已有预感　我还要再说一遍

土地的不幸是我们全体的不幸

土地她如今正骚动不安　我的祖国她恶心又呕吐

是不是她已经怀孕？

是不是我们的共同的母亲已经怀孕？

她需要多少时间才能生产？

生下是男是女　是侏儒还是巨人

是一个什么样的人？

这是一个秋天的夜晚　灯火明亮

我们这些年轻的生命坐在一张酒桌旁

我们如今相聚一堂　明日分手四方

唯有痛苦留在这漫长的道路上

唯有痛苦　使我们相互尊敬和赞叹
使我们保持伟大的友谊
唯有痛苦　是我们永恒的财富

87.9.17 急就
9.20 录

长诗《生日颂（或生日祝酒词）——给理波并同代的朋友》是海子给友人孙理波及同时代人的献诗，长达130余行，近2000字。这首诗有一个副标题："给理波并同代的朋友"。[2] 1987年9月，已在中国政法大学工作5年的海子，意外地向同事孙理波表示，要为他的生日写一首诗。同住一栋楼，日常工作和业余生活有诸多交集，两人情感欢洽也由此有诗为证。随着生日临近，海子仍然没有出手，孙理波心存悬念，几次问及生日诗，海子皆笑笑说还未动手。直到17日这天晚上，海子一挥而就，却是130余行的长诗。19日这天生日到来，晚宴上海子现场朗诵，次日抄正赠给了孙理波。赠人之后，海子并未将其列入自己的诗集，直到西川第二次编辑出版《海子诗全集》，才得到安庆师范学院的金松林先生提供的手稿影印资料，作为佚诗收入，而此时距离原作诞生，已经过去了22个年头。创作《生日颂（或生日祝酒词）》的1987年，是海子的一个关键年份。这时的海子，幸福主题不像早年诗作中频繁出现，或者单独出现。海子经受了第一次爱情的失败，也经受了《太阳·七部书》第一部《断头篇》的失败，对痛苦的体认不但来自世俗生活，而且来自精神世界。1987这一年，海子确认了麦子的意象，创作了《祖国（或以梦为马）》等作品，还写下了著

名的札记《诗学：一份提纲》。从北大毕业时的诗集《小站》，到这首《生日颂（或生日祝酒词）》，正好是海子诗歌写作的"六年之旅"。

海子出生于 1964 年 3 月 24 日，农历龙年二月十一。在中国诗人中，海子是写"生日诗"较多的一个，据统计，海子诗中有 39 处出现"生日"一词。他不但为自己写生日诗，也给别人写生日诗。海子写生日的诗一共有三首。第一首《给 B 的生日》，1986 年 9 月 10 日为其第一位恋人的生日而写；第二首则是这首写给同事孙理波的《生日颂（或生日祝酒词）》；第三首是 1988 年 5 月删改而成的《生日》，已看不出是为谁而作。给别人写生日诗，有应景而为、借他人酒杯浇自己块垒的成分；给自己写生日诗，则说明海子对生日的重视。司马迁说过："人穷则反本，故劳苦倦极，未尝不呼天也；疾痛惨怛，未尝不呼父母也。"海子写作生日诗时，流露出某种自恋倾向。据统计，海子诗歌有 72 处写到"我自己"三个字，龙年出生的海子在其诗歌作品中有 42 处涉及"龙"字，他骄傲地宣称"我的身上有龙"（《但是水、水》）。学者边建松认为，痛苦—自恋—生日—最后释放痛苦，这是海子热衷写生日诗的内在机制。

读过这首诗的人不难发现，此诗与海子的任何作品风貌不同，同时也与中国诗歌中的任何酬赠之作不同。这首《生日颂（或生日祝酒词）》在开头四节破题表达"生命来源、感恩母亲"的思想后，诗人随即离开生日推演成长，进入人生痛苦主题："学习体育和艺术　终于卷入人生　卷入人生的痛苦"，紧接着连续用了五节来阐述这个观念——

> 痛苦并非是人类的不幸
> 痛苦是全人类与生俱来的财富
> 痛苦产生了人类的老师　伟大的先知　产生了思想和艺术
> ....
> 为了生日　为了生日之后我们开始置身人世

享受真实的人生和痛苦　朋友们　举起我们的杯子

甚至该诗在最后，仍然以痛苦主题收尾："唯有痛苦　使我们相互尊敬和赞叹/使我们保持伟大的友谊/唯有痛苦　是我们永恒的财富"。我们并不知道"理波并同代的朋友"，是否认可和接受这个"享受痛苦"的人生观，但可以明确地看出，那时的海子有着非同凡响的人生思考。在海子心中，对幸福和痛苦的体认，即对生命的思考，不仅仅是诗歌的，还是哲学的。海子体认痛苦，并不是说就要逃避痛苦，而是要将其作为人生体验好好享受，因此他写诗歌颂生日，歌颂生命的来源。

"要感谢生命，即使这生命是痛苦的，是盲目的。要热爱生命，要感谢生命。这生命既是无常的，也是神圣的。要虔诚。""做一个诗人，你必须热爱人类的秘密，在神圣的黑夜中走遍大地，热爱人类的痛苦和幸福，忍受那些必须忍受的，歌唱那些应该歌唱的。"[3] 海子这些文字与其《生日颂（或生日祝酒词）》形成互文关系。

这是一首气象恢宏的生日颂歌，有着交响乐一样的复杂结构，又有鲜明的主题旋律。根据该诗的内在情感线索，这首长达23节的抒情诗可划分为6个部分。

第一部分（1—4节），歌颂母亲孕育新的生命；

第二部分（5—9节），举杯庆祝生日，祝福痛苦人生；

第三部分（10—12节），以母爱的名义，忘记伤痕，宽恕恋人；

第四部分（13—16节），借父亲话题表达诗歌理想，预言文化英雄诞生；

第五部分（17—21节），思考青春之路，关注土地命运；

第六部分（22—23节），尾声，交代写作背景，照应开头并再次祝福。

全诗围绕"生日"这一主题，同时涉及母爱、生命、父亲、爱情、痛苦、土地、命运、理想等主题内容。诗人歌唱生命的痛苦，阐述了自己的人生理念和诗歌理想。诗行间投射出刀劈斧砍的力度和击打人心的节奏，语言直白凄美，娓娓道来又使人听后灵魂颤颤发抖。一般说来，生日颂或祝酒词都会是一些美好的祝愿，而海子却直言不讳地说出："朋友们，我的祝酒词是/愿你们一生　坎坷痛苦/不愿你们一帆风顺"，这足以看出作为诗人的海子所具有的超乎寻常的洞观视角和独特的诗学观念。

尽管有痛苦存在，而且命运难以把握，但人生值得享受，生日值得歌颂。这是海子内心真实的感受，也是出现灵感、产生冲动创作《生日颂（或生日祝酒词）》的真实原因。也正是这个原因，他紧扣生日这个中心词，从本义出发，一直延伸到母亲、爱情、父亲、痛苦、英雄、命运、土地、时代等主题内容，从个体生命到集体生命，从个人命运到民族命运，这种升华进一步赋予了《生日颂（或生日祝酒词）》积极向上的意义和强健宽宏的意志。海子以"诗歌王子"自许，却推崇荷马、但丁、歌德等"亚当型巨匠"。海子的全身心，充溢着昂奋的英雄主义精神。正是这种精神支撑着、滋养着海子青春的生命，海子通过短短的诗歌生命来挥发自己的能量，形成了独特的诗风。海子的英雄主义情怀，使他鄙视都市喧嚣的、浮华的景致，而将自己的心寄托于远方。

海子这首《生日颂（或生日祝酒词）》气象宏伟，意境深邃，寄托了诗人勇往直前的青春探索精神和他以梦为马创造诗歌奇迹的伟大抱负。

注释：

[1] 海子著，西川编：《海子诗全集》，作家出版社，2009 年，第 1137—1143 页。

[2] 孙理波认为，这首诗应该是写给自己和另外一个人，以及"同代的朋友"。

[3] 海子：《我热爱的诗人——荷尔德林》，载西川编《海子诗全集》，作家出版社，2009 年，第 1070—1071 页。

第二节　痛苦的诗歌桂冠

十四行：王冠[1]

我所热爱的少女
河流的少女
头发变成了树叶
两臂变成了树干

你既然不能做我的妻子
你一定要成为我的王冠
我将和人间的伟大诗人一同佩戴
用你美丽叶子缠绕我的竖琴和箭袋

秋天的屋顶　时间的重量
秋天又苦又香
使石头开花　像一顶王冠

秋天的屋顶又苦又香
空中弥漫着一顶王冠
被劈开的月桂和扁桃的苦香

1987.8.19 夜

海子短短的一生共写下 5 首"十四行诗",这首著名的《十四行:王冠》(以下简称《王冠》),从内容到形式都深受西方文学的影响。然而,海子的诗歌创作并非一味模仿,他善于吸纳和化用外来典故,用鲜活的现代汉语创造出别具一格的艺术佳作。那么,《王冠》究竟蕴含怎样的诗歌主题?海子如何利用"十四行诗"形式抒发自己的隐衷心曲?这是本文要探讨的主要问题。

一

十四行诗(sonnet)——闻一多先生译作"商籁体"——是一种源于欧洲的抒情诗体。海子这首《王冠》共分 4 个诗段,诗歌结构为 4∶4∶3∶3(第一、二诗段各有 4 行,第三、四诗段各有 3 行),4 个诗段之间大致具有起承转合的结构关系。下面我们逐段分析——

> 我所热爱的少女
> 河流的少女
> 头发变成了树叶
> 两臂变成了树干

本诗段作为全诗的开端,海子用简洁的语言概括了西方神话传说中阿波罗和达芙妮的凄美爱情故事,关于月桂树及桂冠的传说在此萌芽,为引出"王冠"做好了铺垫。

你既然不能做我的妻子

　　你一定要成为我的王冠

　　我将和人间的伟大诗人一同佩戴

　　用你美丽叶子缠绕我的竖琴和箭袋

第二诗段紧紧承接第一诗段，引出"王冠"的来历，突出了内容细节。在第一诗段，诗人以"阿波罗"的口吻向读者叙述其爱情悲剧，本诗段"阿波罗"直接向恋人"达芙妮"倾诉衷情："你既然不能做我的妻子/你一定要成为我的王冠"——"你"不能做"我"的妻子，已是"我"最大的遗憾，作为补救，"我"要用你所化身的月桂树枝编一顶"王冠"。"你"一定要成为"我"的"王冠"，口气如此决绝，没有回旋的余地。"我将和人间的伟大诗人一同佩戴/用你美丽叶子缠绕我的竖琴和箭袋"——有资格"佩戴"这顶"王冠"的，并非皇帝或国王，而是"伟大诗人"。"我"把自己置身于伟大诗人之列，决心戴上那顶"诗歌桂冠"。众所周知，阿波罗掌管文艺又精通箭术，竖琴和箭袋是其随身携带的爱物。用月桂美丽的叶子缠绕自己的竖琴和箭袋，说明阿波罗对达芙妮眷恋之深，非如此不足以安慰那颗受伤的心灵——其实，既如此，也未必能够安慰，只是无奈之下聊胜于无吧！古往今来，感天动地的爱情往往伴随着莫大的痛苦和深深的遗憾，痛苦之后，遗憾之余，能够将其升华为艺术的结晶，不失为理想的发泄或缓解之道。对于一个诗人而言，如果爱情之痛能升华为伟大的诗歌，何尝不是莫大的幸福！

二

　　秋天的屋顶　时间的重量

　　秋天又苦又香

　　使石头开花　像一顶王冠

第三诗段，诗人由阿波罗的悲情故事转到诗歌桂冠上。这项王冠，既是阿波罗的，又属于海子本人。也正是在这一诗段，阅读难度陡然增加。譬如，如何理解"时间的重量"？"秋天的屋顶"有何寓意？"石头"为何"开花"？"石头"和"屋顶"之间有何联系？

本诗段"屋顶"和"石头"的出现比较突兀，要理解二者的意义，不妨参照海子写于1987年10月的一首诗《石头的病（或八七年）》。这首诗中有如下诗句："被大理石同伙/视为疾病的石头/可制造石斧/以及贫穷诗人的屋顶/让他不再漂泊　四海为家/让他在此处安家落户"。学者高波解释该诗的主题时写道："海子在经受爱情的困扰时，曾经写过一首《石头的病（或八七年）》，在诗中他以石头自喻。因为爱情，'石头'生了病，但也正是因为爱情，石头开花，石头也做梦，这是他的命运。"[2] 高波认为海子"以石头自喻"，这是正确的，但他说"石头"生病是因为爱情，则值得商榷。笔者认为，一方面，海子笔下的"石头"（如同诗歌）是"古老、贫穷和家园"的象征，它可以制造原始人的"石斧"、"诗人的屋顶"，让贫穷的诗人"安家落户"；另一方面，这块"生病的石头"，又是诗人海子的自况：它有一颗"柔弱的心"，在现实世界里"不堪一击"，而在诗歌的世界里，却"会在荒野的黑暗中胀开"，"长出鲜花和酒杯"。在海子看来，写诗，是一种疯狂的疾病，另一方面，诗歌中又有爱情、鲜花和酒杯。因此，选择诗歌道路，是诗人海子不可逃避的人生宿命，正如《石头的病（或八七年）》诗中所描述的那样，"如果石头健康/如果石头不再生病/他哪会开花/如果我也健康/如果我也不再生病/也就没有命运"。

此时，重新审视《王冠》第三诗段，难点或疑团便可迎刃而解。

时间是治疗心灵创伤的良药，也是把痛苦升华为艺术的酵母。而秋天，是等待收获的季节，在等待中，时间因岁月的沉淀而仿佛获得了重量，"时间的重量"遂成为海子独特的"诗家语"。"石头"为何"开花"？

因为它生病了。"石头"本是坚硬的,生病的石头才有柔弱的心,不堪一击。爱情、痛苦、疯狂,造就诗人一颗脆弱而敏感的诗心,此乃"我"的宿命。那么,秋天的"屋顶"有何寓意?不妨先看"屋顶"和"石头"有何联系。秋天的"屋顶",是贫穷的诗人的"家园",而"石头",正是建造诗人"屋顶"的"石头"。

唐代诗人王梵志、宋代诗人范成大,都曾以"土馒头"比喻坟墓[3],《红楼梦》中的妙玉也深谙"土馒头"之典故。"土馒头"大多喻指黄土堆成的坟头,对于石筑的坟墓,"土馒头"之喻有失恰当。就石墓而言,相对地下的墓室,坟墓上部用石头筑起的部分,看起来如同"屋顶"一般。在诗人海子朦胧迷离的想象中,仿佛有一顶诗歌桂冠弥漫在自己的"屋顶"上方——它是痛苦爱情的结晶,是"石头"开出的花朵,散发着苦香的气息……"屋顶"—"石头"—"王冠",在诗人海子眼里,实乃"三位一体";"阿波罗"—"诗人"—"我",也难分彼此——都因爱情而痛苦,都为诗歌而骄傲!鲁迅先生在《〈野草〉·题辞》中写道:"过去的生命已经死亡。我对于这死亡有大欢喜,因为我借此知道它曾经存活。死亡的生命已经朽腐。我对于这朽腐有大欢喜,因为我借此知道它还非空虚。"[4] 对死亡,鲁迅有着清醒的认识。在海子的思维中,生命从来以死为邻,他非但不惧怕死亡,而且往往赋予死亡以温暖的色调甚或欢乐的表情。请看海子描写死亡的诗句:"众神创造物中只有我最易朽 带着不可抗拒的死亡的速度"(《祖国(或以梦为马)》),"大地是我死后爱上的女人"(《诗人叶赛宁》),"我的头颅就埋在这里/搂抱着夜色中的山冈"(《草原之夜》),"现在我要睡了,睡了/把你们的墓地和膝盖给我/那些喂养我的粘土/在我的脸上开满了花朵"(《传说——献给中国大地上为史诗而努力的人们》)。诗人海子相信"时间的重量",坚信秋天会有收获,哪怕死后也一定能戴上命中属于自己的诗歌桂冠。海子生前寂寞,身后哀荣备至。而今,在诗人海子的故乡,他不正安息在"石头屋顶"下面吗?每当祭日来临，那布满鲜花的坟头，恰似一顶巨大的王冠……

> 秋天的屋顶又苦又香
> 空中弥漫着一顶王冠
> 被劈开的月桂和扁桃的苦香

第四诗段写秋天的"屋顶"上方，空气中弥漫着"一顶王冠"，时间在特定的空间凝固，空间里弥漫着"又苦又香"的气息。本诗段的结构功能在于"合"，诗歌收束于一幅弥漫着苦香气息的画面。这是一幅凄凉而唯美的画面，属于诗人海子独创的诗歌意境。"弥漫"一词既写出了画面的虚幻缥缈的一面，又暗示出"又苦又香"的气息的漫无边际。"又苦又香"的气息源于何处？——它来自"被劈开的月桂和扁桃"；从某种意义上也可以说，它源于失败的爱情，源于痛苦而崇高的诗歌，源于诗人坟头上的王冠！

三

通过上述分析我们得知，诗人海子的"王冠"其实就是"诗歌桂冠"。中国文化传统中也有关于"月桂树"和"桂冠"之说。汉晋以后，月中桂树的传说盛行。《太平御览》引《淮南子》云："月中有桂树。"到了唐代，《酉阳杂俎》则演绎出"吴刚伐桂"的神话。传说中的月中桂树高达500丈，吴刚因学仙被罚在月宫砍桂，每砍一斧，桂树的创伤就会立即愈合，因此吴刚常年在月宫砍桂而始终砍不倒树。月中桂树的果实每年四五月后飘落人间，称"月中桂子"。因有月桂树的传说，所以人们又称月亮为"桂月"、"桂宫"等。在中国封建社会，每年科举考试的秋闱大比正好在8月，人们便将科举应试得中者称为"月中折桂"或"蟾宫折桂"。诗人海子创作《王冠》之时，未必想到"蟾宫折桂"，他称"诗歌桂冠"为"王冠",流露出他在诗歌王国里的雄心壮志。"在夜色中/我有三次受难:流浪、爱情、生存/我有三种幸福:诗歌、王位、太阳"(《夜色》)。"诗歌、王位、太阳"这是诗人的三种幸福,在海子看来,作为一个诗人,就是要争取诗歌的"王位",成为"诗歌太阳"。"和所有以梦为马的诗人一样/我选择永恒的事业//我的事业　就是要成为太阳的一生"(《祖国(或以梦为马)》)。海子在《生日颂(或生日祝酒词)》中写道:

　　至于我　早就想成为父亲
　　虽然我没有妻子
　　要说有　五六年前就已经结婚
　　我的妻子就是中国的诗歌　汉语的诗歌
　　我要成为一首中国最伟大诗歌的父亲
　　像荷马是希腊的父亲　但丁是意大利之父　歌德是德意志的父亲
　　我早想成为父亲　我一定能成为父亲
　　成为父亲总是人类最大的幸福

"我的妻子就是中国的诗歌　汉语的诗歌","我要成为一首中国最伟大诗歌的父亲"。这位以"汉语的诗歌"为妻的青春诗人,立志要成为"中国最伟大诗歌的父亲",这是何等的胸怀和气魄!所以,解读《王冠》这首诗,要与《石头的病(或八七年)》、《夜色》、《祖国(或以梦为马)》、《生日颂(或生日祝酒词)》等诗歌一起参照,在文本的互文关系中把握该诗的主题内蕴。

对于希望以"汉语的诗歌"为妻的诗人海子而言,事实上他更多的是从西方诗歌那里汲取文化营养,但他并未机械模仿。以这首《王冠》为例,尽管在内容和形式两个方面,海子都处于外来文化影响的焦虑之中,但是他仍然能够运用鲜活的诗歌语言,巧妙地融入中国本土的元素。在

《王冠》结束句"被劈开的月桂和扁桃的苦香"中，诗人写"扁桃"像"月桂"一样"又苦又香"。诗人海子加入"扁桃"既非偶然，也非随意，细究起来，倒有一番微言大义呢！

海子的初恋女友来自内蒙古，海子生前所公开发表的一些诗歌，有不少是在内蒙古的《草原》杂志上发表的，这和这位欣赏他的诗篇的初恋女友相关。海子曾经到过内蒙古旅游，他完全有可能接触过大名鼎鼎的"蒙古扁桃"。蒙古扁桃（别名山樱桃）属蔷薇科，因稀少而珍贵，被誉为"植物中的大熊猫"。每年的4月份，蒙古扁桃枝头挂满粉红和白色相间的小花朵，空气中飘逸着苦香气味……苦中有香，香中有苦，此乃苦香也。遭受初恋失败打击的诗人海子，具有浓重的情殇情结[5]，他若没尝过蒙古扁桃的苦香味道，为何一再提及"又苦又香"？他若没有铭心刻骨的记忆，为何把散发苦香的扁桃与作为达芙妮化身的月桂相提并论？另外，"被劈开"三个字仅仅指涉月桂和扁桃吗？诗人海子失恋之时，是否具有某种灵魂"被劈开"的痛苦？……这一切，只能停留在猜测层面。不过，种种问号，反倒证明了《王冠》这首诗内涵的丰富性。从全诗结构上看，第一、二诗段侧重叙述西方神话故事，第三、四段则融入诗人自我的生命体验并赋予该诗本土元素，4个诗段合起来构成一首中西合璧、古今相融的抒情佳作。

综上所述，《王冠》借鉴"商籁体"形式，以西方神话故事为原型，抒发了诗人对伟大而痛苦的"诗歌桂冠"的深刻理解及其生命隐衷。海子相信"时间的重量"，坚信秋天会有收获，哪怕死后也一定能戴上命中属于自己的诗歌桂冠。在其朦胧迷离的想象中，将来仿佛会有一顶王冠弥漫在自己的屋顶上方——它是痛苦爱情的结晶，是石头开出的花朵，散发出苦香的气息。该诗最大的特点在于中西合璧、古今相融。在借鉴西方文化时，诗人融入了自我体验及本土元素，这种艺术探索是难能可贵的。

注释：

[1] 海子著，西川编：《海子诗全集》，作家出版社，2009年，第418页。

[2] 高波：《解读海子》，云南人民出版社，2003年，第130页。

[3] 唐代王梵志《城外土馒头》曰："城外土馒头，馅草在城里。一人吃一个，莫嫌没滋味。"宋代诗人范成大有诗句："纵有千年铁门限，终须一个土馒头。"

[4] 鲁迅：《鲁迅全集》，第二卷，人民文学出版社，1981年，第159页。

[5] 指因初恋受挫而形成的心理情结，见拙作《月光下的老舍——〈月牙儿〉"三部曲"创作心理探析》，载中国老舍研究会选编《世纪之初读老舍》，人民文学出版社，2007年，第342页。

第三节　太阳是我的名字

祖国（或以梦为马）[1]

我要做远方的忠诚的儿子
和物质的短暂情人
和所有以梦为马的诗人一样
我不得不和烈士和小丑走在同一道路上

万人都要将火熄灭　我一人独将此火高高举起
此火为大　开花落英于神圣的祖国
和所有以梦为马的诗人一样
我藉此火得度一生的茫茫黑夜

此火为大　祖国的语言和乱石投筑的梁山城寨
以梦为上的敦煌——那七月也会寒冷的骨骼
如雪白的柴和坚硬的条条白雪　横放在众神之山
和所有以梦为马的诗人一样
我投入此火　这三者是囚禁我的灯盏　吐出光辉

万人都要从我刀口走过　去建筑祖国的语言
我甘愿一切从头开始
和所有以梦为马的诗人一样
我也愿将牢底坐穿

众神创造物中只有我最易朽　带着不可抗拒的死亡的
　　速度
只有粮食是我珍爱　我将她紧紧抱住　抱住她　在
　　故乡生儿育女
和所有以梦为马的诗人一样
我也愿将自己埋葬在四周高高的山上　守望平静家园

面对大河我无限惭愧
我年华虚度　空有一身疲倦
和所有以梦为马的诗人一样
岁月易逝　一滴不剩　水滴中有一匹马儿一命
　　归天

千年后如若我再生于祖国的河岸
千年后我再次拥有中国的稻田　和周天子的雪山
　　天马踢踏
和所有以梦为马的诗人一样
我选择永恒的事业

我的事业　就是要成为太阳的一生
他从古至今——"日"——他无比辉煌无比光明
和所有以梦为马的诗人一样
最后我被黄昏的众神抬入不朽的太阳

太阳是我的名字
太阳是我的一生

太阳的山顶埋葬　诗歌的尸体——千年王国和我
骑着五千年凤凰和名字叫"马"的龙——我必将失败
但诗歌本身以太阳必将胜利

1987

抒情诗《祖国（或以梦为马）》，写于1987年。这时，正是海子"冲击极限"写作大诗《太阳·七部书》的中期。这里的祖国当指文化的祖国或诗歌的祖国，以梦为马则用形象的语言表明了青年诗人对梦想的大胆追求。海子在这首诗中酣畅淋漓地宣示了自己的诗歌理想和人生志向，因此该诗亦可看作海子的精神自传。有人说这是一首20世纪80年代青春的祭歌。60年代生人，到了80年代，左手试图抓那些抓不到的欲望，右手还托举着熊熊的理想火炬……海子的诗，就是这代人青春的绝唱。有人说该诗有如一首谶语诗或一篇墓志铭，诗人海子悲剧性地预言了自己的命运。

诗人是追求远大宏伟目标的，"我要做远方的忠诚的儿子"：在他们的一生中，由于坚执高尚的信念，具体的日常生活贫瘠无告，但他们并不以此为意。物质是短暂的，它并不值得我们去孜孜以求、锱铢必较，所以诗人说只做"物质的短暂情人"。诗人的榜样就是人类伟大诗歌共时体上隆起的那些骄子，那些怀有精神乌托邦冲动的诗歌大师们。"和所有以梦为马的诗人一样"，海子不怕生活在压抑、误解的"此在世界"。在海子那里，诗是一次伟大的提升和救赎，它背负地狱而又高高在上，它要保持理想气质和自由尊严，要抵制精神的下滑，是"永恒的事业"。

这首抒情诗具有诗人自叙传的性质，流露出诗人海子的心路历程和内心矛盾。海子所遇到的矛盾主要包括理想和现实的矛盾、神圣和世俗的矛盾、肉身和永恒的矛盾、创造和毁灭的矛盾等。这首诗中有许多符号，如梦、马、粮食、日、雪山、周天子、稻田等，这些神秘符号是20世纪80年代青春探路纠缠不清的例证，海子的这首诗已上升至哲理层面。

这首诗共分为9节，诗歌结构却相当复杂，其内在情感线索并不容易把握。如何为该诗划分结构，属于见仁见智的阅读行为，不必定于一尊。对于该诗的诗歌结构，我们试做如下分析——

第一部分（1—2节）写诗人的理想；

第二部分（3—4节）写为理想而受难；

第三部分（5—7节）写诗人的死亡与复活；

第四部分（8—9节）重申伟大的诗歌理想。

这首诗中的"火"意象出现6次，在诗中具有非常重要的作用。这里的火是理想之火，又是艺术之火，是青春之火，又是创造之火。"此火为大"，"我藉此火得度一生的茫茫黑夜"，表明火在诗人海子生命中的重要意义。

海子在该诗中选取"敦煌"意象，看似突兀难解，其实用意深刻。敦煌，是艺术的远方和高原，正是诗人一心向往的神秘境地。那里高处不胜寒，烈士雪白的骨骼，在众神之山圣洁而永恒。季羡林先生指出："世界上历史悠久、地域广阔、自成体系、影响深远的文化体系只有四个：中国、印度、希腊、伊斯兰，再没有第五个；而这四个文化体系汇流的地方只有一个，就是中国的敦煌和新疆地区，再没有第二个。""以梦为上的敦煌"，代表了诗人海子的艺术圣地，他要在那里"融合中国的行动"成就一种民族和人类结合、诗和真理合一的大诗。海子选择"敦煌"意象是有其宏阔的艺术视野的。

下面我们试做文本细读——

我要做远方的忠诚的儿子

和物质的短暂情人

和所有以梦为马的诗人一样

我不得不和烈士和小丑走在同一道路上

　　诗人的远方远在一无所有的天边，远在应有尽有的彼岸世界。海子始终对世俗的一切保持着某种警惕，他甚至知道，诗人唯有化作天上的恒星，才能获得永久的艺术生命！

　　行吟于江湖的诗人屈原，发出过"举世皆浊我独清，众人皆醉我独醒"这般孤傲的声音；隐居于南阳草庐之时的诸葛亮，则每每自比于管仲、乐毅；哲人尼采自诩为"太阳"；鲁迅则留下惊世骇俗的《狂人日记》……林则徐写道："海到尽头天作岸，山登绝顶我为峰。"青春诗人海子，也有堂吉诃德式的复杂性格和狂热理想。

　　《堂吉诃德》自诞生以来，就被世界各地的人们所喜爱，因为它提出了一个人生中永远解决不了的难题：理想和现实之间的矛盾。堂吉诃德挥动着长矛去攻打巨大的风车，这是《堂吉诃德》里最著名的一个场景。当他为伸张正义而不顾生命危险向风车冲去的时候，我们不免联想到那些百折不挠的理想主义者。堂吉诃德的执着和勇敢，使我们心生敬意；他所受到的挫折和失败，又让我们可怜和同情。诗人海涅曾说："诗人在作品里吐露了隐衷。"塞万提斯塑造的堂吉诃德正说明自己一生的追求，原来是堂吉诃德式的幻想和妄想；他的执着与热忱，原来是堂吉诃德式的疯狂与可笑。

　　对海子来说，诗歌就是"永恒的事业"，而且是唯一的。在海子那里，诗人—诗歌王子—诗歌之王（或诗歌皇帝），这是一条严格的等级性链条。海子把自己看作诗歌王子中的一员，但内心里却渴望成为诗歌之王。他说："做地上的王者——这也是我和一切诗人的事业。"

海子说:"我更珍惜的是那些没有成为王的王子。……他们是同一个王子的不同化身、不同肉体、不同文字的呈现、不同的面目而已。他们是同一个王子,诗歌王子,太阳王子。对于这一点,我深信不疑。……有时,我甚至在一刹那间,觉得雪莱或叶赛宁的某些诗是我写的"。[2]

> 太阳是我的名字
> 太阳是我的一生
> 太阳的山顶埋葬　诗歌的尸体——千年王国和我
> 骑着五千年凤凰和名字叫"马"的龙——我必将失败
> 但诗歌本身以太阳必将胜利

海子有一个未完成的写作计划:"我一直想写这么一首大型叙事诗:两大民族的代表诗人(也是王)代表各自民族以生命为代价进行诗歌竞赛,得胜的民族在歌上失败了,他的王(诗人)在竞赛中头颅落地。失败的民族的王(诗人)胜利了——整个民族惨灭了、灭绝了,只剩他一人,或者说仅仅剩下他的诗。"[3]

> 在这里,人类个体的脆弱性暴露无遗。他们来临,诞生,经历悲剧性生命充盈才华焕发的一生,就匆匆退场,都没有等到谢幕,我常常为此产生痛不欲生的感觉。但片刻悲痛过去,即显世界本来辉煌的面目,这个诗歌王子,命定般地站立于我面前,安详微笑,饱含了天才心酸。人类啊,此刻我是多么爱你。(《诗学:一份提纲》)

对于海子,诗歌成了生活意义的根源,而且它似乎总是野心勃勃地渴望取代生活。在海子那里,诗歌的意义被无限放大,甚至覆盖了生活和生存本身,而成为唯一的实存。海子的诗歌形而上,秉自尼采将艺术视为

"生命的最高使命和生命本来的形而上活动"的审美人生观。

"太阳是我的名字/太阳是我的一生",表明海子已经在幻觉中将自己与笔下的太阳合为一体。他死之前将其全部长诗列在一起,总的取名为《太阳》。

在主体的无限膨胀中,诗人仿佛接近了尼采所描绘的人神合一状态:"此刻他觉得自己就是神,他如此欣喜若狂、居高临下地变幻,正如他梦见的众神的变幻一样。"

> 我　一具太阳中的尸体(《太阳·土地篇》)

在《太阳·诗剧》中,海子沿着向南的方向,一路来到了太阳焚烧的赤道,从一个诗人变成了一只猿,从一支歌变成了一把剑。

海子的诗句像被施了魔法似的,突如其来地出现,有一种石破天惊的效果,继而又突如其来地消失,魔鬼的花束一般。《太阳·土地篇》——该诗长达2000多行,堪称"如画的焰火"(尼采语)。

托马斯·卡莱尔指出,先知和诗人,二者都是被派来向我们更深刻地揭示宇宙秘密的人;因此他称诗人为"英雄",给世界带来希望之光。荷尔德林认为,诗人的使命就是呼唤远逝的诸神的名字,把它们召唤回来,因此诗人的这个职责无疑是神圣的。

> 万人都要将火熄灭　我一人独将此火高高举起

万人,即皆醉的众人,而我则是独醒的诗人。海子的语气如同屈原。这样的语气表现了诗人海子的救赎精神。这是海子神话中最突出、冲击力最大的成分。诗人要写出真正的史诗,就必须让语言回到原初的命名状态。

"诗人",在海子眼中是"英雄"、"精英"的同义词。所谓英雄,通俗地说,就是那些能领导大众改变历史的人。在精神领域高歌猛进,成为一名艺术的王者,这注定是少数人的事业。

　　在海子的诗歌中,对光明的追求,是最为突出耀眼的主题。光明,在海子的诗歌中,具化为太阳。太阳成为海子诗歌中光明的象征物,成为海子咏唱的主要意象。海子视俗世为茫茫黑夜,视精神与诗歌为黑夜中的火炬。

　　海子诗歌《阿尔的太阳——给我的瘦哥哥》正文之前有一段引文:"一切我所向着自然创作的,是栗子,从火中取出来的。啊,那些不信仰太阳的人是背弃了神的人。"这段引文出自凡·高写给弟弟提奥的书信。凡·高用"火中取栗"来比喻艺术创作是燃烧生命的冒险行为。

　　对艺术家而言,创造需要甘愿忍受巨大的痛苦折磨,甚至用尽生命的热情和力量。凡·高曾告诉提奥:"我的作品是冒着生命危险画的,我的理智已经垮掉了一半。"那些伟大的作品——艺术家的孩子——往往会无情地吞噬艺术家的一切,火中取栗的寓意一旦得以印证,"吞噬着一切"这句就令人不寒而栗。凡·高一生穷困潦倒,作品不被世人接受,在爱情上也没有得到心爱的人的眷顾。他终于发现,唯有绘画才是他真正的永远的情人。也许只有在画作中,凡·高才能找到他自己。

　　　　只有粮食是我珍爱　我将她紧紧抱住　抱住她　在故乡生儿育女

　　同凡·高一样,海子最终也被那群"苦痛的孩子"所吞噬,简直是一语成谶!生生死死,海子和他的"瘦哥哥"有许多相似之处。

　　为了狂热的艺术追求,他们宁愿放弃物质和情人,过着极其简单的生活,而又追求无限的精神信仰。这是常人所不理解和无法接受的,也是难以达到的境界。

海子在日记中写道:"我打算明年去南方,去遥远的南国之岛,去海南。在那里,在热带的景色里,我想继续完成我那包孕黑暗和光明的太阳。真的以全部的生命之火和青春之火投身于太阳的创造。……我的燃烧似乎是盲目的,燃烧仿佛中心青春的祭典。燃烧指向一切,拥抱一切,又放弃一切,劫夺一切。"[4] 海子理解凡·高,是基于其自身创作激情与个体命运之间矛盾的。

海子认为,凡·高的创作激情是在喷涌,如同地下火山的爆发。这种喷涌固然可以创造出名作,但同时也极大地缩短了艺术家的正常寿命。因此,这种不要命的创作是危险的,恰如火山爆发一样"不计后果"。

艺术之火在照亮外界他物之时,却吞噬艺术家自身,并把一切化为白色的灰烬。

> 自从人类摆脱了集体回忆的创作(如印度史诗、旧约、荷马史诗)之后,就一直由自由的个体为诗的王位而进行血的角逐。可惜的是,这场场角逐并不仅仅以才华为尺度。命运它加手其中。正如悲剧中,最优秀最高贵最有才华的王子往往最先身亡。(《诗学·一份提纲》)

海子深刻地了解到命运与这种悲剧的神秘联系,这里所说的王子,是指在诗歌的国度里具有出众的才情和气质却早逝的年轻诗人,海子曾提到的雪莱、叶赛宁、荷尔德林、韩波(即兰波)、狄兰、席勒、普希金等诗人就是诗歌王子的代表,即悲剧艺术的典型。

> 他们的疯狂才华、力气、纯洁气质和悲剧性的命运完全是一致的。他们是同一个王子的不同化身、不同肉体、不同文字的呈现、不同的面目而已。他们是同一个王子,诗歌王子,太阳王子。对于这一

点，我深信不疑。他们悲剧性的抗争和抒情，本身就是人类存在最为壮丽的诗篇。(《诗学·一份提纲》)

在阿尔，画家高更离开凡·高以后，根据从前的草图画了一幅油画《橄榄园中的基督》，他将橄榄园中受难的耶稣的脸容画成了自己，仿佛是在宣告：艺术家的受难就是基督的受难。

"向日葵"在诗人海子的眼里，被描写为"黄色的痉挛的手"，这只手当然是凡·高"举起"的。海子甚至怂恿"红头发的哥哥"，要他"喝完苦艾酒"就点燃那"强暴的一团火"，让生命恣情燃烧！海子充分理解凡·高那团火所包含的反叛精神。在艺术世界里，没有反叛便没有革新。

"乱石投筑的梁山城寨"，应当与水浒文化有关。正是反叛，使梁山好汉身上恢复了野性的生命力。海子使用梁山城寨这样的意象，旨在强调文学领域里的反叛精神。诗人、艺术家需要以惊世骇俗的姿态，引发艺术的变革，推进艺术的进步。

在海子的《太阳》诗剧中，造反的十二反王之一叫"闯王"。杀戮和流血在海子诗歌中的对位意象是太阳、红、花朵等。

海子用酒神般的迷狂，热切地歌颂太阳、红、花朵和鲜血。或许在他看来，这正是人的生命力之所在。

"太阳是我的名字／太阳是我的一生"，当海子这样呼唤的时候，这个"以梦为马"的诗人，正加速燃烧自己！

海子是在灵魂层面上遇到了凡·高，那位"瘦哥哥"既是其心灵知音，又堪称其精神导师。《阿尔的太阳——给我的瘦哥哥》这首酣畅淋漓的诗歌与其说是献给凡·高的，毋宁说是写给海子自己的——他本人不愧为"中国诗坛上的凡·高"。

在1986年写的《太阳·断头篇》的开头，海子宣称"我是○"，"我是一颗原始火球、炸开／宇宙诞生在我肉上，我以爆炸的方式赞美我自己"，这令人想起郭沫若在世纪之初的激情,"一切的一/一的一切"。

在短短的 3 年内,海子就释放了几乎是一个世纪的能量。

海子的诗歌语言具有刀劈斧砍的力度,同时又鲜活空灵,唯美而纯粹。作为 20 世纪 80 年代后期新诗潮的代表诗人,海子在中国当代文学中的地位十分重要。

骆一禾认为"海子是我们祖国给世界文学奉献的一位有世界眼光的诗人"。谢冕称"他已成为一个诗歌时代的象征"。海子开辟了现代汉诗的浪漫诗风,让汉诗又一次如李白一样纵恣。

张炯在其主编的《新中国文学五十年》中评价海子说:"他创造了仅仅属于他自己的意象系列,他的诗歌语言与此前流行的新诗潮的语言全然有别,他建立了属于自己的诗歌风格。他是当代最具独创性的一位诗人。"

"80 后"诗人、青年学者枕戈评价说:"从初入大学开始直到研究生毕业,受诗人穆旦尤其是海子的影响,我专门思考过汉语诗歌的节奏、'四言句'的独特性,乃至深入汉语内部的语法规则,力图从汉语的源初发生,探索汉语之美的规律,并写成文章《汉语的美之法则》,希望找到汉语自身的'道'。"

诗人、剧评人、话剧写作者张杭评价道:"之所以要讲到海子这个天才诗人,是因为是海子发现了汉语之美,创造了汉语之美……"

"远方"在诗人的心中是一处梦想的栖身地,可又未免有点"高处不胜寒"的悲哀。"敦煌"是飞天精神的代表。飞天的途中多少生命静止于"众神之山"。"寒冷的骨骼"、"如雪白的柴和坚硬的条条白雪"构成一幅刺目的图画,冰冷而坚硬,表现了到达彼岸世界的艰难和天堂的寒冷。是否暗示人们,人类有些梦想是要以死亡为代价的?

我,只能上升到幻象的天堂的寒冷,冬夜天空犹如优美凛冽而无上的王冠一顶,照亮了我们黑暗而污浊的血液,因此,在这种时刻尼采赞成歌德。"做地上的王者——这也是我和一切诗人的事业"。

但我瞻望幻象和天堂那些坐在寒冷的天空华堂和大殿中漠然的人们。天堂是华美无上和寒冷的。(《诗学：一份提纲》)

灯盏能发光，"吐出光辉"，然而灯盏内部或下方却得不到光明。海子使用灯盏意象，写出了一切光明使者的悲壮矛盾。

"囚禁"一词耐人寻味。灯盏多为瓷制、铜制或铁制，其形多样。一般呈碗形，直径有二寸，高一寸，中间空处有一圆柱形置灯芯处。自家所制的"面灯盏"，用豆面、玉米面或白面蒸成，俗称"灯馍"。使用时，将油盛于其凹窝中，内置灯芯。

> 我投入此火 这三者是囚禁我的灯盏 吐出光辉

海子简直是以某种杀身成仁的情怀，投入诗歌语言的建筑工作。海子1985年6月写的《夜月》有如下句子：

> 太阳把血
> 放入灯盏

马克思在其《〈政治经济学批判〉序言》中最后一句写道："在科学的入口处，正像在地狱的入口处一样，必须提出这样的要求：
'这里必须根绝一切犹豫；
这里任何怯懦都无济于事。'"

诗歌创作虽是"最清白无邪的事情"，却又是"最危险的活动"："诗人暴露在神明的闪电中。……过度的明亮把诗人驱入黑暗"。在1987年11月4日同一则日记里，在讲了"那只火焰的大鸟"之后，海子又写道：

> 我和黑夜，同母。
> ....
> 创造太阳的人不得不永与黑暗为兄弟，为自己。

海子的诗句像金子一样闪闪发光。海子确乎是为诗歌而生，为诗歌而死。骆一禾说："这就是他的一门心思。"

> 我　一具太阳中的尸体（《太阳·土地篇》）
> 黑夜是什么？
> 所谓黑夜就是让自己的尸体遮住了太阳（《太阳·诗剧》）

海子意识到自己的使命——祖国的语言经过他之手，将获得一种新生。从某种意义上也证明了这一点。罗兰·巴特说，在但丁、莎士比亚和歌德出生的时候，意大利语、英语和德语是一种样子，等到他们谢世的时候，则变成了另一种样子。

周天子是指周朝的君主。周朝共传 32 代 37 王，延续约 800 年时间。

> 和周天子的雪山天马踢踏

这里所说的周天子当指周穆王。所谓天马，即天子的八骏马。传说周穆王坐着八匹骏马拉的车，西游三万多里。为他驾车的是当时有名的驭手造父。造父的祖上有好几位都是周王的马车夫，为了让周穆王的西游更有派头，造父专门跑到桃林，即那个追赶太阳的夸父死去的地方，为他挑选了八匹骏马。

> 万人都要从我刀口走过

海子的梦是成为中国现代诗歌体系的开创者、先驱者，冲锋在前，为后人砍出一条血路。海子把自己想象成中国的拜伦、兰波、雪莱……要摒弃掉古典的诗学体系，"一切从头开始"。这是诗人的豪情，所有的后人都将循着海子的足迹，进一步探索中文在诗学上的可能性。

凡是人的生命，不离两件大事：饮食、男女。所谓饮食，属于民生问题；所谓男女，属于康乐问题。"食色，性也"语出《孟子·告子上》。孟子与告子辩论，告子曰："食色，性也。仁，内也，非外也；义，外也，非内也。"这是告子的论点之一。告子主张"生之谓性"学，也就是主张食、色为人类生存所必需。人生就离不开食、色这两件事。告子主张的性无善无不善论，与荀子主张的性恶论及孟子主张的性善论构成了对人性的三种认识。

> 众神创造物中只有我最易朽　带着不可抗拒的死亡的速度
> 只有粮食是我珍爱　我将她紧紧抱住　抱住她　在故乡生儿育女

人生两件大事，在海子这里变成了"只有粮食"，这实在是生命的残缺。

"我将她紧紧抱住　抱住她　在故乡生儿育女"。海子紧紧抱住的本该是恋人，但当下"只有粮食"。

肉体生命容易腐朽，人生如白驹过隙，死亡的速度不可抗拒。易朽的生命又残缺不全，欲望永远无法满足。爱情本是苦难人生的安慰，一旦缺失，哀莫大焉。洞彻生命的本质之后，以梦为马的诗人，甘愿求死也就不难理解。

战国时期，屈原在被放逐的困苦生活中，写下《哀郢》诗："鸟飞反故乡兮，狐死必首丘。"

古代传说狐狸如果死在外面，一定把头朝着它的洞穴。"狐死首丘"比喻不忘本或怀念故乡，也比喻对故国、故乡的思念。

> 我也愿将自己埋葬在四周高高的山上　守望平静家园

这句诗则表明诗人对自己家乡的眷恋，死后也愿意永远守望——海子深情如斯！

茨威格在论述荷尔德林的时候，用了希腊神话中的法厄同的悲剧例证来形容荷尔德林的志向与命运。太阳神的儿子法厄同，有着一半凡人的血统，却试图驾驭太阳神的金色马车，结果因为过于接近炙热的太阳而死于非命。

茨威格认为，荷尔德林这样的诗人之所以会有人生的悲剧，是因为其试图过于亲近神祇与真理。

"我的王国是在天空。"贝多芬说。既然在污浊的大地上只能承受各种苦难，那么只有在精神的天空建立自己的艺术王国。贝多芬的处境，象征了人类在不能获得丰裕物质享受的情况下，而深入开掘精神之深度的可能性——克制欲望，以艺术为食粮，以精神快乐为满足。

茨威格说："贝多芬的忧郁是整个人类的过失。"

海子的朋友骆一禾称海子为"圣杯骑士"："他的生和死都与《太阳·七部书》有关。在这一点上，他的生涯等于亚瑟王传奇中最辉煌的取圣杯的年轻骑士：这个年轻人专为获取圣杯而骤现，唯他青春的手可拿下圣杯，圣杯在手便骤然死去，一生便告完结。"

海子所说的"王"仅仅只是一种浪漫主义式的称呼，正如雪莱所宣称的"诗人们是世界上未经公认的立法者"，更像是一种堂吉诃德式的豪言壮语。在现实生活中，海子不是"立法者"，更不是"王"。"我必将失败/但诗歌本身以太阳必将胜利"，这其中的骄傲与绝望互相撕扯、纠结，蕴含着浓烈的悲剧感。

普希金是俄罗斯现实主义文学和俄罗斯文学语言的双重奠基人和开拓者。普希金之后，可以说没有一个俄罗斯文学家不是踏着他的足迹前进的。别林斯基曾这样赞誉普希金的诗："所表现的音调和语言的力量到了令人惊异的地步：它像海波的喋喋一样柔和、优美，像松脂一样醇厚，像闪电一样鲜明，像水晶一样透明、洁静，像春天一样芬芳，像勇士手中的剑击一样铿锵有力。"

海子的《两座村庄》象征自己与普希金中外两位诗人，天上的"南北星座"乃至地上的两座"诗歌墓碑"。海子处处与普希金相提并论，既是他伟大的诗歌抱负，也是他对于自我命运宿命似的悲观体认。

普希金在 37 岁英年早逝，而海子自己也难以逃脱这样一种命运——"悲剧式的抗争和抒情"。

> 这一世纪和下一世纪的交替，在中国，必有一次伟大的诗歌行动和一首伟大的诗篇。这是我，一个中国当代诗人的梦想和愿望。（《诗学：一份提纲》）

《祖国（或以梦为马）》隐含的信息是，诗人通过自我牺牲来完成诗歌事业，这是何等的精神！浪漫主义诗人留下的，是没有帝王的"诗歌帝国"。作品完成，作者退隐，这就像海螺死去留下贝壳一样。海子启发我们：人的精神永远是伟大的、战无不胜的，而人的肉体却渺小而短暂……

注释：

[1] 海子著，西川编：《海子诗全集》，作家出版社，2009 年，第 434—436 页。

[2] 海子：《诗学：一份提纲》，载西川编《海子诗全集》，作家出版社，2009年，第1045—1047页。

[3] 海子：《诗学：一份提纲》，载西川编《海子诗全集》，作家出版社，2009年，第1056页。

[4] 海子著，西川编：《海子诗全集》，作家出版社，2009年，第1031页。

附 录

关于海子诗歌答记者问

1. 您从事诗歌创作和海子诗歌研究多年，都有哪些研究成果？

我从事海子诗歌研究，主要从海子诗歌文本入手，进行文本细读，深度赏析。关于海子诗歌文本研究，我曾经申请过一个山东省社科项目。2013 至 2014 年连续两年在《名作欣赏》开辟专栏，阐释与解读海子抒情诗，共发表 24 篇文章，另有张厚刚等老师的文章数篇，总共有 30 篇之多。

2. 2024 年恰逢海子诞辰 60 周年，能否用几句话简要介绍一下海子？

海子是一个天才型诗人，而且是一个勤奋的诗人，他的整个青春时光都用在了诗歌创作上。"抒情就是血"，正是海子诗歌创作的真实写照。他的诗空灵而纯粹，真挚而深刻，很难用既定模式去评价海子的诗歌。现代汉语新诗经过几代人的努力创造，在海子这里出现了又一个高峰，其诗歌已经进入经典化的行列。海子之所以不朽，就在于他给世界留下了伟大的诗歌作品——这是我在怀宁海子书馆里的留言。

3. 海子最广为人知的一首诗是《面朝大海，春暖花开》，您如何解读这首诗？诗作里昂扬的青春向上的气息和海子悲剧般的个人命运形成强烈反差，如何看待这种现象？

在海子所有的诗作中，《面朝大海，春暖花开》最先得到读者的认可，最广泛地得以在社会各个层面的读者群中流传。与此同时，对这首诗歌的解读文章也铺天盖地，争议之多，分歧之大，在中国当代诗歌史上并不多见。《面朝大海，春暖花开》这首诗围绕幸福描绘出诗人心中的唯美愿景。诗人发愿从明天起，过一种简单而幸福的生活，并把美好善良的祝福献给特定的"陌生人"。海子的幸福观是独特的，他追求幸福但并不回避痛苦。在《夜色》这首著名的短诗中，海子把自己的人生经历概括为三次受难和三种幸福。其中的"受难",也即痛苦。海子懂得,幸福中有痛苦,痛苦中有幸福,人生纠结于幸福和痛苦之间。是选择幸福还是选择痛苦呢?海子写道:"我不能放弃幸福/或相反/我以痛苦为生"(《明天醒来我会在哪一只鞋子里》)。海子明确表示了自己对幸福的追求;另一方面,如果不能得到幸福,他也甘愿"以痛苦为生",足见其生活意志之坚强。《面朝大海,春暖花开》结束句"而我只愿面朝大海,春暖花开"所表达的是诗人对未来的选择,这是海子以梦为马、超越世俗的一种努力。既认同世俗,又渴望从精神层面上超越世俗,这反映了诗人的内心矛盾。如果说第一诗段"面朝大海"中的"大海"象征温暖的思念,是"思念大海",那么结束句"面朝大海"中的"大海",则意味着"苦涩",是"苦涩的大海"。为了爱情和诗歌,海子甘愿"以痛苦为生",且要让生命开出春天的花朵。对诗人海子而言,即使当下寒冷,"我"也要开花暖春;即使恋人负"我","我"也要祝福恋人;即使世界无情,"我"也要情暖世界。他祝愿那位"陌生人"走阳关道,而自己宁愿朝爱情和诗歌的独木桥走去。至此,读者可以看出海子的幸福观——把别人的幸福当作自己的幸福,把鲜花奉献给他人,把棘刺留给自己!这首梦幻般的诗歌,抒发了海子对生活的热爱,对幸福的憧憬,表现了诗人执着的情感和宽广的心胸,同时也流露出诗人特立独行的浪漫主义情怀。该诗最为突出的艺术特色,就在于提出了"面朝大海,春暖花开"这一虚实相生、唯美朦胧的诗化愿景。

4. 除了《面朝大海,春暖花开》,您还会向读者推荐哪一首海子的诗歌?

我愿意向读者推荐海子的《亚洲铜》。海子20岁时完成的这首抒情杰作,构思宏伟,立意高远。"亚洲铜"作为全诗的核心意象,具有丰富的象征意义和审美意蕴。作为"黄土地"的代称,"亚洲铜"与天空、海洋构成宏阔的诗歌空间。在那唯一的一块"埋人"的黄土地上,"青草"是其主人,"月亮"是其不可分割的美学存在;穿上屈原的"白鞋子",沿着中国河流走向广阔的世界,是诗人的青春之梦和文化选择。该诗最为突出的艺术价值在于:青春海子用其生花妙笔,在世界文化背景上留下了独具东方特色的"中国符号"。

5. 在怀宁中专学校,您分享的是海子的《抱着白虎走过海洋》这首诗,为什么会选择这首诗?

《抱着白虎走过海洋》是海子以赤子之心咏唱出的一曲母爱颂歌,歌颂母亲、为母亲衰老而感伤是这首诗歌最基本的主题。该诗歌之所以扑朔迷离,主要原因在于人们容易对海子使用的故乡俗语"白虎"一词产生误解,从而造成对通篇诗歌的误读——"白虎"指"白虎星"或"白虎蛋",实乃海子的自称。该诗在结构上跳跃式的诗节排列,也在某种程度上给读者带来一定的阅读障碍,从而致使该诗主旨似乎玄虚深奥,难以把握。读者一旦克服上述阅读障碍,就能够破解该诗的诗歌密码,就会发现这首诗写得庄严而华美,深刻而悲壮,具有某种刀劈斧砍的艺术力度。这首诗歌虚实结合,意境开阔;想象丰富,比喻奇特;其诗歌情感真挚而深沉,可歌可泣;诗歌中那位"抱着白虎走过海洋"的母亲形象,将在中外以母爱为主题的诗歌艺术殿堂中获得应有的地位。

6. 诗歌对人类意味着什么?诗歌的作用在哪里?

生活不止眼前的苟且,还有诗和远方。诗歌对人类而言,意味着对现实的超越和对未来的美好憧憬。对于远行的骆驼,可怕的不是满眼沙漠,而是没有心中的绿洲。诗歌就是人类心中的绿洲。这个世界上不乏战争的硝烟与生活的动荡,诗歌以它的优雅和高贵,纯粹和干净,安慰着一颗颗善良的心灵——我想,这就足够了。

7. 您如何评价海子在中国诗坛和中国文坛的地位?

在纪念海子诞辰60周年之际,我在此想要委婉表达的一个意思是:一位读者如果没有读过海子的诗歌,或者没有读懂海子的诗歌,最好不要随意评价海子,包括他的死亡方式,因为那样做很容易暴露自己的浅薄或无知。中国这个诗的国度，在历史上曾涌现出许多杰出的诗人。海子如同一颗流星划过当代文学的夜空，他短暂的青春生命留下了璀璨的光芒。"不敢高声语，恐惊天上人"——此乃众多诗友对海子的尊敬和仰慕，海子在中国诗坛上的地位足见一斑。

阅读海子诗歌，品味海子诗歌，这是我们对海子最好的纪念！

2024 年 3 月 26 日于聊大梅园